ein Ullstein Buch

Vom selben Autor
in der Reihe der
Ullstein Bücher:

Kleiner Mann baut im Tessin (2607)
Auf dem Busen der Natur (2662)
Fischefangen (4042)

ein Ullstein Buch
Nr. 3151
im Verlag Ullstein GmbH,
Frankfurt/M – Berlin – Wien

Ungekürzte Ausgabe

Umschlagentwurf:
Manfred Siegler

Printed in Germany 1979
Gesamtherstellung:
Ebner Ulm
ISBN 3 548 13151 4

Alexander Spoerl

Ein unbegabter Ehemann

Roman in 21 Bildern

ein Ullstein Buch

Vorwort

Aber die Liebe muß bleiben.
Scheiß-Liebe, dachte er.
Aber er liebte sie.
Der Autor.

I

Bis zu seinem Ende vermochte Franz nicht zu sagen, wie er überhaupt auf die Idee gekommen war, eines Tages zu heiraten. Oder *ob* er überhaupt die Idee jemals hatte. Ein schwerwiegender Anlaß dazu hatte jedenfalls nie bestanden. Auch frauenlos funktionierte sein Haushalt ganz gut: alle zwölf Monate verlobte er sich, und einmal, versehentlich sogar doppelt mit ein- und derselben, weil er ein schusseliger Kerl war. Aber auch das war gut gegangen! – Vorgestern war sein Vater gestorben, und heute war Beerdigung. Als Franz aufwachte, dachte er gleich daran, und die alte Berta hatte ihm schon den schwarzen Anzug und die schwarzen Strümpfe herausgehängt. Danach klopfte Berta nochmal an die Schlafzimmertür: Fräulein von Schulz sei gekommen.

Von Geburt her war Irene von Schulz keine »von«, das war nur ihr letzter Mann gewesen. Mit Irene war Franz auch nicht verlobt. Irene hatte sich stets geweigert – ein untrügliches Zeichen dafür, wie unberechnend und ungefährlich Irene war. Auch sonst hatte Irene bisher nur Gutes getan: Als einmal die alte Berta – um nur ein einziges Beispiel zu nennen – einen Tag lang Halsschmerzen hatte, war sofort Irene erschienen, hatte das Mittagessen für Franz und seinen Vater zubereitet, danach sogar die Kleiderschränke inspiziert, ob auch genügend Mottenkugeln darin seien.

Und nun war sie auch als erste zur Beerdigung da!

Franz beeilte sich etwas mit dem Anziehen, obgleich er wußte, wie geduldig Irene in allem war. Und als er dann die Treppe hinunterstieg ins Wohnzimmer, da saß sie da, ergriff ergriffen seine Handgelenke und murmelte: »Du brauchst nichts zu sagen.«

»Du auch nichts«, sagte Franz.

Das Frühstück fand in aller Stille statt. Nur einmal fragte Irene: »Wo sind denn deine Geschwister?«

»Ich habe keine.«

»So allein bist du jetzt!« hauchte sie voller Teilnahme.

Derart allein war Franz indessen doch nicht. Durchs Wohnzimmerfenster gewahrte er, wie sich sein Garten bevölkerte. Da wurden es immer mehr dunkelgekleidete, fremde Gestalten; einige standen stocksteif, andere ließen ihre Blicke still über sein Haus gehen, als wenn sie es einschätzten, und der Rest unterhielt sich gedämpft mit gelegentlichen Blicken durch die Fenster.

Das waren, so schien es Franz, durchwegs sogenannte bessere Herrschaften. Offensichtlich, so wurde ihm klar, standen sie in irgend einem Zusammenhang mit der Beerdigung seines Vaters. Aber die Beerdigung fand doch nicht im Garten, sondern auf dem Friedhof statt. Dort warteten auch seine spärlichen Verwandten.

Franz tat den letzten Schluck aus der Kaffeetasse und sagte schließlich: »Gehen wir!«

Nun trat Irene dicht an ihn heran, legte ihre Hände sanft auf seine Schultern und hauchte: »Franz, deine Krawatte, die geht nicht!«

Es mag daran gelegen haben, daß Franz schon etwas nervös war: »Meine Krawatte braucht auch nicht zu gehen, die muß nur sitzen. Das Gehen besorge ich selber.«

Entsetzt wich Irene von ihm zurück: »Und so etwas sagst du an dem Tag, da dein Vater zu Grabe getragen wird?«

Franz tastete nach seiner Krawatte, aber die schien wirklich zu sitzen. – Irene sagte: »Die ist ja gar nicht schwarz!«

»Mein Vater hat mir ausdrücklich verboten, zu seiner Beerdigung eine schwarze Krawatte zu tragen. Er hat gesagt, das würde ihn im Sarg nur traurig stimmen.«

»Das kann doch nicht wahr sein!« fauchte Irene.

Diese Bemerkung Irenes mußte festgehalten werden. Denn mit dem Fauchen griff Irene einer Situation voraus, die hier noch gar nicht anstand. Mit Recht war Franz sehr entrüstet, denn wenn er schon einmal die Wahrheit sagte, dann konnte er es auf den Tod nicht leiden, einer Lüge bezichtigt zu werden.

In der Garderobe schnappte er sich einen zusammengerollten, langen Herren-Regenschirm und trat damit ins Freie, mitten in die dunklen Fremden hinein. Um ihn herum murmelte es etwas, dann erstarb es wieder. Franz wanderte die zweitausend Meter bis zum Friedhof zu Fuß, und dabei hörte er all die zweitausend Meter an die hundert Paar beleidige Füße schlurfend hinter sich her.

Einmal sagte neben ihm Irene: »Was soll dabei eigentlich dieser lange Regenschirm?«

»Kann ja vielleicht gleich regnen.«

»*Ich* habe aber keinen Regenschirm bei mir.«

Franz drückte ihr seinen Regenschirm in die Hand. Und da mußte Irene dieses lange Ding selbst weitertragen. Sicherlich stand ihr der Regenschirm nicht prächtig. Doch Irene war rührend, wie sie sich damit weiter zum Friedhof hin abplagte.

Das tut nicht jede Frau!

Auf dem Friedhof stieß Franz auf die eigentliche Trauergemeinde: seinen Großvater vom Finanzamt, seinen Onkel, der Zahnarzt auf dem Lande war, auf eine entfernte Kusine, die er sich immer noch viel jünger vorgestellt hatte, auf den Metzger, bei dem er immer gekauft hatte, selbst auf den Postboten, der auf diese Weise heute freibekommen hatte, auf den stellvertretenden Bürgermeister und auch auf den Feuerwehrhauptmann, weil es einmal bei seinem Vater einen Kaminbrand gegeben hatte. Und dann natürlich auf den Kunstprofessor und die Dame mit dem Cembalo, und auf noch ein paar ältere, freundliche Leute, mit denen sein verstorbener Vater in den letzten Jahren hin und wieder ein wenig verkehrt hatte. Und am Ende auf das Rudel seiner eigenen Freunde und Freundinnen.

Alle benahmen sie sich ihm gegenüber plötzlich etwas verhalten, obgleich an seiner Seite Irene doch so zuvorkommend und ernst allen entgegennickte.

Als er nach den religiösen Feierlichkeiten sich dem Sarg seines Vaters anschließen wollte und Ausschau nach seinen Verwandten und Freunden hielt, wurde er wieder umringt von den Fremden, die vorher in seinem Garten sich versammelt hatten. Seine Freunde und Verwandten waren von den dunklen Fremden nach hinten abgedrängt. Allein Irene blieb dicht an seiner Seite.

»Ich glaube«, flüsterte er Irene zu, »ich glaube, die Leute da hinter uns, die haben sich vertan. Die gehören wahrscheinlich zu einer ganz anderen Leiche.«

»Leiche? Wie du von deinem Vater redest!«

»Ach so«, dämmerte es ihm, »aber damit habe ich ja nicht meinen Vater gemeint, sondern irgend einen anderen, den wir ja gar nicht kennen.«

»Leiche bleibt Leiche!« giftete Irene leise.

»Siehst du!« sagte er, denn er wollte auf dem Gang zum Grab nicht streiten.

»Bei dir kann ich mich ja auf allerhand gefaßt machen!« seufzte Irene leise. – Franz verstand das zu diesem Zeitpunkt noch nicht. Er sollte es später einmal verstehen. Er hörte hinter sich nur die vielen, vielen Beine im Kies.

Als der Sarg unter dem Gebet des Priesters heruntergelassen war, defilierten die dunklen Fremden an ihm vorbei. Jeder drückte ihm und Irene stumm die Hand, und sie alle sahen ihnen sekundenlang tief in die Augen, manche nickten sogar dazu, als wenn sie sagen wollten: ›Ja, ja, alter lieber Freund, ich versteh' deinen Kummer.‹

Am Ende ergriff Franz die Flucht. Irgend etwas war ihm unheimlich. Aber hinter der Friedhofsmauer holte Irene ihn keuchend ein.

»Irene, weißt du vielleicht, was das alles für Leute sind?«

»Das sind keine Leute, Franz, das sind Verwandte.«

»Soviel hab' ich nie gehabt. Wo kommen die plötzlich her?«

Irene konnte unglaublich vornehm vor sich auf die Schuhspitzen schauen, damals schon. Und dann sagte sie: »Das sind *meine* Verwandten.«

Aha.

2

Gegen das, was nun folgte, hatte Franzens ›aha‹ nicht geholfen. Intelligente Menschen erkennen zwar die Zusammenhänge, aber vermögen nicht immer, sich der Folgen zu erwehren.

Das Kommende war sicherlich zwangsläufig – wobei es Zwänge gibt, die man auch nicht erklären kann – und es fand wieder in derselben kleinen Kirche statt.

Es waren auch wieder dieselben fremden Leute, nur diesmal nicht ganz so schwarz. Abermals war Franzens Opa in die Ecke gedrängt, und auch der Onkel, und die lieben Bekannten seines Papas und das ureigene Freundesrudel mit Freundinnen aus lustigen Zeiten.

Es war auch noch derselbe Pfarrer! – Aus seiner Moll-Stimme hatte er nun eine dünne Dur-Stimme gemacht; von den verschnörkelten Kirchenwänden hallte nicht dumpf der Tod, sondern es jubilierte Verheißung ewiger Paarung.

»Bis daß der Tod euch scheide!« – Allerdings klang dieser Satz aus lauter Feierlichkeit wieder etwas mit Grabesstimme. – Wieso muß ich erst tot gehen? fragte sich Franz, wobei seine Irene, jene in weißer Gaze eingehüllt, ihm gegenüber stand.

(»Bis daß der Tod euch scheide!«)

Verdammt! dachte Franz. Er hatte vorher gar nicht gewußt, auf was er sich eingelassen hatte. Zum Beispiel auf den Tod! – Hatte ihn deshalb ein Vertreter der Versicherung aufgesucht, vorzeitig für eine Versicherung in Sachen Witwen und Waisen?

Zwischendurch blitzte es ein paarmal. Frau von Retzloven war von Irene bestellt worden, um diesen heiligen Akt in Bromsilber zu betten: so und so viel mal Neun-mal-zwölf-Abzüge, und auch ein paar dreizehn-mal-achtzehn-Vergrößerungen.

Hinterher trat die Orgel an. Dieselbe Orgel, die vor acht Wochen noch für Franzens Papa so traurig gejammert hatte. Es kommt nicht auf das Instrument an, sondern auf das Programm, dachte Franz.

Und er ließ es mit sich geschehen.

Er ließ auch den abgedankten General über sich ergehen, der mit einer schnarrenden Stimme, als wenn sie aus dem Simplizissimus gestohlen wäre, dem Franz forsch in die Augen blickend sagte: »Lieber Franz, gestatten, von Blodwitz, und in schwierigen Situationen gern zu jedem Rat und zu jeder Tat bereit. Klar?«

Und dann noch die anderen neuen Tanten und weitere Onkels.

Wie bei einer Leiche gehört sich auch bei einer Vermählung gehörige Nahrungsaufnahme. Dabei wird sehr viel Sauerstoff verbraucht. Selten werden dabei die Fenster ausreichend geöffnet. Franz perlte der Schweiß auf der Stirn.

Aber dann war auch dieser Schweiß vorüber.

Irene sah weiter hinreißend aus: eine Mischung aus Verworfenheit und Keuschheit zugleich. Selbst die alte Berta war ganz weg! Und Irene hatte auch dafür gesorgt, daß zum Hochzeitsmahl und überhaupt zum ganzen feierlichen Tag ein junges, pralles Ding angeheuert war, die Theres. Diese Theres war schnell von der Berta angelernt, den stattlichen Braten herumzureichen, von Person zu Person. Dabei sah sie zuweilen etwas schräg auf Franz, und Franz waren diese schrägen Blicke einer umprogrammierten Kuhmagd etwas unheimlich. Zu all dem blies sacht der Föhn!

Es ist Zeit, angemerkt zu werden, daß die Angelegenheit am nördlichen Alpenrand stattfand. Sonst wird das Weitere nicht hinreichend verständlich.

Als sie endlich alle satt waren, verkündete Irene, nun müsse sie ruhen!

Verständnisvoll schossen die Gäste von ihren Stühlen hoch,

verabschiedeten sich hastig, um sich solange in ihre Zimmer des Gasthofes zurückzuziehen.

›Ruhen‹ hat Irene gesagt, und das heißt fast so viel wie ›schlafen‹.

Da gingen Franz die Augen auf, daß er seine Irene von dieser Seite eigentlich noch gar nicht probiert hatte. Er war zwar müde und vollgefressen und drum sicherlich zu einigen Sünden bereit, aber das eigentlich war's nicht, sondern es überfiel ihn mehr eine sinnliche Neugier. Und das ist es ja, was einen Mann so in die Höhe bringt. – Errötend folgte er seinem frisch angetrauten Weibe auf das ihr eingerichtete Schlafzimmer. Aber in der Tür drehte sich Irene brüsk zu ihm um und sagte: »Ich will jetzt schlafen, verstehst du?«

Wie ein begossener Pudel zog Franz sich zurück und krümelte sich auf sein altes Junggesellenbett. Die Berta brachte ihm dahin noch einen Kaffee. Langsam wurde es still im Hause.

Mit all dem Schweinebraten, den Klößen und dem Rotwein im Bauch und der Enttäuschung träumte Franz etwas von seiner Jugend, wie er über bayerische Landstraßen geradelt war, hinterher das Rad bergauf geschoben, um irgendwo an einem Fluß oder Bach zu liegen.

Und Franz träumte unkontrolliert weiter zurück von einem Mädchen und einem Bombenangriff, und das Mädchen war dann die Bombe, und dann sah die Bombe fast aus wie die Theres, bei der man oben hineinschauen konnte, wenn sie sich mit dem Braten bückte.

Mitten in die Träume plötzlich hinein boxten sich nord-alpine Laute, etwa so: Fidel-fidel-fidel-fopp-fopp-fopp – Fidel-fidel-fidel-fopp-fopp-fopp – Fidel-fidel-fidel-fopp-fopp-fopp.

Solche lautstarke Realität riß Franz in die Gegenwart zurück. In eine Realität, deren besondere Ausdrücke ihm bislang noch fremd gewesen waren: an der Hinterfront seines Hauses hatten sich einheimische Männer in Trachtenkostümen und mit Gamsbärten auf den Hüten versammelt, fidelten und bliesen in Blechinstrumente hinein: Fidel-fidel-fidel-fopp-fopp-fopp.

Für Franz, der zum ersten Mal in seinem Leben geheiratet hatte, war das ein ganz neues Erlebnis. Er betrachtete diese Sache durch sein Schlafzimmerfenster. Aber schon kam seine alte Berta herein. Sie war zwar eine Preußin, aber sie sagte: »Herr Franz, nun müssen Sie mit Ihrer Angetrauten hinaus, das müssen Sie, denn das ist eine Gratulations-Cour.«

Die draußen fidelten und bliesen tapfer weiter.

Franz schwang die Schuhe vom Bett und hastete zu Irenes Tür, stieß sie auf: »Irene, da draußen sind welche, die blasen und fideln für uns. Du mußt schnell mitkommen!«

Irene, in seidenem Unterrock auf dem neugekauften Bett, blinzelte nur: »Laß sie doch, denen brauchen wir doch wohl nicht zu helfen.«

In den Rücken erhielt Franz einen Schubs von der Berta.

»Ich glaube, nun müssen wir uns irgendwie einhaken, auf die Altane hinaustreten, hinunternicken und Prosit sagen oder sonst irgendwas anstellen.«

»Wenn *du* diese sogenannte Musik schön findest? Ich jedenfalls bin Besseres gewöhnt.« – Und sie drehte sich mit Gesicht und Büste zur Wand, und zum ersten Mal sah Franz, daß sie auch einen Hintern hatte.

»Irene!« – Flehend.

Irenes Hintern drehte sich noch etwas mehr nach oben.

»Irene!!«

Es war ein guter Hintern. Aber er blieb ungerührt. Irene hielt es mehr mit Bach oder Händel oder sonst was. Oder Halali.

Die Töne draußen, gefidelt und geblasen, wurden merklich schriller. Da wallte aufkeimender Zorn!

Durch's Clofenster riskierte Franz noch einen schnellen Blick auf die Musikanten. Alle hatten sie ihre Augen erwartungsvoll nach oben gerichtet. Es mußte sofort etwas geschehen!

Wie Franz sich vom Clofenster wegwandte, sah er im Flur die Theres. Er griff schnell nach ihr: »Theres, wirf deine Schürze weg. Ein Lippenstift liegt noch im Sterbezimmer meiner Mutter. Da ist auch so ein Ding für die Augenbrauen. Kannst du das?«

Und wie eine Kuhmagd das kann! – Keine drei Minuten später war die Theres wieder da und nicht wiederzuerkennen. Franz hakte sie unter und schritt mit ihr hinaus auf die Altane.

Und wie lustig da all die Fideln und Blasinstrumente wurden. Aus den Kehlen der Musikanten stiegen mit einemmal pilzförmige Laute hinauf in den Himmel, – sozusagen Jodler. – Und danach riefen die Musikanten, der Herr Franz habe eine fesche Frau gehochzeitet, und Vivat.

Und unten kam die alte Berta aus der Tür und kredenzte den Musikanten den restlichen Wein. Und brachte auch Gläser hinauf zum Franz und zur Theres.

Und busserln sollten sie sich, der Franz und die Theres!

Und, mein Gott, was blieb ihm denn da anderes übrig?

Konnte man hinterher dem Franz übelnehmen, daß ihm die fleischenen Küsse der Theres so gut schmeckten? So zog er die noch etwas an sich, bis er dann deren Busen spürte.

Die Fideln gerieten außer sich, das Blech schrie. Die Theres, an den Franz gezogen, machte die Augendeckel nieder und einen ganz großen Mund. Der Schweinebraten in Franz war verdrückt, aber so ein wenig Tierisches war doch in ihm geblieben.

Wie er hernach die Theres auf seine armselige Junggesellencouch setzte – vielleicht schmiß sie sich auch ein bißchen selber mit, ohne daß er es merkte –, bekam er für eine Sekunde Angst vor baumwollenen Höschen. Aber eine Theres, die auf der Alm groß geworden ist und kenntnisreich mit wilden Preußen, die hat so ein Baumwollenes vorher längst hinter sich gelassen.

Und da war die Theres die reinste Alm, wo jeder Schmetterling gern dran genascht hätte.

So ist es gekommen, daß Franz doch noch einen leidenschaftlichen Hochzeitsnachmittag vom lieben, einsichtigen Gott zum Geschenk erhielt, oder vom Schicksal, egal! – Und so völlig komplikationslos, mit all den besseren jungen Damen verglichen und Mädchen, mit denen er es früher in der Stadt oder auf der Universität getrieben hatte. Jene wollten immer wissen, was hinterher er von ihnen denke. Und dafür hatte er sich immer etwas ausdenken müssen. – Aber die Theres, die hat hinterher überhaupt nicht gefragt. Die hat nur ein wenig gejapst. Der Franz aber auch. Und dann ging sie einfach wieder an die Arbeit!

Hernach hat die Berta dezent an die Tür geklopft, und die Theres hat dann dem ›Herrn Franz‹ in die Hose geholfen, weil's so schnell gehen mußte.

Irene hatte ausgeschlafen.

Langsam füllte sich das Haus zum Abendessen. Irene war wieder weiß und voll aufgetakelt und stolzierte hoheitsvoll an den Tisch. Viele Blicke waren auf sie gerichtet, denn die Hochzeit hatte sie offensichtlich sehr angestrengt. Sie sah so blaß aus und sie hatte bisweilen feuchte Augen!

Herr v. Kummersbach, Vertreter in Sekt, auch von der neuen Verwandtschaft, blinzelte Franz zu: »Schwerenöter!«

Und Baronin Schwerspat streichelte Irene die Hand – wobei sie ein Weinglas umwarf – und sagte: »Kindchen, Ihr müßt Euch anfangs etwas schonen!«

»Ho-ho-ho!« lachte ein bürgerlicher Verwandter aus Irenes erster Ehe: »Ho-ho-ho. Attacke mit gehörigem Satteldruck, versteht sich heute noch.« – Und prostete Franz zu.

Franz sah unsicher von einem zum anderen.

Der Pfarrer rauchte nach dem Essen eine Zigarre nach der anderen, entsann sich zwischendurch seiner Sendung und wünschte dem jungen Paar viele, viele Kinderchen!

Still goß die Theres die leergetrunkenen Gläser nach.

3

Am nächsten Morgen war die Hochzeitsreise fällig.

Der alte 4-Zylinder-Morgan wartete vor der Gartenpforte. Seinetwegen war Franz des Nachts noch einmal aus dem Bett gestiegen, hatte ihn in der Dunkelheit abgestaubt und sogar neu gewachst, und jede Radspeiche mit Chrompaste auf blitzenden Hochglanz gewienert.

Franz und Irene sahen vor dem Frühstück durchs Fenster hinab auf das alte Auto, und er legte ihr die Hand auf die Schulter. – »Der ist sicher sehr süß!« sagte Irene.

»Ja«, antwortete Franz ergriffen. – Es ist so schön, wenn auch das Auto von der Frau verstanden wird.

»Franz, wo wir nun verheiratet sind, das hast du einmal selber gesagt, willst du doch endlich ein ordentliches Auto kaufen.«

»Weißt du, Irene, ein ordentliches Auto kostet Geld, auch das Heiraten und so, und das Weitere. Und da dachte ich – – –.«

Irene strich ihm zart über die Stirn: »O ja, du denkst immer.«

Prima! dachte Franz. Dann: »Du, Irene, heute Nacht ist etwas ganz Komisches passiert. Für unsere Hochzeitsreise habe ich Geld von der Bank geholt. Aber heute morgen fehlen daran plötzlich tausend Mark. Glaubst du, daß die alte Berta klaut?«

Irene kraulte ihm den Nacken.

Franz sinnierte weiter: »Ich möchte nur wissen, wo, verdammt, die tausend Mark plötzlich geblieben sind.«

»In einem ordentlich geführten Haus wird nicht gestohlen«, belehrte sie ihn und kraulte weiter seinen Nacken. »Aber wenn du von tausend Mark redest, die habe ich deinem Portefeuille entnommen, um Schulden von dir zu bezahlen.«

»Heute Nacht? Was gehen dich überhaupt meine Schulden an?« – Franz entwand sich der nackenkraulenden Hand.

»Deine Schulden sind nun unsere Schulden, Liebster!«

»Darf ich fragen, welche Schulden von mir, respektive von uns, du heute Nacht mit tausend Mark bezahlen mußtest?«

Züchtig neigte sie den Kopf: »Damit mußte ich deine Theres auszahlen.«

Im Garten fiel aus kurzer Distanz ein Dompfaff ein, hüpfte näher zum Futterhäuschen, flatterte hinauf, dann hinein und pickte Körner.

»Schau, Franz, so ein liebes Vögelchen!«

Aber Franz konnte nicht einsehen, daß ein blöder Dompfaff, nur weil er Körner fraß, darum auch gleich ein süßes Vögelchen sein müßte. Ihm gingen die tausend Mark im Kopf herum: »Irene, die Theres ist nur neun Stunden da gewesen, das kann doch keine blanken tausend Mark ausmachen! Das wäre pro Stunde – verdammt – so schnell kann ich das gar nicht ausrechnen, wieviel das wäre, also fast hundertzehn Mark die Stunde!«

Irene wandte sich traurig ab. Leise zuckten ihre Schultern. In Zukunft sollte Franz das noch des öfteren erleben, denn Weinen ist die wirkungsvollste Waffe der Frau.

Nur im Augenblick verstand Franz gar nichts mehr.

Und weil das Irene merkte, kommentierte sie schluchzend: »So ein armes naives Ding, wie die Theres, das konntest du doch nicht einfach mißbrauchen, für gar nichts. Oder meinst du, ich wäre blind – oder taub –, nur weil du mich geheiratet hast?«

»Das war auch nicht für gar nichts, das war für – – –! Und überhaupt, wenn's auch nicht wahr ist, was hat das mit tausend Mark zu tun?«

Irene drehte sich jäh zu ihm herum und sah dabei verteufelt zornig und darum auch noch hübsch aus: »Bei *uns*, in *meiner* Familie, hat man solche Sachen hinterher in Ordnung gebracht.«

Erst war Franz verblüfft, aber dann faßte er sich: »Also, von mißbrauchen kann wirklich nicht die Rede sein. Erstens war das mein Hochzeitstag und zweitens warst du nicht greifbar, wo mir nach dem Altar und Brimborium so nach Fleischeslust zumute war, da wolltest du ja nicht. Und wenn du es *so* genau nimmst, dann war das quasi das Hochzeitsgeschenk der Theres für mich.« – Aber dann wurde er etwas kleinlauter: »Sonst hatte sie ja nichts für mich.« – Und dann wurde er wieder etwas großlauter: »Und drittens hat es ihr verdammt viel Spaß gemacht. Und dafür soll ich der tausend Mark bezahlen? Was zuviel ist, ist zuviel! – Du, Irene, hat die Theres etwa das Geld angenommen?«

»Wie kannst du so fragen?« erwiderte sie.

Das sah Franz gleich ein. Nur nebenbei bemerkte er: »Das Geld wird uns auf unserer Hochzeitsreise natürlich fehlen.«

Doch Irene schien nicht an Geld zu hängen!

Die alte Berta schleppte die Koffer hinaus, und sie wurden hinten in den Morgan gestellt und auf den verchromten Gepäckständer geschnallt. – Eine schwarze Katze sprang von der Mauer und lief quer über den Weg.

Tausend Mark! – Und darum kramte Franz unter seinem Fahrersitz und zerrte scheppernd eine Andrehkurbel hervor. Mit der begab er sich vor den Kühler und steckte die Kurbel vorn in den Morgan. – Und da fragte Irene: »Hat der denn keinen elektrischen Anlasser?«

»Doch. Aber jetzt müssen wir sparen!« – Er würde es ihr zeigen. Und so legte Franz den Daumen nach rechts rüber von der Andrehkurbel, ging in die Hocke und versuchte einen grimmigen Andrehschwung.

Mit einem wehleidigen Ächzer ging er hintennach zu Boden!

Es fühlte sich an, als hätte ihm jemand ein stumpfes Küchenmesser in das Kreuz gestoßen und ein Bündel Stricknadeln in seinen rechten Hintern und in den rechten Oberschenkel geschossen.

Irenes erster Mann hatte sich stramm und schneidig beizeiten scheiden lassen. – Ihr zweiter Mann hatte sich erst nach einem Herzanfall dazu entschließen können. – Der dritte indessen war an einem plötzlichen Herztod verstorben.

Und daran mußte Franz nun denken, als er am Boden lag und sich mühsam auf einen Ellenbogen stützte.

Abermals kam diese verfluchte schwarze Katze, sagte scheinheilig ›miau‹, und Franz fuhr die Katze an: »Hau ab, du Biest!«

Wiewohl Franz nun hilflos am Boden lag: der Motor, angekurbelt, blubberte munter. – Franz arbeitete sich bis vor den linken Scheinwerfer, zog sich daran hoch, stützte sich am Windschutzscheibenrahmen und ließ sich ächzend in den verknautschten Ledersitz sinken. Und schlug dann die kleine, ausgeschnittene Tür zu.

Oben auf den Alpen bekundete Irene: »Mir tut der Rücken so weh.«

»Mir noch mehr«, entgegnete Franz.

»Du wolltest ja auch ankurbeln!«

»Du hast dabei einfach im Auto gesessen.«

»Gewöhn dir ab, immer nur von deiner Gesundheit zu reden«, meinte Irene, »und komm nicht dauernd mit deinem Rükken!«

Da tat ihm der Rücken wieder besonders weh. Und wie er das spürte, begann ihn die Frage zu beunruhigen, wie er mit einem solchen verknacksten Rücken in der anstehenden Nacht all das an Irene bewerkstelligen könne, was sie von ihm, dem Angetrauten, nun verlangen werde. Und das sogar mit Fug und Recht, das mußte er eingestehen. Besonders nach der Sache mit der Theres!

Und je mehr er an ›Fug und Recht‹ dachte, um so mehr spürte er seinen verknacksten Rücken. Manchmal rutschte er sacht auf dem Sitz und versuchte, sich anders zu setzen, aber jedesmal zuckte es ihm elend durchs Kreuz.

»Habt ihr euch dabei eigentlich zugedeckt?« wollte Irene von ihm wissen.

In die nächsten Paßkehren bergab quälte Franz das Lenkrad des alten Morgan und mußte zugleich herunterschalten – mit Zwischengas! – und war drum nicht ganz bei der Sache: »Was, wer, wie meinst du das?«

»Gestern, du und die Theres?«

Der Zeiger des Tourenzählers überschritt die Fünftausend-Marke, mit kleinem Gang, versteht sich. Und was geht es Irene an, wenn man das schon gar nicht mehr wissen will, obgleich sie doch selber schuld gewesen war, mit ihrer verdammten Faulheit, mittags.

Wem es aber im Kreuz weh tut, der geht auf die perfidesten Fragen ein: »Nein, warum hätten die Theres und ich uns zudekken sollen?«

Irene drehte sich auf ihrem Sitz nach ihm: »Aha, siehst du, dabei eben hast du dich hinten erkältet. Und ich soll jetzt mit deinem lädierten Kreuz glücklich werden!«

Die tausend Mark, die hätte Franz inzwischen gern verschmerzt, aber es war etwas zu viel der Qualen, daß die Sache nun intellektuell weiterging!

Und damit sann er wieder auf eine Rache, die er schon bei der Abfahrt geboren, nur zwischendurch etwas vergessen hatte. Ein Mann kann Unrecht haben, meist hat er es sogar, aber das Weib ist es doch, das ihn unrecht tun läßt!

An dem bestellten Hotel fuhr Franz dennoch vorbei, hielt stattdessen unter grau-grünen Olivenbäumen, schaltete den Motor ab, quälte sich aus dem Auto, holte aus dem hinten aufgeschnallten Koffer eine Wollweste und eine Decke, zwängte sich in die Wolle und legte sich die Decke über die Knie. Die Sonne war untergegangen. Ahnungslos sangen ein paar Nachtigallen.

Entgeistert und fröstelnd fragte ihn Irene: »Was tust du da?«

»Ich schlafe jetzt ein.«

Die Nachtigallen taten noch weiter ihr Bestes. In der Ferne bogen schwere Lastwagen um eine Kurve und manche machten dabei ›Tatü-tatü-tatü‹.

»Schlafen, Franz, hier im Sitzen?«

Seine Stunde war gekommen: »Wo sonst meinst du denn? In einem Hotel? Wie soll ich das bezahlen, wenn du einer Theres tausend Mark geschenkt hast?« – Er kreuzte die Arme über das

Lenkrad, legte seine Stirn darauf und versuchte zu schnarchen. Denn Schnarchen erzeugt einen realistischen Ausdruck der Situation.

»Franz, du gehörst schleunigst in ein ordentliches Bett.«

»Dafür habe ich kein Geld. Du hast ja der Theres tausend Mark geschenkt.«

»Die hat die Theres aber nicht angenommen.«

»Dann gibt die tausend Mark her!«

»Die habe ich nicht mehr.«

»Dann bleib neben mir sitzen, leg den Kopf an die Windschutzscheibe und hör den Nachtigallen zu!«

Er spürte am Auto, wie sie ausstieg, er hörte die Tür zuklappen. Dann wackelte der alte Morgan etwas; offenbar schnallte Irene hinten einen Koffer ab. Dann hörte er knackende Zweige, zwischendurch natürlich wieder die Nachtigallen. Und dann wurde es still.

Er ärgerte sich so ohnmächtig, daß er wirklich über seinem Lenkrad einschlief.

Des Nachts träumte er von Ehescheidung. Weil in dieser Haltung sein Magen gedrückt war, träumte er allerdings auch von den Kosten.

Und im Traum schwebte der Scheidungsrichter auf ihn zu: ›Und wie war das am Hochzeitstage?‹

Die schlimmsten Träume sind die, wo man nicht reden kann. Aber selbst, wenn Franz im Traum hätte reden können: wie könnte man einem Richter diesen Hochzeitstag klar ausdrükken? Kein Richter der Welt würde das verstehen, denn für solche Feinheiten sind keine Richter gemacht, auch keine Gesetze. Und wo liegt denn hier die Gerechtigkeit? Wo liegt überhaupt die Ehe?

Noch einmal wurde er wach, denn er war mit einem der gekreuzten Arme auf den Hupknopf geraten.

Franz saß noch immer inmitten der Dunkelheit. Die Nachtigallen waren längst schlafen gegangen, und er hockte allein in seinem alten Morgan. Und wenn jetzt Irene noch weiter neben ihm gesessen hätte, dann hätte er sie geküßt. Aber weil sie nicht mehr bei ihm war, wünschte er ihr die Pest an den Hals.

4

Als dicker Ball ging die Sonne auf. Franz hob den Kopf vom Lenkrad, wobei er wieder auf den Hupknopf kam und der alte Morgan durch den Olivenhain blökte. Unter den ersten Lichtstrahlen sprangen die Fische im See. Das machte Franz gleich munter, aber warum hatte Irene bei der Abfahrt vergessen, ihn an das Angelzeug zu erinnern – wo sie doch nun mit ihm verheiratet war?

Als seine Gedanken da angelangt waren, wurde er böse. Um unter Oliven in einem unbequemen Zweisitzer zu schlafen, muß man nicht heiraten. Und nun konnte er sich nicht einmal mit seinem Weibe herumärgern, denn das war ja weg. Wohin wohl?

Er öffnete die linke Tür und wollte seine Beine aus dem Auto stellen, aber da tat ihm schon wieder der Rücken weh. Er zog die Beine zurück.

Von vorn brummte etwas. Über die knorrigen Wurzeln der Oliven hüpfte eine Vespa heran; darauf saß ein melierter Herr in Livree. Er hielt neben Franz, stellte das Motörchen ab, stieg vom Sattel, und auf dem Revers der Livree sah Franz gekreuzte vergoldete Schlüssel.

Der von der Vespa konnte nur italienisch und unterstrich seine Rede mit kurzen, fuchtelnden Armen. – Franz begriff nur die Hälfte, drückte aber den Starterknopf und hoppelte hinter der Vespa her. Schließlich ging es über etwas bessere Straßen, bis hinein in die kleine Stadt mit spitzen Türmchen und Schießscharten und mit bunten Läden. Fett wälzten sich Touristen durch die Gassen, die Frauen mit prallen Einkaufstaschen, die Männer mit umgehängten Fotoapparaten. Eine Horde junger

Männer mit grellgelben Strohhütchen stieß sich durch die Menge und schrie dazu: ›Zicke-zacke-zicke-zacke-hoi-hoi-hoi!‹ – Sie hatten schon deutsche Reibekuchen in einem italienischen Restaurant gegessen.

Die Vespa hielt vor einem angegrauten, soignierten Hotel. Im Eingang, unter erwachsenen Oleanderbäumen, wartete Irene!

Franz hatte ihr mit niederschmetternden Blicken entgegentreten wollen. Aber – wieder einmal war Irene so schön! Durch ihre dunklen Wimpern blitzten etwas spöttisch die Augen, und die in einer Bläue, wie man sie sonst bei brünetten Frauen nicht findet. Sie schritt auf den alten Morgan zu, öffnete die Tür und reichte Franz ihren spirrigen, bunten Sonnenschirm. Der Portier hatte seine Vespa abgestellt und war nun wieder ganz Hotel. Neben der Eingangstür baumelte ein Pappschild mit aufgedruckter Hand und weisendem Zeigefinger und dem deutschen Text: ›Zum Palmengarten‹.

Schon bei den ersten Schritten war Franz zu Mute, als verliere er sein rechtes Bein und die rechte Pobacke dazu. Irenes Schirm war auch nicht die richtige Hilfe: mit seiner spitzen Zwinge piekte er vor dem Hotel zwischen die Pflastersteine, und jedesmal mußte Franz stehenbleiben und den verdammten Schirm wieder zwischen den Steinen herausziehen. Das ist keine Stütze für jemanden, der es so mit dem Rücken hat! Und im Hotel piekte die Zwinge tief in den vornehmen, schrittdämpfenden Fußbodenbelag der Halle hinein, Löchlein hinter Löchlein, eine Spur bis hin zum Lift. Franz sandte dem Portier einen entschuldigenden Blick zu, aber der Portier stand über die Löchlein gebeugt, ganz versonnen, machte dann einen Diener und sagte: »Makt nix, makt alles auf Rechnung.« – Wenn man denen Löcher in den Boden piekt, können die mit einemmal Deutsch!

Franz und Irene warteten weiter auf den Lift. Als sie dann drin waren und sich die schmalen Türen schlossen, tat die Kabine einen Ruck nach oben, der Franz aufstöhnen ließ. Dafür ging der Lift hinterher so sanft, so langsam, daß Franz sich erleichtert gegen den eingebauten Spiegel lehnte. – In der zweiten Etage tat die Kabine nochmals einen gewaltigen Ruck, nämlich, weil sie nun stehengeblieben war.

Das Zimmer jedenfalls ruckte nicht. Es hatte heruntergelassene Jalousien, und durch die Ritzen sah man etwas von dem plätschernden See. Auch zwei oder drei Palmwedel.

»Zieh dich mal hinten aus!« gebot Irene, »und tu den Gürtel weg.«

Franz mußte sich auf den Bauch legen. Irene hatte ein Fläschlein mit einer rosé-farbenen Flüssigkeit besorgt und salbte damit Franz das untere Rückgrat. Es stank penetrant, auch dann noch, als Irene ihm den neuen Mohairschal darauflegte. Dann setzte sie sich in einen Stuhl und sah einfach weiter zu, wie er da lag. Als wenn man darauf warten könne, daß Franz in den nächsten Minuten kuriert sei.

So zog sich die Sache hin und wurde ungeheuer langweilig.

»Irene, es ist so schönes Wetter, und dieses Hotel hier kostet doch bestimmt eine Stange Geld. Da kannst du doch nicht einfach so im Zimmer herumsitzen.«

»Was sonst soll ich denn tun?« fragte sie resigniert.

Franz dachte angestrengt nach. – »Hol dir doch was zum Lesen!«

»Bei dem schönen Wetter?«

Dann eben nicht.

Aber Irene stand doch auf und sagte in der Tür: »Bye, bye!«

Nach zwei Stunden war sie noch immer nicht zurück. Die ging einfach spazieren. Franz sah ein, daß sie recht hatte. Aber es machte ihm keinen Spaß, ewig auf dem Bauch zu liegen, das hatte er auch nie ausreichend geübt.

Vorsichtig zog er sich Hemd und Jacke wieder an, fand auch peinvoll die Schuhe und gelangte mit eigener Kraft zu dem drolligen Lift.

Auf der Hinterseite des Hotels fand Franz die Tür zum ›Palmengarten‹. Dort ließ er sich vorsichtig auf eines der grell bezogenen Stühlchen nieder. Wenn man alles ganz langsam macht, ganz vorsichtig, läßt sich auch mit einem Hexenschuß leben.

Von dort aus sah Franz die beiden Palmen an. Der Garten war in zwei Areale getrennt, das eine für die jüngeren Leute, und das war leer, denn die schwammen oder paddelten auf dem See; auf dem anderen Areal saßen still ein paar ältere Leute in Hollywoodschaukeln und atmeten bedachtsam italienische Luft.

Links von ihm schaukelte eine sehr ältere Dame; sie fächelte sich mit einer Postkarte in Weltformat. Unter ihr hingen kurze, dicke Beine in teuren Pumps, aus denen die Füße quollen. Mit den liebenswürdigen Augen ihres Alters musterte sie unverhohlen Franz. – Er grüßte freundlich zurück.

»Das tut sehr weh, nicht wahr?« fragte sie.

»Na ja, es geht.«

»Waren Sie schon oft hier?« – So eine Frage, wie nur Leute in Palmengärten sie stellen.

»Nein«, seufzte Franz, »eigentlich zum ersten Mal. Gewissermaßen versehentlich, ich bin nämlich auf Hochzeitsreise.«

Die alte Dame musterte ihn schweigend. Dann: »Das ist aber eine sehr schöne Frau.«

»Drum hat sie mich auch geheiratet«, sagte Franz.

Die alte Dame lächelte: »Junger Freund, mir will scheinen, Sie haben sich da etwas übernommen.«

»Stimmt. Aber nur beim Ankurbeln.«

»Wenn Ihnen das so weh tut, sollten Sie etwas dagegen tun«, meinte die alte Dame.

»Gewiß. Ich überlege mir schon die ganze Zeit, ob wir uns nicht wieder scheiden lassen sollen.«

»Das können Sie immer noch. Ich meine jetzt aber nicht Ihre Frau, ich meine Ihren Rücken.«

Franz nickte stumm.

Die alte Dame stand auf und walzte mit ihren quellenden Füßen über den geharkten Kiesweg dahin.

Nach einiger Zeit kehrte sie zurück mit einem blonden Pummelchen.

Das sei Fräulein Goldschmidt. Das Pummelchen hatte schlitzige Augen und einen strammen Büstenhalter, dessen Konturen

Franz durch die rosafarbene Bluse sah. Die Lippen des Fräuleins waren fast violett gestrichen, sahen aber so aus, als würden sie selten geküßt. Auch trug Fräulein Goldschmidt kräftiges Schuhwerk und strahlte, wie es an einem solchen Ort nur Mädchen tun, die sich zum ersten Mal einen solchen Urlaub gönnen.

»Entschuldigung, wenn ich sitzen bleibe!« stellte sich Franz vor.

Fräulein Goldschmidt griff Franz unter die Achseln, und da stand er schon!

Als er sich noch einmal umsah, winkte ihm die alte Dame nach, als wenn schon jetzt wieder alles wunderbar auf Erden sei.

Das Pummelchen führte ihn nicht in den Lift, sondern stützte ihn geschickt zwei Stockwerke hoch über die Treppen. Sie war nämlich Masseuse, Heilgymnastikerin und Gott weiß was sonst noch für lädierte Menschen gut ist und ihnen verschrieben wird.

In ihrem Zimmer zog sie die Decke vom Bett und half ihm aus der Jacke.

»Fräulein, jetzt zieh ich mich aber nicht wieder aus, wissen Sie, am Hochzeitstag – – –.«

Aber das Pummelchen mit dem strammen Büstenhalter und den violetten Lippen zog ihm einfach das Hemd über den Kopf, und dann mußte er auch noch die Hose ausziehen.

Wenn man es so im Kreuz hat, ist man gläubig. Franz sagte nur: »Wenn Sie doch bitte auch die Tür abschließen wollten, vielleicht?«

Und auch die Socken mußte er ausziehen!

Danach telefonierte sie mit unten. – Es klopfte, sie schloß die Tür wieder auf, ein Kellner servierte vier Gläser mit purem Gin und zog sich eilig-diskret wieder zurück.

Es gibt Therapien, die einem jeden Mann behagen. – Franz griff vom Bett aus nach einem der Gin-Gläser: »Prost!«

Doch die Therapie sollte anders stattfinden: Fräulein Goldschmidt nahm ihm das Glas wieder ab und träufelte ihm den Gin auf den Rücken. – Das tat sie auch mit den weiteren Gläsern und massierte ihn. Mit den Daumen fand sie gleich die unangenehmsten Stellen.

»Können Sie nicht mal woanders, wo es nicht so weh tut?«

»Wo anders fehlt Ihnen nichts!«

Am Ende zupfte sie an seinen Füßen, zerrte an seinen Armen. Und danach durfte er sich ein wenig ausruhen.

Seit langem hatte er nicht mehr so wohlig gelegen. Er hörte noch, wie sie sich die Hände wusch.

Er wurde wach, weil unten mehrfach auf den Gong geschlagen wurde.

»Langsam!« gebot ihm Fräulein Goldschmidt, bei der er noch immer war.

Franz stand schon, hatte sich Hose und Hemd geschnappt und merkte mit einemmal, daß nichts mehr weh tat. – »Fräulein, Sie sind großartig! Und wieviel macht das bitte?«

Es machte gar nichts. Fräulein Goldschmidt war auf Urlaub und deshalb ganz und gar privat.

Nun wurde Franz immer verlegen, wenn er etwas umsonst bekam, und darum wollte er Fräulein Goldschmidt wenigstens einen Kuß geben, aber die drehte ihren Mund weg.

»Verzeihung!« stammelte Franz.

»Macht nichts«, sagte Fräulein Goldschmidt, »das tun viele meiner Patienten. Sie halten das für Trinkgeld.«

Franz merkte, wie ihm die Ohren warm vor Verlegenheit wurden.

Da ließ sie sich doch einen Kuß geben, weil sie ja im Urlaub war, und ganz privat, und dabei fühlte Franz etwas den strammen Büstenhalter, und versuchte trotzdem, nichts dabei zu empfinden.

Beherzt öffnete er die Tür, knallte sie aber gleich wieder zu. – Draußen am Ende des Ganges stieg gerade Irene aus dem Lift.

»Tut Ihnen noch etwas weh?«

Franz hörte Irene vorbeistackeln. Ihr Zimmer lag drei Türen weiter. – Er hatte bestimmt kein schlechtes Gewissen. Er spürte nur, daß er noch etwas warten müsse.

»Sie haben aber einen feinen Busen«, versuchte er die Zeit zu überbrücken.

»Sie leiden an Mutterkomplexen«, sagte das Pummelchen.

Franz lauerte noch einmal durch die Tür. Jetzt traten magere Engländerinnen aus dem Lift.

Wie sollte er Irene erklären, daß er plötzlich wieder kerzengerade marschieren konnte? Sie würde ihn ausfragen bis auf die nackte Haut, und er würde wieder verlegen werden.

»Sie hätten mich eben nicht küssen sollen!« erriet Fräulein Goldschmidt.

»Hat aber herrlich geschmeckt!« sagte Franz, so elend ihm nun auch zumute war. Was ein Mann ist, der steht auch zum Leichtfertigen!

Irene zog sich grade um. Bei diesem Tun sah er sie zum ersten Mal, und eigentlich konnte er sich nur gratulieren! Nebenher dachte er: warum erzähle ich der Irene das nicht einfach?

Stattdessen krümmte er sich wieder ein wenig, stützte sich ächzend gegen den Schrank, begab sich von da aus mit ganz leisem Wehklagen zu einem Sessel.

»Franz, du solltest doch liegenbleiben.«

»Ich wollte es nur mal versuchen.«

Dann sah er zu, wie sie sich Mittags-blau auf die Augendeckel pinselte.

»Soll ich mich nicht auch umziehen?«

»Du kannst so bleiben, wie du bist, Franz.« – Und sie pinselte weiter.

»Irene, auch mit meiner blöden Bandscheibe?«

»Damit kannst du wenigstens keine Dummheiten anstellen.«

Als sie mit dem Pinseln fertig war, reichte sie ihm den Arm und führte ihn hinunter in den Speisesaal.

Sie wurden von vielen neugierigen Blicken beschossen.

Bei den Mirabellen zum Nachtisch walzte die ältere Dame aus der Hollywoodschaukel mit den todguten Augen an den Tisch: »Hat es Fräulein Goldschmidt mit Ihnen richtig gemacht?«

»Die war phantastisch!« entfuhr es Franz.

Irene verzog noch keine Miene, sondern war wieder wie Stein. Franz merkte das nicht gleich.

Danach begab man sich in die Halle; Franz bestellte zwei Espresso und seufzte pro forma in einem der knautschigen Fauteuils. – Vom anderen Ende der Halle her winkte ihm Fräulein Goldschmidt zu.

Da endlich wurde es Irene zu viel: »Daß diese Person auch noch so schamlos ist!«

Franz tat noch einen Seufzer: »Red nicht so dumm. Wenn ein Mann es so schlimm im Rücken hat, dann kann keine Frau schamlos sein. Die hat nur aus Mitleid gewunken.«

Just in diesem Augenblick kam ein Boy in die Halle und fragte von Tisch zu Tisch: »Telefono, Herr Dempelkort, dringend!«

Franz fuhr aus seinem Fauteuil hoch, eilte nach draußen und schoß in eine der Telefonkabinen. – Geschäft ist Geschäft! Aber er hieß nicht Dempelkort und war überhaupt nicht gemeint. Und das war gut so, denn er wollte ja nicht arbeiten, sondern Ferien machen – respektive seine Hochzeitsreise.

Als er wieder in der Halle saß, fragte Irene: »Wie lange soll das mit deiner Bandscheibe noch so gehen?«

»Ach, so in ein bis zwei Wochen hat sich die wieder eingerenkt.«

Scheiße! dachte er.

Die wahre Scheiße fand hinterher auf ihrem Zimmer statt.

Irene: »Warum machst Du mir das weiter vor?«

»Was? Du hast doch selber gehört, wie sie mich ans Telefon riefen.«

»Stell dich nicht so dumm!«

»Irene, bei meinem Wort, das war eine falsche Verbindung.«

»Offenbar ist unsere ganze Ehe eine falsche Verbindung, Franz!« – Und elegisch stützte sie sich auf die Fensterbank und blinzelte durch die Jalousien, weil man nun einmal zum Fenster hinausblicken muß, wenn man gedankenschwer ist.

»Au!« stöhnte er. »Diese verflixte Bandscheibe, du weißt gar nicht, was das für Schmerzen sind.«

Irene fuhr herum: »Ich weiß ganz genau«, und jetzt zischte sie, »ganz genau weiß ich, was du bezwecken willst mit deinem Simulieren. Du bist mich seit gestern schon leid. Erst bleibst du eine Nacht im Auto sitzen, worin es nicht geht – in diesem engen Mistkarren! – und dann fängst du mit deinem Rücken an, damit du in den nächsten Nächten nichts zu tun brauchst, sondern dich einfach auf die Matratze wälzt und da nichts anderes tust als pennen!«

Da näherte er sich ihr und versuchte, sie von hinten zu umarmen: »Irene, ich habe dir gar nichts vorgemacht. Das mit meiner Bandscheibe war echt. Aber inzwischen habe ich mich kurieren lassen. Hier ist nämlich so ein Fräulein im Haus, die kann das und so.«

»Und das ›und so‹ scheint dir gut bekommen zu sein.«

»Denk nicht so schlecht!«

Sie fuhr herum: »Dann sieh doch mal deinen rechten Fuß an!«

Also, was kann man mit einem rechten Fuß schon Sündiges anstellen? Dennoch sah er auf seinen rechten Fuß.

»Franz, ich habe noch nie gehört, daß man zum Kurieren einer Bandscheibe die Socken ausziehen muß.«

»Nee, warum auch?« – Denn sie würde es ihm doch wieder nicht glauben.

»Und dein rechter Strumpf, Franz, den hast du verkehrt herum an, nämlich von links.«

Von Jugend auf hatte Franz Schwierigkeiten gehabt, beim Anziehen von Strümpfen festzustellen, was daran eigentlich rechts und links ist. Er hatte auf solcherlei Erkenntnis auch nie besonderen Wert gelegt. – »Von rechts war der vielleicht schon schmutzig«, versuchte es Franz.

Sie schüttelte den Kopf.

Und da raffte sich Franz zu ganzer Energie auf: »Irene, wenn du es wissen willst, den hatte ich gleich von vornherein heute morgen links herum angezogen!«

Irene sah wieder hinaus auf den See, um nachzudenken. Und dann kombinierte sie: »Wenn du deine Socken von vornherein verkehrt herum angezogen hast, dann warst du auch bei keinem Fräulein und bist gar nicht kuriert worden. Dann war an dir auch gar nichts zu kurieren, sondern du hast von vornherein, schon gestern, simuliert!« Und sie brach in Tränen aus.

Wenn Weiber heulen, empfinden sie zweifellos etwas Schmerz. Nur wissen die nicht, daß ihre Heulerei dem Schuldigen noch viel mehr Schmerz zufügt. Oder sie wissen es doch und heulen trotzdem.

Franz verspürte wenig Lust, noch weiter Irenes Heulerei zu ertragen. Er ging zum Portier, und der hatte noch ein Einzelzimmer für ihn.

Nichtsdestotrotz setzte man sie am nächsten Morgen an denselben Frühstückstisch. Draußen spielten arglos die Wellen am Ufer.

Franz war von dem Beschluß beseelt, zukünftig darauf zu achten, daß er auch hinterher seine Socken richtig herum anzog, und wenn es noch so harmlos zuging. Denn es kommt nicht auf das gute Gewissen an, sondern auf die Indizien.

»Franz, diese Kuhmagd, diese Theres, die wäre dir auf dieser Reise wohl lieber gewesen?«

»Wo du grade davon sprichst, wo sind die tausend Mark?«

Irene war so weltgewandt, daß sie die frischen Brötchen auswaidete, bis nichts Weiches mehr in ihnen war, und dahinein kratzte sie etwas Butter und knabberte.

»Ich fresse die Brötchen mit allem drin, Irene. Du warst zwar ›von‹, aber ich bleibe eben ein intellektueller Prolet. Klar?«

Erschreckt blickte Irene zu ihm auf. – »Franz, ich liebe dich!«

»Dann gib mir die tausend Mark zurück!«

Sie legte ihre schlanke Hand auf seinen linken Unterarm und sah wieder einmal hinreißend aus: »Die tausend Mark habe ich auf ein Sparkonto getan, für schlechte Zeiten.«

Vielleicht ist es doch gut, eine Lebensgefährtin zu haben. – Lächelnd klopfte er sein Ei auf.

»Franz, guck nicht so sinnlich auf dein Ei!«

Je besser das Hotel, um so falscher kochen sie die Eier. – »Übrigens, was mir dabei einfällt, wir haben es ja noch nie im Leben miteinander getan!«

»Dazu hattest du schon zwei Tage Zeit.«

»Nein, Irene, über ein Jahr. Aber wenn ich es mit dir tun wollte, dann hast du dich angestellt, als sei ich ein Lustmolch.«

»Jetzt sind wir aber verheiratet, Franz.«

Er gab es auf, sich mit dem zu weich gekochten Ei auseinanderzusetzen, dessen Gallerte aus allen Fugen quoll. – »Verheiratet ist das viel schwieriger. Da kommt einem das plötzlich vor wie eine Pflichtübung.«

»Soll das so weitergehen?« fragte sie. Und schlürfte dabei Orangensaft.

Ganz unbemerkt zog er sich den rechten Schuh aus und auch den rechten Socken, stülpte den auf verkehrt herum, zog ihn wieder an und auch den Schuh. Dann lehnte er sich zurück und streckte die Füße von sich.

Irene setzte das Glas mit dem Orangensaft ab, sah seine Füße, wurde blaß und verließ im Staccato ihrer Absätze den Frühstücksraum.

5

Hinter Genua blinkte endlich das Meer. Wie bestellt lag unter dem Horizont ein großer weißer Ozeandampfer mit feingezeichneten Lademasten. Irene sah das tintige Mittelmeer zum ersten Mal, und Franz fuhr es freudig in die Glieder, wie Irene ihre Nüstern blähte und die meerige Luft einsog. Das Meer vermachte er ihr gleich zum Geschenk, kostenlos.

Weiter brummte der alte Morgan tapfer nach Süden. Er war geschaffen für die schmalen Chausseen entlang der Küste.

Als es da zum ersten Mal dunkelte, übernachteten Franz und Irene in einem Motel. Das hat so was Unsolides! Und darin wehte etwas Küchendunst, und draußen leuchteten nächtlich die Zapfsäulen.

Sie lachten über die harten Betten, die schon dann etwas weh taten, wenn man sich nur auf die Kante setzte, um andere Schuhe anzuziehen. – Bei Ville Franche speisten sie fruits de mer, während kleine Wellen an die finstere Mole schwappten.

»Ich wußte gar nicht, daß es so schön mit dir sein kann«, sagte Irene. – Und auch der Rosé rann in dieser Luft wollüstig durch die Gaumen. – Hinterher strichen Franz und Irene durch die finsteren Gassen und sahen den verliebten Katzen zu.

Wieder im Motel waren sie eigentlich viel zu müde. Es kostete sie einige Mühe, sich unter die gemeinsame große Decke zu bringen, die an den Füßen und seitlich so eingekeilt war, wie ein Steckkissen für einen Täufling. Franz hörte Irene leise, kurz und etwas unregelmäßig atmen. Manchmal erstrahlten die bunten Vorhänge, weil ein Auto um die Kurve kam. – Hinterher wurde ihnen klar, daß sie jetzt erst Hochzeit gehabt hatten. Für Franz war es das erste Mal; es fühlt sich ganz anders an, wenn das Weib einem gehört, weil es nun die eigene Ehefrau ist. – »Wir haben uns gepaart«, schnurrte Irene. Vielleicht drückte sie es so aus, weil sie in ihrem Kopf noch die Katzen aus den Gassen hatte.

Nur eines wollte Irene am nächsten Morgen nicht: nämlich nach St. Tropez. Da seien ihr zu viele Künstler.

Zugegeben: man hatte inzwischen so viel Fabelhaftes über St. Tropez gelesen, daß es längst verdächtig war. Doch dann träumte Irene während der Weiterfahrt so vor sich hin, sie sah auch nicht auf die Wegweiser, und da konnte Franz links abbiegen. Und als der Morgan zum Stehen kam, da waren sie schon mitten in St. Tropez.

Sie merkte es noch immer nicht gleich. Franz führte sie vor die Werkstatt von Maitre Dunant, Peintre et Tailleur, was heißt, daß der Maitre zugleich Hosen schneiderte und Bilder malte, vor seinem Atelier auf der Treppe saß und immer einen großen, schwarzen Hut mit Bananen oder Kirschen obendrauf trug. – Maitre Dunant hatte noch ein Zimmer frei. – ›Cette maison ne fait pas de service!‹ stand über der Treppe gemalt. Denn die Gäste des Maitre erhielten pro Zimmer eine kleine Kehrschaufel und einen räudigen Handfeger, was auch Service für das unentlüftete Clo war. – Sie trauten sich aber nicht aufs Clo, weil das keine Tür hatte, sondern nur einen Perlenvorhang. Man kann noch so intim miteinander geworden sein und noch intimer, aber beim Hinterwärtigen bleibt man voreinander genierlich. Franz mit seinem Weitblick sah schrecklichen Zeiten entgegen.

Als sie sich am Abend ins Bett legten, machte es hallend durchs Fenster ›bong‹, aber noch viel lauter!

Gegenüber ragte ein Kirchturm in den Himmel.

»Ist das nicht himmlisch?« fragte Irene. – Franz wäre lieber aufs Clo gegangen.

Nach der nächsten Viertelstunde machte es ›bong-bong‹ und dann ›bong-bong-bong‹. Und wenn eine volle Stunde herum war, bongte es viermal und dann schlug es noch die vollen Stunden in anderer Tonart, um Mitternacht zwölfmal dumpf in den Himmel.

Je schneller man einschlafen will, um so langsamer geht das.

Aber das Glück wurde ihnen nun hold: Am dritten Vormittag suchte Franz einen Tabakladen und stolperte dabei über eine ältliche, ganz hagere Französin. Sein Französisch war seit jeher lückenhaft; die Französin verstand, Franz suchte ein Haus. Sie hatte nur einen Bungalow, und den zu vermieten.

Der war nun tatsächlich himmlisch: Wenn sie wollten, konnten sie durch alle drei Fenster das Meer sehen. Aber sie waren so beschäftigt miteinander, daß sie es gar nicht immer sehen wollten.

Und wenn sie es noch so sehr gewollt hätten, dann hätten sie doch nicht ihre Kleider in einen Schrank hängen können, denn im Bungalow gab es keinen. So lebten sie weiter aus den Koffern. Da merkt man gleich, was man schon getragen hat und was noch nicht. Das eine ist noch im Koffer und das andere schon auf dem Boden.

Im Bungalow gab es auch einen Kühlschrank, aber der harrte seit Jahren der Reparatur. Und – Franz fragte das mit Recht! – muß wirklich immer alles kühl sein? Das glauben allenfalls die Amerikaner. Die Assyrier zum Beispiel hatten trotzdem Kultur.

Und ihr Bett war das lauteste Bett der Welt, aber erstens war es doppelt so breit, und zweitens hatten sie keine Nachbarn. Rundum nur Korkoliven und niedrige Weinfelder.

Vom Meer her wehte durchsonnte Brise, die die gelben Vorhänge blähte.

Manchmal möchte ein Mann unter die Dusche – es war auch eine da! – aber ein liebgehabtes Weib läßt man nicht einfach auf der Decke liegen (oder auf dem Boden). Franz hätte sich stattdessen auch mit einer Pfeife begnügt, aber eine Pfeife steht schlecht zum entblößten weiblichen Körper, die ist da einfach zu grob. Also streckte Franz nur wohlig seine Beine, und Irene kratzte mit einem ihrer großen Zehen an seinem Fuß. So etwas ist sicherlich unerheblich, aber Franz fand es zärtlich und ulkig. Darum küßte er Irene ins dunkle Haar, so sehr ihn das auch in der Nase kitzelte. Und Irene küßte wiederum seine Schultern, was ihn verlegen machte, denn so schön sind Männerschultern nicht. Um sich zu revanchieren, streichelte er ihr etwas über den Bauch, und sie antwortete darauf: »Du«.

Ein solches ›Du‹ gibt es in unterschiedlichen Tonarten. Irenes ›Du‹ klang aber schon wieder recht leidenschaftlich. Vielleicht ein wenig zu leidenschaftlich, denn bis zum vorigen Mal waren noch keine zehn Minuten vorbei. Franz hätte lieber etwas geduscht oder an etwas anderes gedacht, um erneut auf sie verrückt zu werden.

Sie ließ das mit dem Zeh schließlich bleiben, und so schlummerten sie ein wenig.

Zwischendurch wurde Franz wach. Bei den meisten Frauen, dachte er, ist man hinterher ein bißchen traurig. Nur mit der Irene geht das umgekehrt! Wie gut, daß dieses Fräulein Goldschmidt, das Pummelchen, rechtzeitig seinen Rücken in Ordnung gebracht hatte! – Irene blinzelte etwas und tat einen tiefen Atemzug.

»Irene, von diesem Fräulein Goldschmidt am Gardasee magst du ja denken, was du willst, aber daß wir es jetzt so glücklich miteinander treiben können, das verdanken wir doch der.«

Da wurde Irene hellwach und erhob jäh ihren Kopf aus seinem Arm: »Muß du die gerade jetzt erwähnen?«

»Wieso?« fragte er entgeistert.

»Deine Gerlinde.«

»Wer, in Gottes Namen, ist nun Gerlinde?«

»Du weißt das ganz genau, diese Goldschmidt!«

»Hieß die Gerlinde?«

»Stell dich nicht so dumm!«

Er drehte sich auf den Rücken. – »Vielleicht hieß sie Gerlinde und vielleicht heißt sie heute noch so.« – Denn Franz sah nicht ein, daß in solch zauberhaftem Nachempfinden nun ein Streit mit Irene entstehen müßte.

Aber Irene turnte über ihn hinweg auf den Fußboden und schlang sich etwas Textilenes um die Hüften.

»Irene, wenn ich dich mit dieser sogenannten Gerlinde, also dieser Goldschmidt, jetzt irgendwie geärgert haben sollte – – –«, versuchte er die Sache zu retten, »vergiß sie doch einfach!«

Irene verschwand stattdessen im Clo. Denn hier hatten sie ja eins, sogar mit Tür. Er hörte, wie sie den Schlüssel drehte. Abschließen ist ja auch der wahre Sinn eines Clos, tröstete er sich. Nur hatte er bislang nicht gewußt, daß eine geliebte Frau gleich aufs Clo muß, wenn der frische Ehemann dankbar an eine Masseuse zurückdenkt.

Im Clo blieb es still. Es rauschte nichts.

Verbiestert zwängte sich Franz in seine Hose.

Langsam ging über der Küste die Sonne unter. Franz zog die Vorhänge zurück; die Weinfelder schauten bläulich ins Zimmer, das Meer lag da wie bewegtes Blei.

Weil Irene noch immer auf dem Clo war, wanderte Franz in die Küche und öffnete eine Schweizer Konservendose mit dicken Bohnen. Nur den Speck dazu fand er nicht. Warum hatte Irene nicht an den Speck gedacht? Oder überhaupt: dachte sie mal an etwas Vernünftiges? Konnte sie nur flennen, anstatt auch mal ans Essen zu denken? Und wo nun kein Speck für die Bohnen da war, hätten sie wieder in das feine Restaurant, ins ›L'escal‹ gemußt, was immer so viel Geld kostete.

Im Clo rührte sich nichts.

Bei allem Zorn: Franz bekam es plötzlich mit der Angst. Er klopfte an die Tür: »Irene?«

Keine Antwort.

Er legte sein Ohr an die Tür. Nun hörte er heftiges Schluchzen. – »Irene?«

Nur weiteres Schluchzen. – Und dann: »Laß mich doch hier drin, du Scheusal!«

Was zu viel ist, ist zu viel. – »Kommst du jetzt heraus, oder kommst du nicht?«

»Ich bin nicht dein Hund, den du dressierst!«

»Ich zähle bis drei.«

Und wirklich zählte er bis drei. Sogar bis fünf. Bis zehn. Bis vierzig. Und als dann noch immer keine Irene herauskam, marschierte Franz aus dem Bungalow, knallte die Tür hinter sich zu, startete den Morgan und fuhr nach St. Tropez und fand im ›L'escal‹ noch einen Tisch für sich.

Sollte Irene doch weiter auf dem Clo herumschluchzen! Weshalb schon? Darf sich denn kein bandscheibengeschädigter Ehemann von einem Fräulein rückgratig in Ordnung bringen lassen? Wo bleibt da die Liebe der Angetrauten?

Es ging auf zehn Uhr zu. Das ›L'escal‹ füllte sich. Der Pächter und die Mädchen begannen zu servieren.

Franz hatte die Wartezeit mit Wein gefüllt. Nun sinnierte er in den großen Teller hinein mit den moules marinés. Als er aufblickte, hatte sich ein rotgesichtiger Amerikaner an seinen Tisch gesetzt. – »Hello!« sagte der Amerikaner. Er war vor zwei Stunden angekommen; im Hafen schaukelte nun vertäut dessen häßliches, gedrungenes, hochbordiges und hoch-PSiges Motorboot. Dennoch: ein Kerl, der schon viel von der Welt gesehen hatte. Und dem erzählte Franz die Sache mit Irene und dem Clo und dem Fräulein Goldschmidt. Auf englisch.

Am Ende war der Amerikaner sternhagelblau. Aber das konnte er dem Franz doch noch sagen: »I think, you are very, very, very silly, boy!«

Wieso ›silly‹ dachte Franz. – In den letzten Tagen war doch alles so schön miteinander gewesen und übereinander, oder wie man das ausdrücken will.

Oder war er doch silly?

Diese Frage auf der Hochzeitsreise sollte für ihre Ehe weiterhin in der Luft stehenbleiben. Denn nur daraus erklären sich die folgenschweren Vorkommnisse.

6

Wenn eine Nacht dazwischen liegt, so hatte Franz immer gedacht, müßte am nächsten Tag alles wieder im Lot sein. Verheiratet aber geht das anders. Mit Irene trottete er schweigsam zu der kleinen Bucht mit den roten, rauhen Felsbrocken, zwischen denen sich kleine Bassins gebildet hatten, jeder gespickt mit Seeigeln. In diesen Bassins schwammen sie zuweilen etwas lustlos herum, aber getrennt, jeder natürlich in einem anderen.

Eine der neuen Luftmatratzen hatte gleich ein Loch; so mußten sie sich zusammen auf die andere setzen, aber das taten sie nicht, sondern ließen die andere liegen und jeder saß auf dem rauhen Felsen.

Wenn er Irene etwas reichte – eine Zeitung oder einen Pfirsich zum Beispiel –, sagte er jedesmal: »Bitte!«

Und sie sagte dann jedesmal: »Danke!«

Und umgekehrt genauso.

Und immer, wenn er einmal einen Blick auf sie riskierte, cremte sie sich grade ein.

»Mußt du dich dauernd abschmieren?« fragte er.

Wenn sie ihn wirklich liebte, würde sie ihm auch etwas von ihrer Creme abgeben. Statt dessen schraubte sie die kleine, gelbe Plastikflasche wieder zu und warf sie zurück in einen Beutel.

Meinetwegen! dachte er, dann krieg ich eben einen scheußlichen Sonnenbrand. Und dann weiß ich, wem ich das verdanke.

Von den Bergen landeinwärts fiel plötzlich ein kühler Wind herab. Der wurde stärker, begann zu säuseln, so, daß Schals und Handtücher ins Meer segeln wollten. Franz hielt die Nase in die blasende Luft. Irene indessen schudderte und kreuzte die Arme vor den Brüsten. Da sah sie entzückend hilflos aus.

»Irene, tut mir leid, das mit gestern abend.« – Er meinte sein Wegfahren ins ›L'escal‹, und wie er nach Hause gekommen war, und was er ihr da vielleicht noch gesagt hatte, das wußte er einfach nicht, er konnte es nur erraten.

»Das allein ist es ja gar nicht«, sagte sie. Denn das sagen Frauen immer so.

Und dann rätselt ein Mann herum und kramt in seiner Moral oder in seinem schlechten Gewissen. Es ist ja ein und dasselbe. – »Oder meinst du noch immer das Fräulein Goldschmidt?«

»Mußt du wieder mit dieser dummen Gans anfangen?«

»In Gedanken hast *du* doch von der angefangen. Als wenn Massieren etwas Unanständiges wäre!«

»Das habe ich nicht behauptet. Nur deine Heimlichkeit hinterher, die jedenfalls sprach Bände!«

»Da sprachen überhaupt keine Bände! Und darum ist auch kein Grund, wieder mit der Streiterei anzufangen.«

»*Wer* hat denn damit angefangen?«

»Weiß ich nicht. Aber jedenfalls, – Irene, du bist ein Arschloch!«

Es war das erste Mal, daß er sich gegenüber einer Frau so deutlich ausdrückte.

Umgehend hatte Irene ihm eine geklebt. – Er war ganz verblüfft.

Dann klebte sie ihm noch eine.

Und damit das nicht so pausenlos weiterginge, versuchte Franz, ihre Hände in den Griff zu kriegen, aber sie schrie dabei »Au!« – Franz hatte nie geahnt, über welche körperlichen Kräfte eine Frau verfügt, wenn sie schon dreimal verheiratet gewesen ist und sich über den vierten Ehemann ärgert. Sie trat ihm sogar einen nackten Fuß in die Magengrube. Und dann wurde er von ihr gebissen!

Von Beißen hatte der Herr Pfarrer bei der Trauung überhaupt nichts gesagt, obgleich es doch die erste kirchliche Trauung von

Franz gewesen war. Beißen gab es nicht mal im katholischen Brautunterricht!

Darum biß Franz zurück. Es schmeckte nicht einmal schlecht.

Aus Appetit kann unerwartet wahrhaftiger Hunger werden!

Indessen segelte die Luftmatratze ins Wasser und trieb in das offene Meer hinein, und vielleicht ist sie heute kurz vor Malta.

Hinterher spürte Franz nicht den schmirgel-rauhen Felsen unter seinen Knien. Und Irene spürte ebensowenig unter ihrem Rücken die Reibeisen.

Was sich hier auf dem Schmirgelfelsen abspielte, das hat noch in keinem frommen Evangelium gestanden. Und Franz hatte es auch nicht einmal mit einer Freundin erlebt, weil man mit Freundinnen immer nur in bequeme Betten steigt, oder wo sonst es heimlich zugeht.

Danach wollte Franz glücklich in den Himmel schauen, aber er gewahrte keine dreißig Meter entfernt auf dem schmalen Pfad zwischen den duftenden Sträuchern eine Jugendgruppe mit einer englischen Lehrerin, die das Gesichtete nun in Biologie den Knaben erklärte; die Mädchen hörten gar nicht hin.

Franz und Irene sammelten die übriggebliebenen Sachen auf, und er kam innerlich zu der läppischen Binsenweisheit: ›Das Schönste ist immer die Versöhnung!‹ Und er dachte weiter: Vielleicht besteht der geheime Zauber einer Ehe darin, daß man so oft miteinander Krach bekommt.

Hintereinander gingen sie eben jenen schmalen Pfad zurück zum Auto. Irene atmete noch heftig und blähte wieder die Nüstern.

»Das kommt nicht davon«, erklärte ihr Franz, »sondern vom Mistral. Ist der nicht herrlich?«

»Franz, mußt du immer von so etwas reden?«

»Du verwechselst das mit Pernod. Mistral heißt dieser wunderschöne Wind.«

Irene blieb stehen und wandte sich um: »Davon sollten wir etwas mit nach Hause nehmen.«

Franz lachte: »Wind kann man nicht auf Flaschen ziehen.

Aber, Irene, wenn du den so schön findest, es geht auch ohne Mistral!«

Vor ihrem Bungalow stand frech, wie diese kleinen Biester immer so stehen, ein kleiner Deux-cheveaux. Und auf der Terrassentreppe hockte in Leinenhose und Hemd ein älterer Herr mit weißen und doch gepflegten Bartstoppeln.

»Bonsoir!«

»Bonsoir!«

»Bonsoir!«

Sie setzten sich zu ihm auf die Treppe. – Wenn Franz den alten Herrn richtig verstand, war er aus der Nachbarschaft, gewissermaßen aus einer Ferienkolonie, übrigens aus Paris. Aus seinem Hemd zog er ein abgegriffenes Kuvert: ›Expreß‹.

»Alors, je pense c'est pour vous.«

Franz schielte darauf. – ›Pempelfort‹!

Das Kuvert mußte schon durch viele Hände und durch noch mehr Bungalows an der Küste gelaufen sein. Irgend jemand hatte es sogar voreilig aufgeschlitzt, aber dann wieder zugeklebt, – mit Leukoplast, offenbar also ein Arzt. Die machen alles mit Leukoplast, wenn sie im Urlaub sind.

Franz wollte nach dem Brief greifen, aber Irene schnappte ihn. Das ist bei Ehefrauen nicht unbedingt Neugier, vielleicht wollen sie einem nur etwas Ärger abnehmen. So sagen sie wenigstens.

Franz ließ sie gewähren. Denn mit dem Augenblick seiner Heirat hatte er mit allen Freundinnen gebrochen. Oder sie mit ihm, – so genau kann man das nachher nicht feststellen. Jedenfalls war zur Zeit sein Gewissen so klar wie ein Alpenbach.

»Von deiner Angestellten«, sagte Irene.

»Was willst du damit sagen?«

»Von deiner Gaby.«

»Erstens ist das nicht *meine* Gaby, und zweitens ist das nicht eine Angestellte, sondern meine Mitarbeiterin!«

»Hast du wieder deine sozialistische Tour?«

»Die Gaby nimmt mein Geld und ich nehme ihre Arbeit.«

Sie hatten den alten französischen Herrn vergessen.

Dann wandte sich Franz an ihn: »Monsieur, trinken Sie mit uns eine Erfrischung?«

»Ah, oui.«

Außerhalb des Eisschranks, wo es also nicht gar so warm war wie darin, fand Franz noch einen Rest Cognac. Und unter dem Bett rollte auch eine nicht gar so kalte, aber unangebrochene Flasche mit Vichy.

»Bei uns ist es im Augenblick etwas unordentlich«, entschuldigte sich Irene vor dem alten Herrn, »heute waren nämlich unsere Kinderchen da.«

In der Küche spülte Franz schleunigst drei klebrige Gläser aus.

Währenddessen hatte Irene den Brief von Gaby gelesen. – »Franz, hör doch mal! Ein neuer Auftrag für dich. Bild- und Textgestaltung für ›Wau-Wau-Fit‹.«

»Was ist das?«

»Hundekuchen.«

Franz mischte das gekullerte Vichy mit dem warmen Cognac und reichte dem älteren Herrn ein Glas.

Hundekuchen! ärgerte sich Franz.

»Der ist gar nicht so schlecht.«

»A votre santé, Monsieur!«

»A la votre!«

»Irene, du hast doch noch nie einen Hund gehabt. Woher willst du das wissen?«

»›Wau-Wau-Fit‹ haben wir immer Tante Annchen gegeben.«

»Komischer Name für einen Köter.«

»Das war kein Köter, du. Das war die Schwester meiner Schwiegermutter.«

»Erstens hast du keine Schwiegermutter, und zweitens hatte meine Mutter auch nie eine Schwester.«

»Nein, ich meine die vorletzte, die vom Günther, eine geborene von der Broyden.«

»Salut!« sagte Franz. – Ein Franzose versteht die Liebe. Und wenn er schon reifer ist, versteht er auch die Reibereien. Die Reibereien sind gewissermaßen die Frauenhofer'schen Linien im

Spektrum der Liebe. Und wenn es sie nicht gäbe, wüßte man auch in der Liebe nie, woran man grade ist, auf Gelb oder Rot, auf Blau oder Violett.

»Salut!«

»Irene, so sehr das auch eine Schwester von einer deiner Schwiegermütter war, kann man die mit Hundekuchen füttern?«

»Die war doch die Treppe runtergefallen und hatte danach einen Schädelbasisbruch.«

»Wußte gar nicht, daß Hundekuchen gut ist gegen Schädelbasisbruch.«

»Nein, Liebster, nur – nach dem Schädelbruch konnte Tante Annchen nichts mehr schmecken. Ihr schmeckte eben alles gleich, was man ihr auch gab, und das hätte das Allerbeste sein können!«

»Was hat denn das mit Hundekuchen zu tun?«

»Das ›Wau-Wau-Fit‹, das muß man nur warm machen. In der Küche geht das ganz schnell. Und nach so einem Schädelbasisbruch schmeckt ein Steak auch nicht besser.«

»Kriege ich auch ›Wau-Wau-Fit‹ von dir, wenn ich mal die Treppe runterfalle?«

Sie rückte an ihn heran und streichelte seine Knie: »Liebster, du wirst niemals die Treppe herunterfallen.«

Nun hielt es der alte Herr aus Paris doch an der Zeit, wieder in seinen Deux-chevaux zu steigen. In einem Deux-chevaux geht es friedlicher zu! – Franz und Irene begleiteten ihn bis an die pappenen Türen und dankten noch einmal für den schönen Brief und dafür, daß er endlich den Empfänger gefunden hatte.

»Au revoir!«

»Au revoir!«

»Au revoir!«

Danach gingen sie ins Haus.

»Wie alt ist eure Tante Annchen denn nach dem ›Wau-Wau-Fit‹ geworden?« wollte Franz wissen.

»Oh, sie hat noch fast ein Jahr gelebt.«

»Meinetwegen. Aber ich finde es hier so schön, da können mich alle ›Wau-Wau-Fit‹-Leute kreuzweise – – –!«

Irene war schon am Herd des Bungalows, da drehte sie sich um: »Von dir, Franz, hatte ich etwas anderes erwartet.«

Er zuckte zusammen. – »Aber das war doch prima heute. Vielleicht etwas ungemütlich, für dich von hinten, – meine Knie sind auch ganz zerschunden.«

»Jetzt meine ich nicht deinen blöden Sex, oder die Erotik, wie du das nennst, ich meine unser Einkommen. Die Arbeit war dir doch immer alles, hatte ich gedacht. Und wie ist das jetzt mit dir? Jetzt denkst du nur noch an sowas!«

Da habe ich also wieder was falsch gemacht! knirschte Franz in sich hinein.

Irene fuhr fort: »Nun hast du nicht nur für dich allein zu sorgen, sondern für zwei!« – Und versonnen sah sie hinaus in die Dämmerung und dann an sich selbst herunter: »Vielleicht sogar bald für drei.« – Sie legte ihre rechte Hand unter das Herz. Denn bekanntlich keimt es da unter dem Herzen, wenn es unterwegs ist.

Franz ließ sich auf einen Koffer nieder: »Früher, wie ich noch gar nicht verheiratet war, sondern nur so Freundinnen hatte, da habe ich noch für viel mehr sorgen müssen. Und können!!« – Dieses Getue mit der rechten Hand unter dem Herzen! Als wenn eine Frau es bereits in sich rumoren fühlt, wenn sie zwei Stunden schwanger ist. So wurde Franz wieder ein durchaus schlechter Mensch.

Irene schaltete die Knöpfe vom Herd ab: »Mir scheint, es ist wirklich besser, wenn wir heimfahren.«

»Bestimmt!« sagte er trocken wie Sand.

7

Aber zu Hause wartete nichts anderes auf ihn als der Alltag.

Schon am ersten Vormittag rannte Irene beflissen in die Küche und kümmerte sich um Berta und um Steaks, aber die Berta hätte sich lieber allein um die Steaks gekümmert, so wie in den alten guten Zeiten. – Franz aß abwesend die Steaks, ohne zu fragen, ob die flambierte Soße von der Berta war oder von der Irene.

Ihm ging es nun allein um ›Wau-Wau-Fit‹.

In seiner Abwesenheit hatte Gaby gut funktioniert: Vom Zuchtverein Bilder prämierter Hunde in bester Haltung besorgt. Und dazu noch eigene Aufnahmen von hinreißenden Dorfkötern geschossen.

Franz empfand es als wohltuend, Köter anzusehen. Es war noch vor neun Uhr und er saß – entgegen seiner sonstigen Gepflogenheit – bereits in seinem Atelier und sah noch immer die verschiedenen Hunde auf den Fotos an.

Wetten, keines dieser Exemplare hatte jemals ›Wau-Wau-Fit‹ gefressen. Für einen Werbemann kommt es nur darauf an, den Prächtigsten zu finden, der so aussieht, als wenn er von Geburt an nur von ›Wau-Wau-Fit‹ gelebt hätte.

Leise öffnete sich die Tür. Irene, noch im schlanken Morgenrock, wand sich halb hindurch: »Möchtest du noch einen Tee?«

»Vielen Dank, nein, ich habe schon Tee getrunken.«

»Bist du böse, daß ich frage?«

»Nein, ich bin nicht böse. Aber ich arbeite.«

»Du hast gar nicht genügend gefrühstückt!«

»Ich frühstücke nie mehr als heute.«

»Aber du müßtest doch noch ein zweites Brötchen essen.«

»Ich habe noch nie ein zweites Brötchen gegessen.«

»Warum schreist du so, Franz?«

»Weil ich arbeiten will.«

»Die bezahlen dich doch nicht fürs Schreien.«

»Bitte, mach jetzt die Tür zu!«

Stattdessen öffnete sich die Tür noch etwas mehr. – »Wie eigentlich gehst du mit mir um?«

»Weil ich keinen Tee mehr will und auch kein Brötchen mehr. Ich habe schon genug mit ›Wau-Wau-Fit‹ zu tun.«

Irene trat einen weiteren Schritt vor: »Du denkst wohl, weil wir nun miteinander verheiratet sind, da könntest du jetzt mit mir – – –!«

»Nein, ich denke gar nicht. Schon gar nicht über uns, denn wir sind ja jetzt verheiratet. Allenfalls denke ich, daß ich jetzt für zwei – präsumtiv vielleicht sogar für drei – mein Geld verdienen muß. Ist das endlich klar?«

»Meinst du, in diesem Ton geht das leichter?«

»Mach die Tür zu!«

Sie machte die Tür zu, aber sie stand nun drinnen.

»Irene, du solltest mich allein lassen.«

Stattdessen schritt sie weiter auf ihn zu, kniete vor ihm nieder: »Schenk mir einen Kuß.«

Er schenkte ihr einen Kuß.

»Nein, bitte einen richtigen!«

Er gab ihr noch einen richtigen.

»In Gedanken bist du gar nicht bei mir. Wo bist du denn?«

»Verdammt, bei ›Wau-Wau-Fit‹!«

»Deshalb mußt du doch nicht so scheußlich mit derjenigen umgehen, die du dir für dein Leben lang ausgesucht hast.«

»Auch für die muß ich jetzt schuften.«

Irene vergrub ihr Gesicht in den Händen. – »Ist das denn, mein Gott, so schlimm?«

Franz gab ihr noch einen Kuß, wenn auch einen etwas mißlungenen. – »Und nun laß mich bitte endlich allein!«

»Ich will ja gar nichts von dir.«

»Ich habe jetzt auch keine Lust, dich zu vögeln.«

»Wie schmutzig du dich plötzlich ausdrückst!« fauchte sie. Und dann war mit einem Knall sie endlich draußen.

Franz versammelte seine Gedanken wieder um die Hundefotos.

Kurz nach neun Uhr kam die Gaby und hing ihren Mantel auf. Ihre kurz geschorenen Haare standen zu Berge, die rötlichen Augenbrauen waren mit dem verkehrtesten Schwarz nachgezogen. Nach hinten hatte sie viel Po. Aber sie war tüchtig! Einzig hegte sie den Kummer: sie hatte zu wenig Busen. – Als Franz noch nicht verheiratet war, hatte er ihr gutgemeint verschiedene Ratschläge erteilt, wie man sie sich unter Männern bei Kegelabenden zuflüstert, zum Beispiel: naß bürsten! Oder es toll treiben. – Gaby hatte all das versucht. Nur der Erfolg war ausgeblieben.

Franz zeigte ihr die Fotos von den Hunden.

»Es soll möglichst ein Schäferhund sein«, sagte Gaby, »das meinte der Public-Relations-Mann von der ›Wau-Wau-Fit‹.« – Sie hatte sich neben ihn auf das alte Ledersofa gesetzt.

»Scheiß-Schäferhunde! Erinnern mich immer an Hitler und Polizei.«

»Schäferhunde sind aber so deutsch«, erklärte Gaby, »und die Braut vom Hitler hat doch immer einer Schäferhündin in den Bauch getreten.«

»Und das dumme Luder, diese Schäferhündin, hat das Aas nicht gebissen. So untertänig sind Schäferhunde! Die sind nichts für ›Wau-Wau-Fit‹.«

»Ja, Chef, meinen Sie deshalb besser Pudel?«

»Pudel bekommen gebratene Leber und Plätzchen. Da fände ich einen Dackel schon vernünftiger.«

»Dackel sind aber so niedrig, daß sie nicht überzeugen.«

»Also meinetwegen einen stämmigen Airedale.«

»Die gibt es zu wenig, Chef, Minderheiten erzeugen keine Assoziationen. Die ›Wau-Wau-Fit‹-Leute wollen mehr in die Breite gehen, so hat mir das einer am Telefon gesagt.«

Als Mitarbeiterin war Gaby eben unschlagbar.

»Gaby, haben wir nicht ein gutes Foto von irgendeiner Tante?«

Gaby konnte den Zusammenhang nicht erkennen.

»Also, etwa ein Text, natürlich mit dem richtigen Foto dazu: ›Was einer Tante recht ist, müßte ihrem Hund billig sein‹.«

»Chef, seitdem Sie geheiratet haben, sind Sie so komisch geworden.«

»Bin ich jetzt netter?«

Gaby dachte nach. Dann: »Prima sind Sie vielleicht immer noch.«

»Na ja, vielleicht bin ich jetzt etwas müder.«

»Chef, das muß sehr schön sein, nicht wahr?«

Ging da die Tür? Nein, die Tür blieb zu. Oder hatte sich die Klinke etwas bewegt? – Es war nicht feststellbar.

Franz wandte sich wieder der Gaby zu: »Vielleicht, man merkt das selber nicht so. Natürlich kennt man sich bald in- und auswendig. Aber sonst ist es wirklich sehr, sehr nett.«

Gaby betrachtete ihre Fingernägel. Offensichtlich hatte sie etwas auf dem Herzen. – Endlich: »Wie Sie mit Ihrer Frau so unterwegs waren, darüber habe ich immer nachgedacht, so auf Hochzeitsreise. Jetzt werde ich auch heiraten. Den Max!«

Franz fuhr der Schreck in die Glieder. Bestimmt war Gaby nicht die beste Mitarbeiterin, aber sicherlich eine gute. Und woher sollte er Ersatz kriegen, in diesem abgelegenen Nest, wenn die Gaby heiratet? – »Gaby, würden Sie dann wenigstens regelmäßig die Pille nehmen?«

»Warum haben Sie denn geheiratet, Chef?«

»Weiß ich noch nicht.«

»Und ich dachte, jetzt wären Sie ganz glücklich.«

»Höchstens, weil ich's schon hinter mir habe.«

»Sie haben auch schon zugenommen, Chef!«

Unwillkürlich tastete er seine Backen ab und dann seinen Bauch: »Sieht man mir das schon an?«

»Nein, das sieht man Ihnen natürlich nicht an.«

»Wie kommen Sie denn darauf?«

»Ich habe mir das nur so ausgemalt.«

»Gaby, ich lasse mich von Ihnen nicht ausmalen«, knurrte Franz.

»Ich hab's aber.«

»Also, liebe Gaby, nun lassen Sie wenigstens die Heiraterei bleiben!«

»Lieben Sie denn nicht Ihre Frau?«

»Nun hören Sie mal gut zu, Gaby: Kein Mann liebt seine Frau, wenigstens nicht so, wie die es von ihm verlangt. Eine Frau heiratet aus Neugier, ein Mann allenfalls aus Müdigkeit, hat mal einer herausbekommen.«

War da nicht doch das Knarren einer Diele gewesen? – Und nun stand tatsächlich Irene in der Tür.

»Dann nehmen wir also eins von den Dackelbildern«, schaltete geistesgegenwärtig Gaby um. Aber zu spät.

Irene: »Jetzt weiß ich, woran ich mit dir bin.«

Franz erhob sich vom Sofa; sämtliche Hundefotos regneten auf den Boden. – »Allerliebste, ich habe der Gaby doch nur ausreden wollen, daß sie heiratet.«

»Deine Argumente waren wirklich überzeugend!«

»Die waren aber nicht echt. Denn – wo soll ich denn Ersatz für die Gaby herkriegen?«

Da machte sich die Gaby bemerkbar und keuchte: »Ach so, ach so, dann war das alles nur so dahergeredet, um mich zu halten? Und ich habe Sie doch immer so verehrt und fest dran geglaubt, daß Sie nur mein Bestes wollen!«

Ehe Franz die richtigen Worte fand, griff wieder Irene ein: »Liebe Gaby, das hat mein Mann zwar gelogen, um Sie als sogenannte Mitarbeiterin zu behalten. Aber es kam doch sehr aus seiner Seele.«

Bumms! Tür zu. Keine Irene mehr im Zimmer.

Und die Gaby hakte ihren Mantel von der Wand. Und: bumms! nochmal Tür zu. Und auch keine Gaby mehr im Raum.

Betreten klaubte Franz die ›Wau-Wau-Fit‹-Fotos vom Boden

und entschied sich für Bernhardiner, weil so ein Typ in einem Rutsch drei Kilo ›Wau-Wau-Fit‹ wegfrißt und im übrigen ein phantastisches Renommee besitzt.

Nachdem er sich also entschieden hatte und dachte, nun in seinem Studio allein zu sein, öffnete sich doch wieder die Tür. – »Nun denk nicht etwa, ich würde mich deshalb von dir scheiden lassen. Ich denke nicht daran, denn das verdienst du einfach nicht!« – Das war Irene.

Heute lief wirklich alles verkehrt. Die Gaby war er los, aber die Irene mußte weiter bleiben.

Franz warf das Bernhardiner-Foto in den Papierkorb. Er rührte unter den anderen Fotos und fand einen beinahe lächelnden Bastard, dessen Urgroßmutter vielleicht ein mittelgroßer Schnauzer war. Er wünschte sich, daß seine eigene Großmutter auch ein mittelgroßer Schnauzer gewesen wäre. Und der Bastard – seines Wissens war das der Köter vom katholischen Pfarrer – sah so humorig und nichtsnutzig aus, daß er ihn am liebsten der Irene auf den Balg gewünscht hätte.

Franz konnte noch nicht wissen, welchen Erfolg er mit diesem Köter in seiner Werbekampagne haben sollte.

Und das verdankte er ausgerechnet Irene!

8

Sobald sich ein Mann unverstanden fühlt, kann er durch kühle Wälder marschieren oder durch die Straßen der Stadt traben. Am Ende flieht er in die Arbeit und hängt an all dem, was der Arbeit förderlich ist. Er wird gradezu wütig, wenn sich seiner Arbeit etwas in den Weg stellt. So kann selbst ein lausiger Kugelschreiber immense Bedeutung erlangen.

Kugelschreiber haben dann eine besondere Bedeutung, wenn man sie nicht findet. Franz durchsuchte sein ganzes Studio. Wo hatte die tüchtige Gaby denn – in drei Teufels Namen! – die Kugelschreiber hingetan?

Franz zog die Schubladen auf und donnerte sie mit dem Knie wieder zu. Er hievte die Schreibmaschine von der Filzunterlage, aber da war nur etwas Radierstaub. Beinahe begann er, Gaby zu bewundern, wie sie immer so viel für ihn schreiben hatte können, ohne daß ein einziger Kugelschreiber überhaupt im Zimmer war.

Manches läßt sich allerdings auch telefonisch lösen. Aber die Nummern in der Telefonkladde stimmten auch nicht. Entweder meldete sich gar keiner, oder ein anderer, als gemeint, oder es meldete sich ein Tonband vom Amt, das ihm riet, im neuen Telefonverzeichnis nachzuschauen. Aber wo ist denn ein neues Telefonverzeichnis?

Franz zog Ordner aus den Regalen, aber darin herrschte eine ganz andere Ordnung. Die phantastische Gaby hatte eben nicht nach Logik oder Alphabet abgeheftet, sondern nach irgend einer unerfindlichen Lust.

Die weiteren Probleme um ›Wau-Wau-Fit‹ wurden – trotz des

ausgesuchten Wau-Waus – noch längst nicht gelöst. Mit Gaby konnte er sich darüber nicht mehr unterhalten, und die Telefon-Nummer von den ›Wau-Wau-Fit‹-Leuten hatte er noch immer nicht gefunden. Wenn jetzt die Gaby noch da wäre, er würde sie mit Wonne feuern!

Dieser Wonne war er enthoben. Leider? Franz versuchte sich vorzustellen, ob es überhaupt ohne die Weiber ginge? Die privaten wie die beruflichen. Ohne die Gabys und ohne die Irenes. Und je mehr er darüber grübelte, um so trauriger wurde er mit der Erkenntnis, daß es immerhin ein paar Sachen gibt, die ohne Frauen einfach undenkbar und für einen Mann auch unentbehrlich sind.

Das kleine Haus-Telefon summte. Seitdem die alte Berta nicht mehr da war, konnte es nur Irene sein. – »Liebster, ich bin mit dem Essen soweit. Kannst du herunterkommen?«

Denn die Berta war er nun auch los. Eine alte Berta läßt sich nichts von einer schönen Irene sagen, und wenn es nur um nasse Waffeln geht im alten Eisen oder, wann das Bett des Herrn neu bezogen werden muß.

Irritiert hing Franz den Hörer auf. Klar, es war Mittagszeit. Früher hieß es am Haustelefon: »Essen!« Und dann: Knacks.

Erfolglos hatte Franz lange darauf gedrungen, daß man ihm das zehn Minuten vorher sagen solle. Ein kreativer Mensch kann nicht einfach den Zeichenstift oder sonstwas hinschmeißen, einfach nur, weil Essen so schnell kalt wird.

Es gab Paprikaschoten, gefüllt mit feingehacktem Fleisch.

»Bist du nun glücklich?« fragte Irene.

»Nee«, murrte er.

Sie sank getroffen auf ihrem Stuhl zusammen. – »Dabei ist es doch dein Lieblingsessen.«

Franz hatte seine Arbeit gemeint, sein Büro, die Kladde, die Akten, und das alles ohne die Gaby, aber Irene die verdammten Paprikaschoten.

Nun, die waren nicht seine Schuld: nach dem Tod seines Vaters hatte sie ihm immer wieder gefüllte Paprikaschoten zubereitet, trotz aller Proteste der alten Berta. Und sie hatte ihn jedesmal gefragt, ob er das möge. Und er hatte wahrheitswidrig beteuert: ›Ja, ganz großartig!‹ – Infolgedessen hatte Irene ihm immer wieder gefüllte Paprikaschoten zubereitet.

Nun standen sie wieder vor ihm. Und abermals lobte er: »Diese Paprikaschoten, die sind wirklich großartig!«

»Liebster, wer hat denn wem eigentlich etwas angetan? Ich dir, oder du mir?«

»Iß du auch die Paprikaschoten!« fuhr er sie an.

Nun hatte sie die Gabel hingelegt und weinte wieder still vor sich hin.

Weinende Frauen sind rührend. Ein Mann will nicht immer gerührt werden. Schon gar nicht dann, wenn er unsicher ist, ob er im Recht ist, oder im Unrecht. – »Irene, wenn du daran denkst, das mit der Gaby, da habe ich nur so dahergeredet, damit die blöde Gaby nicht wegheiratet, davon auch noch Kinder kriegt und sonst was. Wie konntest du da gleich so böse werden?«

»Da war ich nur traurig.«

»Dann hör jetzt endlich damit auf!«

»Und warum bist du weiter so gemein mit mir?«

»Ich bin mit dir nicht gemein. Ich finde nur nichts, oben im Studio. Keine Telefon-Nummer, keinen Kugelschreiber, keine abgehefteten Briefe. Bald komme ich mit meiner Arbeit überhaupt nicht mehr weiter.«

»Was dir fehlt, Franz, ist eben doch die Gaby.«

»Die bin ich ja Gott sei Dank los.«

»Aber die Gaby hatte doch alles gefunden. Oder nicht?«

Er fraß sich inzwischen durch die Paprikaschoten, damit sie nicht kalt wurden. Denn kalt sind sie noch schlimmer.

»Gib es doch zu, Franz, du magst ja gar keine Paprikaschoten!«

»Ehrlich gesagt, nein.«

»Dann hast du mich früher immer belogen?«

»Das mußte so sein. Als du sie zum ersten Mal machtest, hatten wir die Edith eingeladen. Und die Edith hat mir immer Paprikaschoten gemacht, weil sie dachte, ich mag sie. Und da konnte ich vor dir doch nicht plötzlich sagen, daß ich die nicht mag. Verstehst Du das endlich?«

Irene tropfte weiter etwas aus den Augen und schwieg. – »So viel war dir damals also die Edith wert?«

»Och, da eigentlich längst nicht mehr.«

»Aber doch so viel, daß du mich belügen mußtest!«
Franz wurde es zu dumm: »Komm nicht dauernd auf was anderes! Erst sprachen wir von der Gaby und jetzt bist du schon zurück bei der Edith. Wo sollen wir denn da noch hinkommen?«

»Das scheinen mir eine ganze Menge vor mir gewesen zu sein, wenn du so etwas sagst.« – Sie nahm ihren Teller mit den abgekühlten Paprikaschoten und ging damit die Treppe hinauf in ihr Schlafzimmer. Franz hörte, wie sie den Schlüssel umdrehte.

Er ging in die Küche und machte sich ein problemloses Ei. Als das noch nicht fertig war, klingelte es an der Haustür. Franz mußte selber öffnen. Es war das alte Männchen, das die Wasseruhr abliest. Das Männchen füllte ein Formular mit Blaustift aus und verlangte einhundertdreiundzwanzigmarkdreiundsiebzig, bitte.

»Moment, bitte, die finanziellen Sachen macht nämlich meine Frau. Aber die hat sich eingeschlossen. Ich will mal sehen, vielleicht macht sie auf und dann kriegen Sie das Geld.«

»Da haben's fei zur rechten Zeit geheiratet«, meinte das Wassermännchen. »Aber mit dem Geld, das die Ihrige eingebracht hat, da sich einfach mit einzuschließen, das darf ein Weibi doch net. Oder?«

Franz hämmerte an Irenes Tür. Er hämmerte weiter. Und abermals. Und rief: »Irene, Wassergeld!!«

Als das Männchen – ohne Geld – weg war, bestand dann doch wieder persönlicher Kontakt zu Irene. Sie standen nebeneinander neben dem Bett. Irene legte ihr hohe, schmale Stirn auf Franzens Schulter. Typmäßig war Franz ein Astheniker, und solche Leute können nicht einfach so still dastehen. Zum Beispiel bei

Militärparaden fallen sie einfach um. Franz aber mußte da ganz still neben Irene stehen, mit Irenes Stirn auf der Schulter. Er fühlte, wie sein Kreislauf absackte.

»Nun hör doch mal auf«, sagte er endlich sanft.

»Ich tu dir doch gar nichts«, schniefte sie in seine Schulter.

»Liebste, sollen wir uns dazu nicht doch etwas hinsetzen?«

»Du machst es dir immer so schrecklich einfach, Franz.«

Infolgedessen mußte er weiter neben ihr stehenbleiben, sie mit ihrer Nase in seiner Schulter, und er wie ein Patient, dem im Krankenhaus ein EKG gemacht wird.

Am Ende kam ihm eine rettende Idee: »Moment mal, hat da oben nicht das Telefon geläutet?«

Das wirkte. Irene fuhr hoch. – »Erschreckt dich das so, Liebster?«

»Könnte ja was Wichtiges sein.«

»Dann geh ich mal schnell dran«, sagte sie und flitzte hinüber in sein Studio.

Dann kam sie wieder zurück: »Da war keiner mehr dran. Vielleicht war es nur die Gaby.«

»Geliebte, von der Gaby wollen wir doch gar nicht mehr reden.«

»Du tust gerade so, als hättest du mit der ein schlechtes Gewissen.«

»Mir genügt der Verhau, den sie mir im Büro hinterlassen hat.«

»Liebster, wenn du sie jetzt so schlecht machst, dann habt Ihr doch ein schlechtes Gewissen vor mir. Und trotzdem brauchst du sie weiter. Du hättest sie nicht belügen müssen, ihr nicht so grausame Dinge über die Ehe erzählen, wo das junge Ding doch auf dem besten Wege dazu war, mit ihrem Max glücklich zu werden.«

»Wenn die glücklich geworden wäre, hätte ich sie auch nicht mehr gehabt.«

»Die ist aber noch längst nicht glücklich«, beharrte Irene. »Und wenn es um deine Arbeit geht und um das Geld, dann will ich dir endlich einmal etwas sagen: du fährst zu ihr hin, tust Abbitte, gestehst ihr, wie schön eine Ehe ist, denn das weißt du doch von uns. Und dann sorgst du dafür, daß sie morgen oder nächste Woche wieder zur Arbeit kommt. Tust du das, Liebster?«

»Nee«, sagte er, »denn wenn ich jetzt der so schön tue, wie du mir das einredest, Irene, dann haben die Gaby und ich hinterher schließlich doch ein schlechtes Gewissen vor dir.«

Irene strich ihm über die Stirn: »Kennst du mich denn noch immer nicht? Glaubst du wirklich, ich sei so wenig großzügig, wenn es um deine Arbeit und um unser Geld geht?«

Gaby wohnte am anderen Ende des Tals. Aber sie war nicht zu Hause. Franz fuhr wieder hin. Vor dem Abendessen stand ihr Fahrrad zwar immer noch neben der Treppe, aber sie war auch immer noch nicht zu Hause.

Nach dem Abendessen fuhr Franz zum letzten Mal zu ihr. Auf Gabys Fahrrad hatte sich nächtlicher Tau niedergelassen. Aber auf das Klingeln öffnete keiner. Ihre Fenster waren dunkel. Oder war da doch irgendein Schimmer? Franz hatte sich wohl getäuscht.

Mißmutig wendete er zum dritten Mal sein Auto und fuhr heim.

Aber wozu heimfahren? Er müßte ja doch noch einmal zu Gaby. – Oder sollte er es bleiben lassen?

Dann würde Irene sagen, er habe zu früh aufgegeben, und sie würde ihm Vorwürfe machen.

Infolgedesssen hielt er unterwegs an und begab sich in den ›Löwen‹. Da saßen sie alle wieder beieinander, seine alten Kumpane: der Architekt in Bauernhausstil, der ganz langsam sprach, der Schreiner in garantiert antik, der Herr Ingenieur vom Elektrizitätswerk, – und alle die anderen, und alle herrlich blau. Sie taten furchtbar schön mit einer Touristin aus dem Rheinland. Jede Touristin nimmt es mit drei und mehr Einheimischen auf, denn das ist ein Kompliment für eine Touristin, wovon sie zu Hause noch lange schwärmen kann.

Franz balzte ein wenig mit, denn eine gurrende Frau, die man vorher noch nicht nackt gesehen hat, soll man nicht einfach liegen oder sitzen lassen. – Die Rheinländerin bekam darüber feurig erregte Ohren. Aber schließlich mußte sie gehen, weil das Sanatorium oben am Berg zu späterer Stunde keine Patientin mehr hereinläßt. Die Kumpane saßen noch weiter zusammen und sagten sich freundschaftlich Gemeinheiten. Es wurde gradezu großartig!

Erst gegen Mitternacht entsann sich Franz seiner eigentlichen Sendung. Er stolperte in sein Auto, hatte Schwierigkeiten mit dem Zündschloß, und dann fuhr er zum allerletzten Mal, aber wirklich, zur Gaby.

An deren Fahrrad neben der Tür hatte sich noch immer nichts bewegt. Aber oben war sichtlich Licht.

Gabys Bett und auch ihre Haare waren zerwühlt. Das andere Zimmer dahinter war nur die Küche.

»Oder soll ich besser morgen wiederkommen?« fragte Franz. Man soll auf ein Mädchen nicht einreden, wenn es zerwühlt ist, nämlich von einem anderen.

Aber Gaby befand sich im seelischen Tief: »Chef, wenn Sie wollen, machen wir gleich morgen weiter. Ich komme dann um neun.«

In Franz keimte zwar noch kein Verständnis, aber Mitgefühl: »Sagen Sie, Gaby, Sie hatten offensichtlich vorher Besuch. Sind Sie darum jetzt so traurig?«

Gaby schüttete ihm nicht das Herz aus. Nur: Der Max hatte geglaubt, daß Gaby etwas auf der Sparkasse hätte. Und weil sie nichts darauf hatte, hatte der Max gesagt, dann bekäme er an Trinkgeldern von den Fremden mehr.

Das ist hart. Franz streichelte die Gaby und kam sich wie ein Onkel vor.

Infolgedessen war er erst eine halbe Stunde nach Mitternacht zu Hause. Die Haustür schloß er mit Wucht, damit jeder im Haus gleich hörte, daß er nichts zu verbergen hatte. Und es gab ja nur Irene im Haus.

Oben blieb alles still und dunkel. Er schlich still auf Zehenspitzen an Irenes Tür. Es rührte sich nichts. Er wollte zurückschleichen zu seinem Zimmer.

»Franz!«

Er stoppte, drehte bei, drückte Irenes Klinke. – In ihrem Zimmer war es zappenduster, aber es roch nach ausgedrückter Zigarette. Stille.

»Franz?«

»Ja, Liebste, ich bin's.« – Und nach einer Weile fügte er hinzu: »Möchtest du vielleicht noch einen Kuß?«

Sie knipste das Nachttischlämpchen an.

»Du willst also doch einen Kuß, Irene«, sagte er und schritt entschlossen auf ihr Bett zu.

Sie wehrte ihn ab: »Mußte das so lange bei der Gaby dauern?«

Franz klaubte seine Pfeife aus der Jackentasche, und den Tabaksbeutel, stopfte die Pfeife und kramte nach dem Feuerzeug. Es galt, Zeit zu gewinnen. Sollte er Irene verraten, daß er gar nicht so lange bei Gaby gewesen war, sondern sich im Wirtshaus unterhalten hatte? – Irene würde das sehr herzlos finden und wahrscheinlich sagen: ›Hast du dabei gar nicht an mich gedacht? War dir dein Wirtshaus wichtiger als unser Heim?‹

Als die Pfeife dann brannte, nahm Franz einen anderen Kurs: »Na ja, Liebste, einfach war das nicht mit der Gaby. Stunden um Stunden habe ich mit der reden müssen, damit die wieder zur Arbeit kommt. Du wolltest das ja so, nicht wahr?«

»Und warum habt Ihr nur bei Kerzenlicht geredet?« wollte Irene wissen.

Kerzenlicht?

»Das schlechte Gewissen steht dir wieder im Gesicht geschrieben, Franz! So Sorgen hab ich mir um dich gemacht und bin deshalb durch die Gegend gefahren, und auch bei der Gaby vorbei. Deinen Wagen hattest du ja versteckt. Aber oben war es dunkel. Wie ich genauer hingesehen habe, war da aber Kerzenlicht. Konntest du die denn nur mit Kerzenlicht überreden?«

In seinem Kopf schaukelte etwas Alkohol aus dem Wirtshaus,

und dazu die vielen Cognacs, die er schnell noch bei der Gaby gekippt hatte. Franz war inzwischen müde. Zu müde. Und seine Antwort war dementsprechend: »Red doch nicht von Kerzenlicht, Irene. Wir haben nämlich überhaupt kein Licht angemacht.«

»Überhaupt kein Licht? Das gibst du so frech zu, Franz?«

»Also, wenn da Licht war, ich habs einfach nicht bemerkt.«

»Morgen zieh ich zu meiner Mutter!« schrie Irene.

Franz war verblüfft: »Du hast doch gar keine.«

»Ich gehe trotzdem zu ihr, du Scheusal!!«

9

Wenn er noch nicht verheiratet gewesen wäre, der Franz, dann hätte er seiner alten Berta klingeln können; die hätte dann die Jalousien hochgezogen, und er hätte gleich gewußt, ob draußen die Sonne schien oder nicht. – Seine Irene war zweifellos eine gute Ehefrau. Er hätte genauso klingeln können, aber dann würde jetzt nicht die alte Berta erscheinen, sondern seine Irene, die würde auch die Jalousien hochziehen. Aber sie würde ihn dann zum Beispiel fragen: ›Wie hast du geschlafen, Liebster?‹

Franz wußte nie, wie er geschlafen hatte, denn beim Schlafen schlief er und konnte keine Feststellungen treffen, wie er geschlafen hatte.

Und wenn er Irene jetzt antworten würde: ›Ich habe herrlich geschlafen!‹, dann würde Irene antworten, etwa: ›Ach so, ohne mich schläfst du ja immer am besten.‹ – Und er müßte ihr klarmachen, daß er mit ihr *noch* besser geschlafen haben würde.

Infolgedessen stellte sich Franz auf seine eigenen nackten Füße und zog selbst die Rollos hoch.

Spätsommerliche Sonne strahlte auf Wiesen und Bäume, die sich schon ein ganz klein wenig verfärbten.

Franz tappste über den Gang in sein Studio, klaubte eine seiner Pfeifen vom übernächtigten Schreibtisch, fand auch Zündhölzer und noch etwas zerbröselten Tabak im Beutel.

So im ungewaschenen Maul schmeckte der Rauch köstlich.

Mit seiner Pfeife stellte er sich hinterher unter die Dusche, hielt zwar eine Hand über den Pfeifenkopf, aber eine Dusche schmeckt nun einmal anders als eine Pfeife. Darum legte er die Pfeife in die Seifenschale. Als er hinterher aus der Dusche stieg, sah er mit einem rückwärtigen Blick, wie sich aus der Seifenschale brauner Saft über die Kacheln abwärts zog.

Nun, dachte er leichthin, wenn sich Irene nicht mit der alten Berta verzankt hätte, dann wären die braunen Streifen an den Kacheln jetzt kein Problem.

Erst bei der Unterhose wurde ihm klar: heute war er so unbeschwert, weil er nicht nur nicht arbeiten mußte, sondern weil er einfach nicht weiterarbeiten *konnte*. Denn bis zum Weiterarbeiten mußte er einen wichtigen Brief abwarten.

Er sah – noch nicht ganz angezogen – wieder durchs Fenster.

Dabei blieb es im Haus ganz still, fast so, als wäre Franz noch nicht verheiratet, oder seine Ehe vorübergehend abgestellt.

Angemessen schämte er sich dieser Einsicht.

Er fand sich mit derlei Reflexion derart fatal, daß er drauf und dran war, wieder durch den Flur zu tappsen, bis zu Irenes Schlafzimmer, gar dort anzuklopfen und dann besonders lieb zu ihr zu sein.

Ist man zu seiner Frau eigentlich nur dann lieb, wenn man schlecht ist?

Irene hatte ihm längst klar gemacht, daß er immer ein schlechtes Gewissen habe. Sie hatte dabei lediglich übersehen, daß jeder Mann sich an ein schlechtes Gewissen gewöhnt und darum nicht dauernd mehr zu derjenigen tappst, die einem das einredet.

Infolgedessen geriet Franz auf eine großartige Idee:

Aus dem Schrank nahm er seinen ältesten Flanell-Anzug und seine krummsten und bequemsten Schuhe, die Irene nicht leiden wollte, er würgte sich einen verschlissenen Schal um den Hals, denn er war entschlossen, in seinem alten Morgan nun eine Herren-Einzel-Partie ein wenig übers Land zu machen.

Er schlich die Treppen hinab und zündete sich erst unten die nächste Pfeife an, aus einer neuen Packung.

»Willst du denn nicht mit mir frühstücken?« – Irene war mit verplierten Augen und übergeworfenem Morgenrock in der Verbindungstür erschienen.

Sofern man Kavalier ist und Ehemann zugleich, müßte man jetzt ins Wohnzimmer oder Eßzimmer zurückmarschieren. Aber dann wäre Irene wieder nach oben in ihr Schlafzimmer gestakkelt, dort würde sie eine ziemliche Zeit brauchen, um sich zurechtzumachen, denn nur ›zurechtgemacht‹ kann eine Frau das Wasser aufsetzen für den Kaffee oder ein gekochtes Ei. So lange würde er noch immer da unten sitzen müssen, und die ganze Autolaune ›über Land‹ wäre inzwischen verdunstet, wenn nicht gar niedergeschlagen.

Also entgegnete Franz etwas brüsk: »Danke, heute will ich kein Frühstück. Ich fahre ein bißchen spazieren. Geliebte, leg dich noch etwas hin.«

»Du hast doch etwas vor?«

»Nur spazieren. Mit dem Auto.«

»Und da ziehst du dich *so* an?«

»*So* fein habe ich mich gar nicht angezogen.«

»Früher liefst du immer so herum!«

Er mußte erst wieder Luft holen. Dann: »Darf ich jetzt fahren?«

»Fahr doch!« sagte sie und bekam wieder so umflorte, dunkle Augen. Die fahren einem in die Seele oder ins Gewissen, aber wenn ein Mann einmal er selbst sein will, dann darf er das nicht wahrhaben. Davon muß man sich freimachen, dachte Franz.

Der Anlasser des alten, eckigen Wagens machte wieder einmal komische Geräusche, aber dann sprang der Motor doch an.

Als Franz rückwärts aus der Garage setzte, ragte Irene aus dem taufeuchten Rasen: »Und mich nimmst du nicht mit?«

Wenn man einmal so weit ist, muß man auch über eine taufeuchte Irene hinwegkommen. – Franz sagte: »Nein!« – Rummste erneut den Rückwärtsgang hinein.

Aber während er wendete, hörte er noch: »Muß ja eine sehr aufregende Ziege sein, wenn du dich so früh schon aus dem Hause schleichst!«

›Soll die Irene platzen, wenn sie so blöd und eifersüchtig ist!‹ dachte Franz, geriet damit in den zweiten Gang und auch in den dritten. Die Windschutzscheibe in dem vernickelten Rahmen hatte er vorn übergelegt, und der frühe, aber schon laue Wind blies ihm um die Nase und unter die Wimpern. Er hörte alle vier Kolben des veteranen Motors, und geräuschmäßig kannte er jeden Kolben einzeln, auch alle Ventile.

Und er geriet auch auf staubige Nebenwege; die großen Räder mit den dünnen Reifen holperten über die Löcher. – Ob jetzt vielleicht doch der Brief von der Firma angekommen war?

Rechts vor ihm lag am Hang das schmuddelige Gütlerhäusel des Moosecker, der als Kleinbauer zugleich Gesundbeter war und Hand in Hand mit dem Bezirkstierarzt arbeitete. – Wenn einer seine Kuh, zum Beispiel eine Liesel, erst zum Moosecker brachte, dann betete der Moosecker die Kuh gesund, räucherte Kräuter und sagte hernach: »Gell, die Liesel bringst du aber jetzt auch noch zum Bezirkstierarzt, denn ich möchte keine Scherereien mit der Bürokratie nicht haben.« – Und wenn ein Bauer seine Liesel erst zum Bezirkstierarzt brachte, dann gab der Herr Tierarzt dem Viech eine Spritze und sagte: »Gell, und jetzt bringst du die Liesel zum Moosecker, denn ich möchte keine Schwierigkeiten mit der christlichen Bevölkerung bekommen.«

Dennoch war Franz überrascht, zu sehen, daß der Moosecker höchstpersönlich im Gärtchen vor seiner Ziege kniete.

Zugegeben: das war nicht irgendeine Ziege, sondern eine ganz besondere. Abends nahm der Moosecker die immer mit in die gute Stube. Und des Morgens striegelte er sie. Sie hatte sogar einen sauberen Popo, was nicht alle Ziegen haben. Ansonsten ließ Moosecker sie frei herumlaufen, auch auf die Straße, und die Ziege Irmengard war der Schrecken aller Traktoren und Autos, die sich auf diesen Nebenweg verirrten, denn Irmengard lief zielbewußt vor jeden Kühler. Doch keiner hätte es gewagt, Irmengard zu überfahren. Hinterher hätte man doch nicht gewußt, was Böses der Moosecker nun über einen beten würde!

Franz trat sacht die Bremsen. Der Moosecker winkte ihn heran.

Der Moosecker kniete noch immer vor seiner Ziege und manipulierte mit einer goldenen Hülse an deren Lippen.

»Weißt schon, Pempelfort, heut' mittag ist in der Kreisstadt eine Ausstellung von Nutztieren. Und da bring ich die Irmengard hin, auf daß sie einen Preis bekommt.«

»Und was machst du da mit ihrem Maul?«

»Das ist der Lippenstift von der Magd, von meiner Susi, da mach ich der Irmengard rote Lippen mit.« – Hastig sah er zu Franz empor: »Aber das derfst niemand sag'n, gell, du tust mi net verrat'n?«

Franz bewunderte die Ziege wegen ihrer Geduld. – Aber was hatte da Irene noch beim Abschied gesagt? Irgendwas von aufregender Ziege!

»Pempelfort, wenn du jetzt einen Foto bei dir hättest? Bitt schön, dann mach doch ein Bildl von meiner Irmengard, damit die Leut hinterher sehen, wie schön daß die ist, auch wenn sie vielleicht keinen Preis nicht bekommt!«

Franz schlenderte zu seinem alten Morgan, fand im Handschuhfach eine Kamera und ging damit auf Irmengard los.

Irmengard, mit einem feinen roten Rand um die obere und um die untere Lippe, meckerte erst, weil das alle Ziegen so tun müssen, wenn man sie beschreibt. Und die Ziegen tun das wirklich! Dann streckte sie ihren Kopf vor und schritt – Schritt für Schritt – auf die gezückte Kamera zu, und so schnell kam Franz mit der anderen Entfernungseinstellung gar nicht mit. Und dann leckte Irmengard am Objektiv. Franz rettete seine Kamera, indem er sie gegen den Himmel hob, aber da schubste ihn Irmengard mit dem Maul vor die Brust. Mehrfach. Und immer wieder.

Der Moosecker zog seine Ziege wieder zurück. – »Pempelfort, die mußt du schon entschuldigen, das ist fei nur Neugier.«

Als Franz den Morgan wieder starten wollte, machte der Anlasser nur ein dumpfes ›Wmmmm‹, und danach roch es etwas nach geschmortem Kabel. Franz kannte das. Er schaltete die Zündung aus, legte den vierten Gang ein, stemmte sich mit dem Rücken hinten gegen das aufmontierte Reserverad und drückte ein wenig. Bei dieser Tätigkeit fiel sein Blick auf seine weiße Hemdenbrust. Auf dem Hemd waren lauter große Ovale von dem geschminkten Maul der Irmengard. – Nun machte es aus dem Morgan ›Kleng!‹. Somit war das verklemmte Anlasserritzel wieder aus dem Zahnkranz gesprungen; Franz stieg in das Auto, drückte den Anlasserknopf, der Motor sprang an.

Aber wie kriegt man Lippenstift aus einem Hemd? – Nun, das sollte Irenes Sorge sein.

Doch die Vorstellung ›Irene‹ schleppte Franz so mit sich im Morgan weiter herum; er wendete und fuhr heim.

Die Verwicklung begann mit dem Augenblick, da Franz bemerkte, keine Streichhölzer mehr zu haben, eben nur eine Pfeife und Tabak.

Er hielt beim Gasthof ›Zum Löwen‹, trat in die morgendliche, schale Schankstube und wartete geduldig, bis die Sofie erschien. Die bat er um ein Schachterl Streichhölzer. Aber erst sah ihm die Sofie aufs Hemd: »Mei, wer hat Sie denn da geküßt?«

»Eine Ziege«, antwortete er wahrheitsgetreu.

»Muß wohl a Zieg'n mit Lipp'nstift g'wesen sein«, meinte sachkundig die Sofie.

Franz blieb stumm, denn er durfte keine weiteren Auskünfte geben, – das hatte er dem Moosecker versprochen. Er sagte allenfalls: »Eine zweibeinige kanns ja wohl nicht gewesen sein, das siehst du doch am Format.«

Die Sofie schlurfte aus der Küche zurück mit einem Schachterl voll Streichhölzer: »Die Beine sind ja net mit auf'm Hemd, aber vielleicht war's so a Berlinerin?«

»Nein, es war keine Berlinerin.«

»G'wiß«, meinte die Sofie, »das siecht ma ja an dem großen Maul, wo Sie auf'm Hemd haben. Derartige haben wir bei uns net!«

»Sofie, sei stad, ich schwöre dir, es war eine Einheimische.«

»Mei, muß die verrückt auf Sie gewesen sein, Herr Doktor.«

Jedenfalls brannte nun wieder die Pfeife, und auch der Morgan lief.

Doch ging Franz weder das aus dem Kopf, was da eben die Sofie gesagt hatte, noch das, was vorher Irene gemutmaßt hatte. Darum trat er wieder auf die Bremse, fuhr nah an den Straßenrand, betrachtete Irmengards Lippenstiftspuren auf seinem sonst blütenweißen Hemd und hatte dann eine geniale Idee: er öffnete den rechten Flügel der Motorhaube, rieb seine beiden Handflächen über den verölten Motorblock, rieb dieselben Handflächen dann auf dem lehmigen Boden, und den Baaz an seinen Händen verrieb er sich auf seinem weißen Hemd. Und das machte er so lange, bis vom Lippenstift der Irmengard überhaupt nichts mehr zu sehen war. Am Ende schloß er glücklich wieder die Motorhaube, weil er doch so klug gewesen war, stieg ein und fuhr heim.

Zu Hause bot sich ihm ein friedliches Bild: Irene saß – noch im Morgenrock – vor dem halbgegessenen Frühstück, und Franz setzte sich dazu. Er hatte auch ehrlichen Hunger.

Langsam sah Irene zu ihm auf. Ihre Augen blieben an seinem Hemd hängen. – Darauf war Franz vorbereitet: »Ach, ja, Panne.«

»Was bitte?«

»Panne.«

»Panne?«

»Panne gehabt!«

Schweigen.

»Verstehst du nicht, Liebste, ich hatte eine Panne. Bei einer Panne kriegt man natürlich schmutzige Finger.«

Schweigen.

»Und warum hast du deine schmutzigen Pfoten dann über das gute Hemd gewischt?«

»Das war doch selbstverständlich, weil sie so schmutzig waren.«

»Etwas anderes hattest du nicht?«

»Nein, *noch* mehr Hände hatte ich nicht. Meine Hände waren *alle* schmutzig.«

Schweigen.

»Franz, deine Hände hättest du dir nicht an etwas anderem abreiben können?«

»An was denn?«

Irene sah zu Boden: »Für solche Fälle habe ich dir doch extra eine Windel unter den Sitz gepackt.«

»Eine was?«

»Eine Windel.«

»Seit wann hast du denn Windeln im Haus?«

»Wir sind ja schließlich verheiratet.«

Ihm schoß das Blut in den Kopf. – »Willst du damit sagen – hast du – bist du etwa schon – ich meine, ich meine – – –.«

Sie schaukelte traurig das Köpfchen. – »Nein. Und dann muß das ja an dir liegen.«

»Bestimmt!« – Denn er wollte taktvoll sein.

»Weil du mich nicht richtig liebst!« feuerte sie plötzlich auf ihn.

»Doch, ich liebe dich.«

Sie erhob sich in ganzer Länge ihres Morgenrocks und glitzerte ihn mit ihren dunklen Augen an: »Wenn du mich lieben würdest, Franz, wenn du mich wirklich lieben würdest, dann wärst du nicht so gemein gewesen, deine schmutzigen Hände von deinem schmutzigen alten Auto an deinem Hemd abzuwischen.«

»Das ist doch mein Hemd. Nicht dein Hemd. Und an meinem Hemd kann ich doch abwischen was ich will. Oder nicht?«

Sie wurde noch größer: »Wenn du es trägst, Franz, dann mag es meinetwegen dein Hemd sein. Aber wenn es gewaschen werden muß, Franz, dann ist das *mein* Hemd, – wo wir doch keine Berta mehr haben. Wo du weißt, daß ich der Einzige in deinem blöden Haus bin, der deine Wäsche in die Maschine packen muß. Und da wagst du – – –?«

Er wagte längst nichts mehr.

Sie kreiste in dem Raum und ließ sich dann wieder in den Frühstückssessel sacken. Die Hände hatte sie vor die kullernden Augen geschlagen.

Franz begann mit Nachdenken. – Es war so oft sein Fehler gewesen, Irene etwas vorzuflunkern, was bei einer richtig genommenen Irene vielleicht gar nicht nötig war. Und in dem hier anstehenden Fall bestimmt grundverkehrt!

Man muß aus seinen Fehlern lernen.

Und darum legte er eine Hand auf Irenes Schulter und beichtete: »Liebste, hör mal auf und hör mal zu, ich wollte dir keine unnötige Arbeit machen. Ich wollte dir nur unnötigen Kummer ersparen. Auf meinem Hemd, da war vorher nämlich Lippenstift.«

Irene zuckte, ließ aber die Hände vor den Augen.

»Unterbrich mich nicht, Irene, das war aber nicht Lippenstift von irgendeiner Ziege, ich meine von einem Weibsstück oder so etwas, sondern von der wirklich vierbeinigen Ziege vom Moosecker!«

Irene trat mit einem spitzen Pantoffel nach ihm.

»Liebste, der Moosecker, der ist vielleicht ein Schlitzohr, der hat seiner Ziege nämlich mit Lippenstift am Maul nachgeholfen, damit sie heute Nachmittag in der Kreisstadt prämiert wird. Aber das darf natürlich keiner wissen. Darum darf ich es auch keinem sagen. Und wie ich da vor der Irmengard stand, um die zu fotografieren, hat sie mich mit dem Maul gestubst. Und da war der Lippenstift drauf, aber ich hatte Angst, daß du, wenn mein Hemd so Lippenstift dran hat, etwas Falsches über mich denkst, na, und so weiter, – also – verstehst du mich jetzt endlich?«

Irene war langsam aufgestanden und wanderte im Zimmer auf und ab, wobei sie unentwegt auf die Spitzen ihrer Pantoffeln sah. Endlich blieb sie vor Franz stehen:

»Du sagst, der Moosecker hat die Schnauze seiner Ziege mit Lippenstift geschminkt?«

Er hob seine rechte Hand schweigend zum Schwur.

»Das möcht ich mal sehen!«

Franz schoß aus dem Sessel: »Dann beeil dich, wir fahren gleich hin, ich zeig dir die Ziege.«

Aber Irene lief in den sogenannten Salon nebenan, und Franz hörte, wie die Wählscheibe des Telefons tickerte.

Und er hörte: »Pempelfort, Irene Pempelfort, sind Sie es, Moosecker? Ja, ich bin es. Fein, daß Sie noch da sind! Sagen Sie mal, ist das wirklich wahr, daß Sie Ihrer Ziege die Lippen geschminkt haben? --- Was? --- Ja, er sagte wegen der Prämierung heute. --- Was? --- Sehen Sie, das habe ich mir auch gleich gedacht, so etwas würden Sie doch niemals tun! Das wäre ja beinahe Betrug, nicht wahr? --- Ja, vielen Dank. Ich komme demnächst auch mal vorbei. Auf Wiedersehen, Herr Moosecker!«

Dann erschien Irene in der Verbindungstür. – Franz betrachtete die Verbindungstür, denn die konnte er sich eigentlich nicht leisten, das heißt; wohl eine Tür, aber eigentlich nicht noch einen Extra-Salon, nur für das Telefon und die geerbten Möbel. – Irene rief ihn in die Gegenwart zurück: »Franz, wer hat nun gelogen, der gute Moosecker oder du?«

»Ich«, sagte Franz leise. Denn er hatte dem Moosecker doch versprochen, keiner Menschenseele etwas zu verraten.

10

Trotz Ziege Irmengard und weiterer Vorkommnisse ging die Ehe so weiter, – wie das Ehen, wenigstens eine Zeitlang, so an sich haben. Jeder hat Angst vor einer anderen, schwerwiegenden Entscheidung. Vielleicht weiß auch jeder, daß Besseres nicht nachkommt. Weder ein besserer Franz noch eine bessere Irene!

Zwar könnte man nach einer Scheidung endlich wieder allein sein. Ein verlockender Gedanke! Unterschwellig indessen fühlt man die Realität: Das fängt an mit den Socken und hört auf zum Beispiel mit dem Bohnern. Obgleich Irene nie bohnerte, sondern eine Kathi, die zweimal die Woche kam, – wenn sie es überhaupt tat. Und die Kathi würde auch ohne Irene sicherlich weiter kommen, beziehungsweise noch öfter manchmal nicht. Und dann würde ihm Irene fehlen, obgleich sie ja nicht bohnerte. Aber sie konnte ein Rührei machen.

Doch nicht deshalb kam Franz vom Wirtshaus ›Zum Löwen‹ oft zu spät. Man durfte ihm deswegen auch keine Vorwürfe machen, denn das lag einfach an seiner alten Armbanduhr. Die blieb immer stehen. Vorwiegend im Wirtshaus! Und darum glaubte es ihm Irene nicht. Franz versuchte, es ihr zu erklären: »Im Wirtshaus, weißt Du, so unter Kumpanen, da geht es zuweilen temperamentvoll her, da schwadroniert man und haut infolgedessen auch mal mit der Faust auf den Tisch. Manchmal natürlich nur.«

Irene sah ihn umflort an: »Manchmal nur? Mir scheint es, fast immer!«

»Ist ja auch immer dieselbe Armbanduhr«, setzte er dagegen,

nicht ganz mit Unrecht. Aber vielleicht ohne hinreichende Kausalität.

»Und warum haust du dann mit der Faust auf den Tisch? Mußt du denn immer über mich reden?«

»Ich erzähle nie von dir«, log er.

»Und warum nicht? Bin ich so scheußlich?«

»Du bist herrlich!«

»Und dennoch verschweigst du mich da? Du schämst dich wohl, daß ich deine Frau bin?«

»Ganz im Gegenteil, darauf bin ich besonders stolz.«

Vor dem Kamin drehte sie sich zu ihm, als sei es im Film: »Also, *darum* nur hast du mich geheiratet!«

Franz schnappte nach Luft. – »Nein, das ist doch nur wegen der Uhr.«

»Wegen welcher Uhr hast du mich also geheiratet?«

»Nee, nicht geheiratet, sondern wegen der verdammten Uhr, also wegen dieser hier an meinem linken Arm – kapierst du – komme ich manchmal so spät aus dem Wirtshaus. Wenn wir da so reden und mit der Faust auf den Tisch, und so weiter, da bleibt die den ganzen übrigen Abend auf neun Uhr siebzehn stehen, und inzwischen ist es vielleicht schon null Uhr elf.«

»Und warum mußt du meinetwegen immer mit der Faust auf den Tisch schlagen, im Wirtshaus?«

Franz ließ den weiteren Dialog bleiben. Es würde darüber der nächste Tag aufgehen, es würden im Garten die dämlichen Amseln beginnen, worauf man ganz nervös wird, weil man noch nicht zu Bett ist, und nun schneller schlafen muß. Nämlich wegen der Arbeit am nächsten Morgen. Und wegen des Telefons, und überhaupt wegen der ›Brötchen‹, – das Finanzamt gar nicht eingerechnet. Und Irene würde wieder etwas schluchzen, und dann hätte er – Franz – ein miserables Gewissen, und die Amseln würden dabei immer lauter, und er, der Franz, wäre noch immer nicht eingeschlafen, und indessen würden die ersten Strahlen der Sonne ins Fenster pieken. Und auch in seine Augen hinein. – Also schwieg er. Er faßte nur einen stillen Entschluß.

Mit diesem Entschluß fuhr er am nächsten Morgen zur Kreisstadt. Dort hauste ein kleiner, buckliger Uhrmacher. Und zu dem sagte Franz, als das Gebimmel der Ladentür sich beruhigt hatte, zu dem also sagte Franz: »Ich brauche eine richtige Armbanduhr, die nicht stehenbleibt, wenn man mit der Faust auf den Tisch haut.«

Bucklige verstehen die Welt besser als die Siegfriede.

Der Bucklige verzog sich in seine Werkstatt und kam mit einem Monstrum zurück, das ein volles Kilo zu wiegen schien. Denn er meinte, für Franz sei das genau das Richtige. Der Uhrmacher schleuderte das Monstrum auf den Boden und hielt es danach an Franzens Ohr. Und siehe: es machte weiter ›tick-tick-tick‹. – Der Bucklige holte einen Wassereimer, tauchte das Monstrum hinein und hielt es wieder an Franzens Ohr. – ›Tick-tick-tick‹! – Der Bucklige erbot sich, den Eimer Wasser aufs Feuer zu stellen und die monströse Uhr darin eine halbe Stunde zu kochen. Franz erwiderte, er kaufe keine Uhr, um sie zu kochen, dafür nähme er Eier. – Eier? – Der Uhrmacher holte Franz aus dem Laden und legte die Uhr auf das Pflaster, bis ein Auto darüber hinwegrollte. Und die Uhr kam klar aus der Folter heraus und tickte weiter. Das kann kein Ei!

Da war Franz doch hingerissen, und er kaufte das Monstrum. Es umschlang sein Handgelenk mit einem massiven, gelöcherten Plastikband, weil man Leder vielleicht nicht kochen kann oder sonstwas.

Am ersten Abend mit der neuen Armbanduhr kam Franz zu früh aus dem Wirtshaus zurück, – wie immer, wenn er Irene überraschte, telefonierte sie grade.

Sie hing verlegen ein und drückte ihn an ihren bekleideten Busen. – Wenn einer nach einer neuen Uhr lebt, in ihm ein neues Zeitgefühl waltet, kann er so schnell nicht auf Busen umschalten. Doch schließlich ging's!

Als Irene schnell ausgezogen war und Franz schon nackt – eine Ehe ist, wenn man's richtig macht und eine Uhr hat, doch eine feine Sache, dachte er dabei fix –, ziepte das dicke Plastikarmband an den Härchen seines Handgelenks. Das lenkt ab. Mehr noch: es ist ›abträglich‹! Weil's so real ist.

Franz schnallte das Monstrum ab und feuerte es unter eine Kommode.

Irene hatte schon das Kopfkissen heruntergerutscht und sich die Lippen feucht geleckt, aber die weggefeuerte Uhr war ihr nicht entgangen. Da feuerte sie ihrerseits das Kopfkissen auf den Boden, richtete sich im Bett auf und fragte zornbebend: »Wo hast du das wieder gelernt?«

Franz kapierte gar nichts. Ein begabter Ehemann hätte allerdings wissen müssen, daß man in bestimmten Stunden der Ehe keine neuen Sachen einführt. Nämlich, sobald man dabei nackt ist. Er folgte Irenes entrüsteten Blicken unter die Kommode. – »Meinst du meine neue Uhr?«

»Bisher hast du nie die Uhr dafür abgezogen!«

»Die hier ziept aber so am Handgelenk.«

»Eine Ausrede mußt du ja immer haben!«

Franz krabbelte unter die Kommode und reichte ihr das Monstrum mit dem dicken Plastikarmband: »Dann versuch sie doch selber mal!«

Sie schnallte sich die Uhr mit dem Plastikarmband um, aber Irene hatte keine Härchen auf dem Handgelenk. – »Da ziept mir überhaupt nichts.«

Franz wurde wieder ganz klein. Er blieb auf der Bettkante hocken, Irene holte das Kopfkissen vom Boden, aber tat es nun unter den Kopf. Trotz der zwanzig Grad im Zimmer begannen beide zu frösteln.

Franz mußte Worte finden und endlich fand er welche: »Irene, wenn ich so eine dicke Uhr dabei anbehalten würde, dann du Du mich bestimmt fragen, warum ich immer wissen will, wieviel Uhr es ist.«

»Andere Weiber wollen das wohl nicht so genau wissen?« konterte sie.

Er hatte sein neues Monstrum wieder ums Handgelenk geschnallt. – »Irene, schau her, ich habe sie wieder an.«

Irene, mit den schwarzen Haaren breit über das Kopfkissen gefächert, starrte nur gegen die Decke.

Da schlich Franz in sein Schlafgemach.

In einem hatte Irene sicherlich recht: Als Ernährer seiner Familie soll man zwar wissen, wie spät es ist. Aber wenn man die Familie gerade nicht ernährt, sondern etwas Schöneres tut, dann ist die Zeit so dick auf dem Handgelenk eines Mannes eine klobige Sache. – Die Damen vergangener Zeiten hatten eine Pendule, die schlug dezent. Beim letzten Schlag nahm der Galan seine Hose und seinen Degen und schwang sich aus dem Fenster. Oder so ähnlich.

Wie sollte er es in Zukunft halten? Ließ er die Uhr an, dann dachte Irene, es ginge auf Zeit. Schmiß er die Uhr weg, dann dachte sie noch Schlimmeres.

Franz wälzte sich von seinem Bett, machte volles Licht, wanderte in sein Studio hinein. Denn das war zum Denken da.

Die Frage war falsch gestellt: Uhr ja, aber welche? Eine genaue Uhr jedenfalls, auch mit Leuchtzifferblatt, aber eine ohne ›Tick-tack‹.

Am nächsten Tag war er wieder im Laden des Buckligen.

Und am Abend wieder zeitig bei Irene. Denn der Bucklige hatte die richtige Idee gehabt. Infolge dieser Idee hockte auf dem Kaminsims von Irenes Schlafzimmer nun eine batteriegespeicherte, elektrische Uhr mit Zifferblatt aus Elfenbein und vergoldeten Zeigern.

Beide, Franz und Irene, hatten das Gefühl, daß man den letzten verpatzten Abend aufholen mußte. Allein das ist schon eine Belastung, nämlich für die Seele.

»Schmeiß deine Armbanduhr weg!« befahl Irene.

Aus noch nicht erklärbaren Gründen war Franz etwas verschämt, als er das kurze Unterhöschen abstreifte. Also saß er da wieder auf ihrer Bettkante, nackt.

»Liebst du mich?« fragte Irene.

»Gewaltig!« versicherte Franz. Denn endlich wollte er wissen, wie schön das Irdische ist und nicht vergänglich, als gelegentliches Erlebnis, sondern immer wieder, weil man ja verheiratet ist. Er brachte dafür sogar etwas Autosuggestion auf. Jedenfalls war Irene wieder hinreißend!

»Du bist ja so hungrig auf mich«, gnurkste sie.

»Auf was denn sonst?« fiel ihm nichts besseres ein.

»Franz, du bist herrlich!«

Kaum hatte sie das gesagt, da ging durch den Raum ein unbekanntes kurzes Geräusch. – Irene ließ ihn los. – »War da was?«

Sie lauschten. Es kam nichts mehr.

»Franz, warum sitzt du da noch? So wird doch nichts daraus.«

Franz aalte sich neben sie und konzentrierte sich ganz auf das ihm doch angetraute Weib.

›Ssswing‹ machte es im Zimmer. – Das Geräusch war weder von Irene noch von Franz. Mehr aus der Richtung des Kamins.

Beide hatten es gehört. Und beide ignorierten es. Sie kamen sich näher und wärmer.

›Ssswing‹ machte es wieder, in der erotischen Stille nun noch deutlicher.

»Komm doch!« bat Irene.

Franz kam, wie er konnte. Er wußte längst, daß dieses blöde Geräusch von der neuen elektrischen Uhr rührte. Die hatte er Irene geschenkt, in Erinnerung an die Pendule der Damen von früher. Franz fragte sich allenfalls: Nach jeweils wievielen Sekunden macht die Uhr das wieder?

»Langsam!« bat Irene.

Bei all ihrer Zartheit war sie ähnlich einem kleinen Dieselmotor: verlangte viel Vorglühen, aber nach dem Anspringen erhebliche Kräfte.

›Ssswing!‹

»Denk dir nichts dabei!« flüsterte sie.

Franz gehorchte und dachte sich nichts dabei. Allenfalls zählte er jetzt die Sekunden bis zum nächsten ›sswing‹. – Da hatte ihm der Bucklige eine Kaminuhr verkauft, die zwar ganz still lief, aber alle sieben Sekunden elektrisch wieder ihr Federwerk aufzog. – Ob der bucklige Uhrmacher auch eine Frau hatte?

»Du bist noch immer nicht ganz bei mir«, hauchte Irene. Und sicherlich hatte sie recht.

»Ganz!!« beteuerte Franz. – Innerhalb der nächsten sieben Sekunden mußte Irene ihn durchdringend fühlen.

»Au!« sagte Irene.

›Ssswing‹, sagte die elektrische Uhr.

Franz nahm seelisch erneuten Anlauf.

›Ssswing!‹ machte die Uhr.

»Kannst Du mich denn gar nicht lieben?« stöhnte Irene.

»Hörst du das nicht?« hielt er ein.

»Das ist doch herrlich, das sind unsere Körper.«

»Nee, das ist die elektrische Uhr!«

»Ich danke dir so dafür. Aber wenn sie dich stört, sollten wir uns nicht herumdrehen?«

Franz hielt nicht viel davon, denn dann kann ein Mann den Takt nicht mehr angeben. Trotzdem tat er es. Und vielleicht hört man von unten das Elektrobiest weniger. Dabei fielen sie aus dem Bett und auf den Boden. – Boden war mal etwas anderes!

›Ssswing!‹ machte die Uhr.

Franz hob seinen Kopf, weil endlich er etwas Entscheidendes der Irene sagen wollte. Doch prallte er mit der Stirn unter den Tisch aus Chippendale. Chippendale hatte er noch nie ausstehen mögen!

»Du liebst mich nämlich gar nicht!« konstatierte Irene und saß von ihm ab.

Er schlängelte sich unter dem Chippendale hervor, tastete sich im Halbdunkel zum Kamin, griff die ›Ssswing‹-Uhr, fand zur Tür, lief über den Gang und schmiß die Uhr ins Clo. Und zog! Ein Wasserschwall übergoß seine bloßen Füße.

»Bei Arthur war das aber anders«, schnaufte Irene, ganz entblößt im Bett, gekrümmt gepeinigt.

»Mit dem warst du ja auch nicht verheiratet!« polterte Franz.

Irene hob ihr verschwollenes Gesicht aus dem tränennassen Kopfkissen. – »Wenn der noch leben würde, der würde Dich zusammenhauen!«

»So? Nun, wie gut, daß der Bursche nicht mehr lebt.« – Und das war dem Franz ehrlich. Man läßt sich nicht gern von unbekannten Herren zusammenhauen, nur, weil die bei der Liebe keinen elektrischen Wecker auf dem Kaminsims hatten und kein ›ssswing‹ alle sieben oder dreizehn Sekunden.

»Dem Arthur würde ich die Fresse einhauen«, sagte Franz. Männer werden brutal, wenn es mit dem Balzen nicht klappt.

»Wie schmutzig du bist!« röchelte Irene.

Da trat Franz wieder den Rückzug an. In seinem kühlgebliebenen Bett schämte er sich etwas, ohne zu wissen, warum eigentlich. – Wegen der irren Uhr?

Natürlich gibt es Männer, so prächtig, daß sie sich auch von heranrollenden Panzern nicht irritieren lassen.

Aber so eine elektrische Uhr mit ihrem ›ssswing‹, und das in ganz genauen Zeitabständen, die man vorher schon weiß, ist viel schlimmer; die könnte auch einen deutschen Torwart neben der Loren elend verenden lassen.

Aber nun war das Biest ja im Clo.

Trotzdem fand er nicht zu Irene zurück.

II

Das Frühstück begann gewöhnlich damit, daß Irene ihn fragte: »Warum schaust du so brummig? Ärgert dich etwas an mir?«

Und dann pflegte Franz zu antworten: »Aber, Liebste, was soll mich denn an dir ärgern?«

»Das kann man nie wissen.«

Und danach entstand eine Pause.

Was Franz darum mehr und mehr vermißte, war sein einsames Frühstück im Bett. Unrasiert schmeckt der Tee am intensivsten. Solange man im Bett liegt, hat der Tag noch nicht richtig begonnen. Man hat Zeit für die Brötchen. Aber seit seiner Heirat fand das Frühstück zweisam statt, nämlich am Tisch. Sofern man der Fernsehreklame für Marmelade oder Kaffee glauben darf, ist das zweisame Frühstück der Himmel auf Erden: beide strahlen. Aber wenn man unbedingt strahlen möchte, kann man das ebensogut allein! Bei Zweien besteht höchstens das Risiko: Es genügt einer, der nicht strahlt, – dann vergeht das Strahlen auch dem anderen.

Heute werde ich zum Frühstück strahlen, hatte sich Franz vorgenommen.

Es hatte nichts genutzt.

»Wenn du immer so brummst, dann weiß ich wirklich nicht, warum du mich nicht netter ansiehst!«

»Heute sehe ich dich furchtbar nett an, Irene!«

»Du mußt es ja wissen.«

Er strahlte doch. Es bestand kein Risiko für Irenes zweites Brötchen. Es bestand schon beim ersten nicht. Er war – Gott verdammt! – ja weiter darauf aus, eine sogenannte glückliche

Ehe zu führen. Dafür grinste er nun aus allen Löchern. Er schob Irene sogar das Sesselchen unter den Popo.

»Komisch bist du heute«, meinte Irene.

»Liebste, das scheint dir nur so.«

»Deine Ironie scheint mir fehl am Platze zu sein!« – Und nun erst schmierte sie sich das erste Brötchen.

Die Lust auf sein eigenes erstes Brötchen war ihm vergangen. Schon morgens bei den Eiern tat sich zwischen Irene und ihm ein Abgrund auf: Er zerklopfte liebevoll die Schale, aber sie machte das anders, visierte das Ei aus ihren dunklen Wimpern, zielte mit dem Messer und köpfte dann das Ei, wobei sie genau wußte, wie sehr er das Hinrichten unschuldiger Eier haßte. Also klopfte er noch bedächtiger, noch freundlicher, noch länger als nötig auf seinem Ei herum.

Für das Leben zu zweit hatte er auch zwei Salzfäßchen angeschafft. Nun stand wieder nur *ein* Salzfäßchen auf dem Tisch. Und danach griff Irene. Im übrigen lag auf dem Tisch noch die Post. – Irene: »Entschuldige, wenn ich schon deine Post geöffnet habe.«

Endlich hatte Franz das Salzfäßchen. – »Gern. Das machst du doch immer so.«

Irene ließ den Eierlöffel fallen. – »Was heißt: immer? Du machst ja immer nur die Hälfte auf und läßt die Briefe auf den Boden fallen und trittst nachher darauf herum. Einer muß doch deine Post aufmachen.«

Franz bekam beinahe wieder einen seelischen Knick, versuchte aber weiter zu strahlen. – »Siehst du, Irene, das finde ich an dir fabelhaft. Mach das mal weiter so!«

Sie fischte einen Brief aus dem Papierhaufen und wedelte damit: »Hast du den schon gelesen?«

Franz hielt das Salzfäßchen fest und blieb an seinem Ei: »Wie kann ich schon etwas gelesen haben, wenn du es erst aufgemacht hast?«

Irene schoß ihm einen vieldeutigen Blick über Brötchen und Eier zu, kniff etwas die Augen und las dann laut den Brief: »Sehr geehrter Herr Pempelfort, wir bauen jetzt an, darum kann ich Aphrodite nicht weiter bei uns behalten. Außerdem haben Sie die letzten sieben Monate dafür nicht bezahlt, und darf ich Sie deswegen bitten, dieselbe anderswo unterzubringen. Gezeichnet Kratzinger.«

Auwei!

»Wer ist Aphrodite?« wollte Irene wissen.

»Eine griechische Göttin, so für Liebe oder dergleichen.«

»Und der bezahlst du das Zimmer?«

»Nee, das ist nur ein Schuppen.«

»Sowas läßt die sich von dir gefallen?«

Franz ließ die hohlgegessene Eierschale im Becher, erhob sich und wanderte durchs Zimmer. Was ihn ärgerte war, daß Irene ihn ärgern konnte. Er versuchte etwas gegen das eigene Ärgern.

Aber da sagte Irene: »Wenn du so niederträchtig grinst, dann weiß ich längst, woran ich bin. Vielleicht ist Aphrodite auch nur ein Pferd. Dann hättest du aber wissen müssen, wie liebend gern ich reiten würde. Früher bin ich nämlich immer nur geritten.«

Scheiß Frühstück! stieg es in Franz hoch. Er überlegte auch, ob er mit einer Tasse nach Irene schmeißen sollte. Aber die Tassen hatte er noch von seiner Mutter. Darum mäßigte sich Franz, griff nur ein Butterkügelchen und schmiß damit.

Im Schmeißen war er noch nie gut gewesen, nicht einmal mit Schneebällen, warum seine Schneebälle früher auch nie den Toni von der Nebenklasse trafen, sondern das Fenster vom Herrn Direktor.

Diesmal hätte er wieder daneben getroffen, wenn Irene nicht schnell ihren Kopf in die ballistische Linie gehalten hätte. Da traf sie das Butterkügelchen. Ihr stürzten die Tränen aus den Augen.

Befriedigt stieg Franz die Stufen hinauf in sein Studio.

Gaby war schon an der Arbeit und hämmerte sein Tonbanddiktat in eine graue Schreibmaschine.

»Gibt's was Neues?« fragte er matt. – Gaby hämmerte weiter. Dann: »Die Post hat ja noch immer Ihre Frau Gemahlin.«

»Ja, ja«, sagte er, »die hat immer alles.«

Gaby hielt im Hämmern ein: »Und die kriegt auch immer alles!«

»Halt dich draus, Gaby!«

»Trottel!« flüsterte Gaby über die Schreibmaschine weg, »ich bin doch im Dienst, da kannst du doch nicht ›Du‹ zu mir sagen.« – Und dann wieder lauter: »Übrigens, nach Tisch kommen die Mädchen und auch der Fotograf, Chef.« – Das kommt davon, wenn einem Werbemann etwas einfallen soll für neue Schlüpfer.

»Willst du dich nicht endlich um deine Aphrodite kümmern?« – Das war nicht die Gaby, das war – leise ins Zimmer getreten, wie immer – Irene in der geöffneten Tür.

Franz zog aus seiner Schublade sein Scheckbuch, wegen der letzten sieben Monate für Aphrodite.

Irene stand noch immer in der halbgeöffneten Tür: »Die scheint dich ja schön teuer zu kommen.«

Franz schwang zu ihr herum: »Erstens kommst du mich das auch, und zweitens kommst du jetzt mit!«

Sie war zusammengefahren.

»Zu Aphrodite, damit Ihr euch mal kennenlernt.«

Peng. – Tür zu.

»Haben Sie die noch, Chef?« fragte Gaby.

»Die hatte ich nur ganz vergessen.«

»Und was soll ich bei der?« – Das war wieder Irene. Sie konnte lautlos Türen öffnen.

»Ihr sollt euch miteinander vertragen, euch kennenlernen.« – Und Franz versuchte zu lachen.

»Oder ist es doch ein Pferd?«

»Nein, meine geliebte Aphrodite ist kein Pferd!«

Nun muß man auf irgendetwas warten. Auf eine Reaktion von Irene. Gaby hackte wieder auf ihrer Schreibmaschine, aber unregelmäßig, lustlos. Franz steckte sich eine Pfeife an, denn damit kann man besser warten. Aber die Pfeife hatte einen Brösel im Kanal und er mußte eine andere holen.

Endlich erschien Irene. Sie hatte sich das feinste Kostüm angezogen, stellte in der Tür einen Fuß vor und war ganz Grande

Dame. Dezent hatte sie auch etwas Schmuck angelegt. Und sie schien zugleich den niederträchtigen Blick von oben zu üben, den man einer Kokotte schenkt oder irgendeinem lausigen Verhältnis, für das der Ehemann schon sieben Monate nicht bezahlt hat. Denn das ist moralisches Ungeziefer, das muß man vernichten! Und Irene schaute jetzt schon vernichtend.

»Gehen wir!« sagte Franz.

»Zu Fuß?« erschrak Irene.

Bis zum Kratzinger waren es fünfhundert Meter Dorfstraße und dann fast einen Kilometer seitlich leicht bergan.

»Zu Fuß!« beschied er Irene. Denn sie hatte sich so feine Pumps angezogen.

Die Bauern, die Frau vom Tierarzt, das angestellte Mädchen beim Apotheker, der Wirt vom ›Löwen‹, Mägde und Bauersfrauen sahen erstaunt dem ernsten Paar nach, wie es zum Hof des Kratzinger marschierte. Keiner wagte das Paar zu grüßen. Der Boden war noch feucht, und mühsam brach die Sonne durch die tiefhängenden Wolken.

Einmal blieb Irene stehen: »Aphrodite ist doch bestimmt ein Kosename. Den hast *du* ihr gegeben. Ein Mensch kann doch nicht so heißen.«

»Nein«, gestand Franz.

Vor dem Hof des Kratzinger tobte ein struppiger Schäferhund, war aber, Gott sei dank, an einer Kette.

Franz öffnete den hölzernen Riegelbalken des Schuppens und zog das knarrende Tor auf. Gestörte Hühner stoben – Federn lassend – an ihm vorbei. Irene barg ihr Gesicht in die Arme: »Wie gemein von dir, du weißt doch, daß ich bei Federvieh ohnmächtig werde!«

»Dann werd's doch mal!«

Als alle Hühner nach draußen geflogen waren, traute sich Irene weiter in den Schuppen hinein.

Es lehnte an der hinteren Wand und war mit einem Sack überzogen, etwa so groß wie eine Ziege. Vielleicht noch etwas größer. Franz zerrte den Sack weg. Und da stand blitzsauber ein

Motorrad, eine etwas ältliche BMW, aber im vollen Ornat, mit Blinkern und D-Schild, mit Rückspiegel und Soziussitz und verchromtem Gepäckträger und dicken Sturzbügeln.

»Irene, das ist die Aphrodite.«

Statt sich an seine Brust zu werfen und reuig zu schluchzen, fragte Irene nur eisig: »Warum hast du mir die bisher unterschlagen?«

»Weil ich weiß, wie hochgestochen du über Motorradfahrer denkst.«

»In *meiner* Familie hatte keiner nötig, Motorrad zu fahren.«

Nee, dachte er, aber die meisten fuhren Rad.

»Franz, oder hast du die, um damit heimlich irgendwo hinzufahren, wenn ich schlafe?«

»Warum sollte ich dafür eine BMW nehmen? Ich habe doch ein Auto.«

»Ich weiß ganz genau, das habe ich gelesen, daß man auf einem Motorrad erregt wird.«

Das stimmte, nur nicht so, wie Irene es meinte.

Gottlob kam die Frau Kratzinger gerade in den Schuppen. Franz griff sie am Arm, der nach Seifenlauge roch, und zog sie zu Irene: »Bäuerin, jetzt sagen Sie mal meiner Frau, wann ich das letzte Mal mit diesem Motorrad gefahren bin!«

»Das weiß ich nicht«, sagte die Kratzinger, weil sie nicht wußte, um was es ging.

»Liebste Frau Kratzinger«, drang Irene nun auf die Bäuerin ein, »Sie können mir gegenüber wirklich ehrlich sein.«

»Naa«, sagte die Kratzinger, auf Hochdeutsch: nein.

Denn wenn es heute noch altes Kulturgut der Bauern gibt, dann ist es das Mißtrauen gegenüber allem, was sie nicht verstehen. Es stammt aus jener Zeit, wo die hohen Herrschaften mit den Landleuten ihr Unwesen trieben. Zwar gibt es heute keine Feudalherren mehr, stattdessen aber Industrielle und Landmaschinenverkäufer, Versicherungsagenten und Bauämter.

»Franz, ich will auch mal erregt sein.«

»Fein. Fang an!«

»Hinten auf das Ding geht doch noch eine drauf, oder? Und da hast du bestimmt ganz viele hinten drauf gehabt. Und jetzt will ich auch mal hinten drauf.«

»Versprich dir nicht zuviel davon, Irene!«

»Du willst wohl nicht, daß ich das auch mal erlebe?«

Entschlossen näherte sich Franz seiner Aphrodite, öffnete den Benzinhahn, tupfte den Vergaser, bis er etwas Benzin schnüffelte, drehte den Schlüssel auf Zündung, trat die Ratschenschaltung, bis im Scheinwerfergehäuse grünes Licht aufleuchtete, stellte den Lufthebel auf ein Drittel, stieg auf den Kickschalter, federte etwas und trat dann durch.

Gehorsam wie in alten Zeiten sprang die Maschine an und bellte gedämpft und bedächtig im Leerlauf.

Irene hatte interessiert zugesehen. – »So verklärt siehst du bei mir nie aus!«

»Wie willst du das wissen, du machst dabei doch immer die Augen zu.«

Irene protestierte: »Ich? Nein, Du!«

Er drehte ein bißchen am Gasgriff, der Motor bellte heftiger. Franz ließ den Ständer hochschnackeln und schob die Maschine zum Ausgang des Schuppens. – »Irene, nun steig mal hinten auf.«

Sie raffte den Rock ihres Kostüms, und Franz hörte, daß sie heftig atmete.

Franz gab etwas mehr Gas, kuppelte vorsichtig ein, die BMW rollte tief federnd über den buckligen Hof des Kratzinger, und Franz bog auf die Straße.

Und hier waltete wieder derselbe Unterschied wie beim morgendlichen Ei: Irene wandte auch hier irgendwie Gewalt an; sie legte sich zum Beispiel in die Kurven, weil sie meinte, sie müsse es; geradeaus stützte sie sich stocksteif. Und darum wackelte die BMW. Franz hatte alle Mühe, das mit dem Lenker aufzufangen.

Aber das Schlimmste gab Irene durch den Mund von sich: »Ich möchte nur wissen, warum du mich geheiratet hast?«

»Ich auch«, sagte Franz und drehte ein wenig mehr auf.

Irene hielt sich hinten fest. – »Du hättest doch die nehmen sollen, die sonst bei Dir hinten draufsaß.«

»Das waren mehrere. Und Polygamie ist bei uns nicht zugelassen.«

»Laß mich runter!« bat Irene.

»Du wolltest dich doch erregen!«

»Aber nicht für dich!«

»Dann bitte halt die Klappe und halt dich fest. Und wackle hinten nicht so die ganze Zeit. Denk dir doch einfach nichts dabei! Die anderen haben es ja auch nicht. Sonst fallen wir hin.«

»Ich tu hier hinten, was ich will.«

Unterschiedliche Einstellungen zweier Menschen auf dem Motorrad bekommt der Straßenlage nicht. Und eine Frau ist so, dachte Franz, wie sie sich auf dem Soziussattel benimmt. Oder anfühlt.

Franz bog vom Weg ab und nahm Kurs über eine mollige Wiese, im ersten Gang, im Schrittempo.

»Ich habe mein Kostüm an!« rief sie von hinten.

»Ich fahr ja auch ganz langsam, Irene. – Und warum hast du das Kostüm angezogen? Um einem armen Mädchen, wie du dachtest, den Garaus zu machen?«

»Wenn du so«, schrie sie weiter von hinten, »wenn du so mit mir redest, dann wackle ich noch mehr, bis du umkippst. Und überhaupt, ich will runter.«

Da gab Franz Gas.

Und danach hielt Irene auch die Klappe. Und es wackelte hinten nichts mehr. Jenseits der Wiese kam Franz wieder auf einen befestigten Weg, konnte noch mehr aufdrehen und stellte vor seinem Haus die BMW auf den Ständer.

»Jetzt kannst du absteigen, Irene.«

Hinten rührte sich nichts. Er drehte sich um. Da saß auch nichts. Es war auch nichts abgestiegen. Die Irene war einfach weg. Vielleicht hatte er auf der Wiese zu plötzlich Gas gegeben. Aber nun war es so friedlich, ohne die Irene hinten drauf, neben der Aphrodite.

Und außerdem waren die Mannequins erschienen und der Fotograf. Dazu ein Karton voller Schlüpfer des Fabrikats ›Trotzdem‹.

Mit denen begab sich Franz samt Karton in das kleine Moor mit den neckischen Weiden, wo sich dann die Mädchen unter der Regie des Fotografen verrenkten, einzeln oder in Gruppen, oben ohne und oben mit. Sie hüpften über Wurzelstöcke, als wenn das mit ›Trotzdem‹ besser ginge.

Franz fragte sich, warum ein neuer Schlüpfer ›Trotzdem‹ heißen muß, aber das war nicht seine Sache.

Als sie alle in die Autos gestiegen waren, machte Gaby noch die Post fertig.

»Meine Frau hat niemals ›Trotzdem‹ getragen. Sie läßt sich die Schlüpfer maßschneidern, aus weißer Seide.«

»Trotzdem, Chef, haben Sie heute wohl etwas zu heftig Gas gegeben«, bemerkte Gaby.

Er verstand nicht.

»Ihre Frau ist noch immer nicht zurück.«

Ihm fuhr der Schreck in die Knochen. – »Das habe ich aber nicht gewollt.«

»Das sagen hinterher alle«, sagte Gaby und leckte ungerührt an den Briefmarken.

»Gaby, das war eine ganz weiche Wiese, ich fuhr ganz langsam, und sie ist mir entsetzlich auf die Nerven gefallen. Da habe ich eben etwas aufgedreht.«

»Das haben wir alle gern«, sagte altklug die Gaby, »aber nicht, wenn wir hinten sitzen.«

Franz wollte die Treppe hinunterstieben, aber Gaby hielt ihn fest: »Keine Angst, Chef, vor zwei Stunden, als Sie mit den Mädchen und dem Fotografen auf der Heide waren, ist der Mittermayer gekommen.«

Der Mittermayer war der Sargfahrer des Beerdigungsinstitutes. – Franz hatte das Empfinden, als wenn unter ihm die Erde bebe und er gleich umfallen müsse.

Aber Gaby fuhr fort: »Dem Mittermayer mußte ich fünf Koffer packen mit allen Kleidern, außen und drunter, allen Schuhen und den Parfums.«

Somit konnte die abgeworfene Irene weder Leiche sein, noch ein Krankenhausfall. Denn da braucht man nicht alle Kleider und alle Schuhe und alle Parfums.

Franz sank in seinen Lieblingssessel. Manchmal genügt für das Schicksal eine Kleinigkeit, um die Probleme zu lösen. – »Gaby, kriege ich nun einen Kuß von Dir?«

»Mit mir würden Sie genauso umgehen, wenn ich Ihre Frau wäre«, sagte die Gaby. Und sie gab ihm keinen Kuß, sondern steckte die Post in ihre Umhängetasche. Und dann war Franz allein.

Auch am nächsten Morgen.

Er plätscherte im Bad, die Sonne gleißte durch die Scheiben. Keiner sagte zum Frühstück: »Warum siehst du so brummig aus?« – Franz sang, wie es ihm gegeben war. – Hinterher beim Rubbeln im Badetuch hatte er auch den Slogan zu den Schlüpfern.

Und er sang auch am nächsten Morgen und empfand den Frieden des leeren Hauses.

Solange Junggesellen kräftig und ansehnlich sind, wird ihnen Hilfe von allen Seiten zuteil. Die Kathi kam und wusch das inzwischen aufgetürmte Geschirr ab. Die Sofie bekochte ihn. Die Gaby machte ihm den Tee. Am Abend wurde er bei Tierarztens eingeladen, und deren Geschirr war deren Sache. Nur das Bett machte ihm keiner, aber das läuft ja nicht weg, man kann sich immer wieder hineinlegen.

Am vierten Morgen erhielt er einen Brief vom Sanatorium »Fischerwinkel«. Darin stand geschrieben, daß er für die ersten vier Wochen seiner Frau eine Vorauszahlung zu leisten habe. Und die Vorauszahlung, weiß Gott, die war gepfeffert! – Seine Frau Irene sei dort zu Heilung eines psychischen Schocks.

Er ließ Gaby den Scheck tippen. Und die Gaby sagte: »Chef, das kostet mehr, als was Sie sich mit der Gnädigen sonst herumgeärgert hätten.«

Franz fand das auch.

Aber nicht genug damit: Desweiteren sandte ihm das Sanatorium dezidierte Rechnungen: Hämatome am Gesäß, verstauchter linker Ringfinger, chronische Eierstockentzündung, und dann noch psychotherapeutische Behandlung, Diagnose: traumatische Affekte infolge psychischer Grausamkeit des Ehemannes.

Zunehmend kam Franz sich schlechter und schlechter vor. Hätte er doch nie den Gasgriff aufgedreht. Eine Frau muß etwas zanken dürfen, dachte er, das gehört vielleicht zum Weiblichen. Und wenn man das nicht weiß, und dann doch den Gasgriff aufdreht, kann eine Frau verdammt teuer zu stehen kommen.

Nach sechs Wochen erhielt er von Irene eine Postkarte: ›Lieber Franz, hier ist es himmlisch. Noch ein paar Wochen, und ich bin wieder ganz gesund. Ich mache dir keine Vorwürfe. Gleich mache ich eine schöne Kurpromenade. Er ist Arzt und auch hier. – Liebe Grüße, deine Irene‹.

Er ist Arzt und auch hier? – ›Der arme Hund!‹ dachte mitleidig Franz.

Aber dann hieb er mit der Faust auf den Tisch: ›Er ist Arzt und auch hier? – Dieser nichtsnutzige Affe!‹

12

Eines Morgens sagte Gaby: »Chef, wußten Sie schon, daß Ihre Frau in zehn Tagen Geburtstag hat?«

»Nee. Aber das macht die jedes Jahr so. Wie alt wird sie diesmal eigentlich?«

»Sie müssen ihr trotzdem etwas schenken«, sagte Gaby.

In solchen Fällen war Franz immer ratlos. Auch der Gaby fiel nichts Vernünftiges ein. Schmuck ist gleich so teuer, Küchenmaschinen sehen nicht festlich aus. Zum Anziehen hatte sie genug, und Fotoapparate wollte sie nie. Nun, es waren ja noch zehn Tage Zeit.

Tatsächlich kam ihm nach zwei Tagen die Zeit zu Hilfe: Franz und Irene saßen vor dem Fernseher und warteten auf einen Krimi. Im Augenblick lief noch die Werbung. Werbung ist Kulturspiegel des Volkes, denn keiner kennt Geschmack und Dummheit seiner Mitmenschen so gut wie die Werbefachleute. Und Franz sah immer mit großem Interesse, was seine Kollegen anstellten.

Und dann wogten Wolken auf dem Bildschirm, die Kamera schwenkte über tintenblaue Südsee, erfaßte dann üppiges Gebüsch, auf einem Zweig schaukelte in schillernden Farben ein Papagei.

»Ist der nicht hinreißend!« rief Irene. – Und dann ging es um Kakao.

Einen Papagei!

Franz hatte auch schon überlegt, ob er Irene einen Hund schenken sollte oder ein Hündchen. Aber die müssen unentwegt raus. Und in Hinterau herrschte seit einer Tollwut in historischen Zeiten noch immer Leinenzwang. Das ist auch für einen Hund ein Hundeleben.

Ein Papagei muß nicht immer raus.

Gleich am nächsten Vormittag fuhr Franz in die Stadt zu einer Tierboutique. Er versuchte, den Papagei aus der Kakao-Reklame zu beschreiben, aber der schnelle Verkäufer hörte nur halb hin und holte einen bunten Katalog voller Papageien.

Franz fand schnell den aus dem Fernsehen: »So einen, bitte.«

Es war ein Hyazinth-Ara.

»Kann die Sorte auch sprechen?« fragte Franz.

»Selbstverständlich kann jeder Ara sprechen.« – Der Verkäufer notierte die Bestell-Nummer. – »Mit Luftpost könnte der in vier Tagen da sein.«

Mit Luftpost? Wie bequem es sich heute die Papageien mit dem Fliegen machen, dachte Franz. – »Ich brauche ihn aber erst in sieben Tagen; vorher hat meine Frau noch keinen Geburtstag.«

Die Boutique versprach, den Vogel so lange in Pflege zu nehmen und zu füttern.

Dann sollte Franz einen Käfig aussuchen. Es gab runde und viereckige. Franz kannte nicht die Psyche von Aras, aber er konnte sich nicht vorstellen, daß irgendein Lebewesen sich in einem runden Behältnis wohlfühlen könnte; da weiß es ja nie, wohin es steht. – Und von den viereckigen gab es große und kleine. – Man riet ihm zu einem kleinen, denn da langweile sich ein Papagei und würde darum mehr sprechen.

»Ach, wissen Sie, mir genügt, wenn er nur ab und zu was sagt.« – Und Franz wählte unter den Käfigen den größten.

Das fanden die im Laden dann auch wieder sehr vernünftig: »Wenn Sie dann später noch Papageien dazukaufen sollten, die würden ja alle mit hineingehen, der Herr.«

Auf der Heimfahrt erkannte Franz ein neues Problem: würde er den Vogel schon am Nachmittag vorher abholen, dann würde es Irene merken bzw. hören, und der Ara wäre keine Überraschung. Er konnte das Tier auch am Geburtstagmorgen abholen, aber dann wäre Irene traurig, weil er nicht zu Hause wäre.

Nachmittags sprach er darüber mit Gaby. Vielleicht könnte der Vogel bei ihr übernachten. Gaby winkte energisch ab: zu der Zeit hätte sie Besuch, sogar von weit her.

Aber dann fand Franz die Lösung: »Ganz einfach, meine Frau muß bis Mittag im Bett liegen bleiben.«

»Wie wollen Sie das machen, Chef?«

»Die muß eben Migräne kriegen!«

»Klasse!« sagte Gaby.

Der Vorabend zum Geburtstag verlief besonders harmonisch.

»Franz, verrat doch einmal ein bißchen, was ich kriege!«

Er lächelte vieldeutig.

»Franz, sag doch wenigstens den Anfangsbuchstaben.«

Franz dachte etwas nach. – »Das Ding fängt mit V an.«

Irene rätselte herum, und Franz holte aus dem Keller einen uralten Cognac, eigentlich zu schade, um jemals getrunken zu werden. – Irene war nie eine Kostverächterin gewesen, und das gefiel Franz wieder an ihr.

Sie kamen richtig in Stimmung. Der Pegel in der Flasche senkte sich.

»Franz, so lustig warst du noch nie!«

Gegen zwei Uhr brachte er sie in ihr Schlafzimmer und schloß behutsam und rücksichtsvoll die Tür. Übrigens, einen Zacken hatte auch er weg. Jetzt mußte er nur schleunigst schlafen. Er stellte den Wecker. Auf Wilhelma, das neue Mädchen, wollte er sich nicht verlassen.

Funktioniert alles prächtig, waren seine letzten Gedanken.

»Franz!« – War das Irene?

»Franz!!«

Irene war es *so* schlecht. Er stand ihr etwas bei. Ihr blieb es weiter so schlecht. – Ein Zeichen, wie gut alles ablief.

»Franz!« – Das war in der Nacht noch einige Male.

Dann rappelte der Wecker, und die Wilhelma klopfte. – Da war das Loch in seinem Programm: er hatte nicht an seinen eigenen Schädel gedacht. – Der Kaffee schmeckte wie Blech. Das Ei schien ihm übel zu riechen.

»Ihre Frau hat Migräne.«

»Prima, Wilhelma, sorgen Sie sich schön um sie. Ich bin in drei Stunden zurück. Und passen Sie auf, daß sie im Bett bleibt.« – Ach ja, die Rosen und die dicke Kerze und die Schokoladenplätzchen, das alles würde Gaby schon machen.

Es war ein prächtiger Vogel. Der große Käfig stand ihm gut.

»Was kann er denn sprechen?« fragte Franz.

»Alles, was Sie ihm so beibringen.«

»Ich habe eigentlich erwartet, daß er schon ein kleines Repertoire mitbringt.«

»Ein was?«

»Na ja, so ein Dutzend Worte und ein paar Redewendungen. Kann er denn noch gar nichts?«

Der Verkäufer sah auf den Lieferschein. – »Doch, er kann sagen: ›Auf Wiedersehen!‹«

»Sonst nichts, für das viele Geld?«

Das sei ja grade das Teure an dem Vogel, belehrte ihn der schnelle Verkäufer. – »Sehen Sie, der Herr, ein solches Tier ist etwas ähnliches wie ein Computer, wenn Sie sich da vielleicht auskennen. Sein Zentralhirn ist noch ganz frei. Mein Neffe ist nämlich Programmierer, müssen Sie wissen. Also, in dem Vogel ist noch nichts gespeichert, der ist noch voll aufnahmefähig. Eben nur mit Ausnahme der zwei Bytes ›Auf Wiedersehen‹.«

Franz wußte zwar nicht, was Bytes sind, aber er fragte: »Wenn es danach geht: wieviel Beits hat dann dieser Papagei?«

Das stand nicht im Lieferschein.

Sie trugen den ungefügen, klirrenden Käfig in das Auto, und auf den Vordersitz stellten sie die Tüten mit Futter und Zubehör.

Auf der ganzen Fahrt verlor der Vogel keinen Ton. Franz hielt auf einem Parkplatz an und wandte sich an den Ara: »Nun sag's doch mal!«

Der sagte nichts.

»Dann laß es! – Aber nun hör mal zu: sag mal Irene!«

Der Ara blinzelte.

»Irene!« wiederholte Franz.

Der Vogel rührte sich nicht. – Man muß Geduld haben. Auch der Ara hatte Geduld. Er sah den Franz immer so an, als wenn Franz einen Klaps hätte. Um elf Uhr dreißig gab Franz es auf. Er ließ den Motor an.

»Auf Wiedersehen!« krächzte der Ara. Und er wurde während der Weiterfahrt ausgesprochen lebhaft, rutschte auf der Stange hin und her, hangelte sich an den Stäben hoch, ließ unter sich und sagte immer wieder ›Auf Wiedersehen!‹.

»Schon Dich mal etwas für nachher. – Wie heißt Du übrigens?« – Franz nahm den Fuß vom Gas und zupfte den Lieferschein aus der Jackentasche. – Name: Lora. Geschlecht männlich. Also ein Lorerich.

Die Rosen standen schon auf dem Tisch, die dicke Kerze war angezündet, rundum hübsch drapiert die kleinen Aufmerksamkeiten und die Päckchen, die Verwandte und Freunde geschickt hatten. Die gnädige Frau war schon aus dem Bad und würde gleich herunterkommen. – Franz dirigierte Wilhelma und Gaby mit dem Käfig durch die Türen. Der Lorerich schaute mißtrauisch.

Dann holten sie Irene.

»Ist er nicht hinreißend?« wollte Franz wissen.

»Oh doch.« – Aber vom Käfig hielt sie sich einen Meter entfernt.

»Irene, fürchtest du dich vor Lorerich?«

»Ich weiß nicht.«

Franz war niedergeschlagen. – »Aber im Fernsehen hast du ihn doch so – himmlisch gefunden.«

»Papageien hüpfen ja auch nicht aus dem Bildschirm.«

Sie würde ihn schon liebgewinnen und Freude an ihm haben.

»Lorerich, sag mal zur Irene ›Auf Wiedersehen!‹ «

Lorerich neigte den Kopf mit stummen Blicken.

»Warum soll der ›Auf Wiedersehen‹ zu mir sagen, Franz?«

»Weil er es kann.«

»Da mußt du dir doch etwas Bestimmtes dabei gedacht haben.«

»Bestimmt nicht. Das hat er von selber mitgebracht.« – Und er zeigte Irene den Lieferschein.

»Dann hast du eben einen bestellt, der zu mir dauernd ›Auf Wiedersehen‹ sagen soll.«

Langsam wurde Franz unwillig: »Die hatten auch Vögel, die ›Hau ab!‹ sagen können.«

Betrübt ging Irene hinaus. – Franz kaute an seinen Gedanken. Man soll Frauen nicht unbedingt überraschen, wenigstens nicht dann, wenn man so wenig davon versteht.

»Gröötsch!« sagte der Vogel.

Was heißt ›Gröötsch‹?

»Gröötsch – röh!« Und wurde wieder munterer. Franz verstand ihn mit bestem Willen nicht. Er rief die Tierboutique an. Was der Vogel mit ›Gröötsch‹ meine.

»Moment, bitte.« – Es summte in der Leitung. Dann teilte man Franz beflissen mit, man wolle beim Züchter anfragen.

Am Nachmittag kam die Antwort: ›Gröötsch‹ heiße gar nichts. Das hätte der Ara von selber gelernt, weil der Züchter auch einen Hühnerhof hatte.

Hühner kannte Franz nur zubereitet; er wußte nicht, daß die ›Gröötsch‹ sagen. Vielleicht war es auch ein Mißverständnis.

Irene und Lorerich fanden nicht zueinander. Der Käfig blieb einsam im Wohnzimmer, und der Vogel wurde zunehmend traurig. Und schließlich trug Franz den Käfig in sein Studio, damit der Lorerich Gesellschaft hat. Aber er wußte nicht, wie lange er das durchstehen würde. – »Auf Wiedersehen!« plärrte der Vogel stets im ungeeignetsten Augenblick. Oder er rief »Gröötsch!«. Oder begann schrecklich zu kreischen, wenn Franz telefonierte.

Eines Tages saß Lorerich auf dem Schreibtisch. Er war sehr dekorativ. Nur eben: er warf die Bleistifte auf den Boden (»Auf Wiedersehen!«) und manchmal versuchte er – weil Vögel nicht stereoskopisch sehen können – Gabys Stenogramm aufzupikken; er hielt es für Fäden oder Nudeln.

Hinterher entstand nur die Frage: wie kriegt man den Lorerich zurück in den Käfig? Franz hielt ihm den Zeigefinger hin, aber Lorerich sah darin einen aggressiven Akt und hackte.

Gaby meinte: »Wir müssen noch was tun. Die Sache soll doch heute noch auf die Post.«

Franz ließ den Vogel, wo er war und machte sich an die Arbeit.

Die Tür öffnete sich und Irene wollte etwas fragen. Ehe Franz sie anfauchen konnte, stieß sie einen kleinen Schrei aus und weg war sie.

»Auf Wiedersehen!«

Nach einiger Zeit sagte Gaby: »Ich würde das Tier ruhig für immer draußen lassen.«

Franz kapierte nicht so schnell.

»Dann stört Sie auch keiner mehr, Chef.«

Beim Abendessen kam es zu einer kleinen Kontroverse: Franz sollte den Lorerich wieder in den Käfig tun.

»Das geht nicht, der hackt!« – Und er ließ Irene seinen Zeigefinger sehen.

»Kannst du ihn nicht wieder zurückgeben, an die Boutique?«

»Nee, ich krieg ihn ja nicht in den Käfig.«

»Ist es dir lieber, daß ich gehe?«

»Du mußt eben keine Angst vor ihm haben, Irene!«

»Ich habe aber Angst, fürchterliche Angst. Ich laufe auch vor Hühnern davon.«

»Irene, dann gibt es nur eine Lösung, nämlich, Du kommst nicht in mein Studio.«

»Ah so, jetzt verstehe ich das ganze Manöver. Und so etwas erklärst du als mein Geburtstagsgeschenk? Sag mal, wie stellst du dir eigentlich eine Ehe vor?«

»Also, – nicht unbedingt im Studio. Wir haben ja das ganze übrige Haus.«

Es wurde tatsächlich eine gute Lösung. Allenfalls wäre zu fragen, ob der Vogel ihn nicht mehr störte, als je im Leben Irene es getan hatte. Lorerich knabberte Ordner an und Gardinenstangen, versah getippte Briefe geduldig mit Büttenrand und kleckste ungeniert.

Und dann ging eines Tages doch wieder die Tür auf. Irene hatte auf dem Arm einen wehrhaften Kater.

Dem Lorerich ging die Haube hoch, und erregt nahm er Zuflucht auf der Schreibmaschine.

»Irene, was soll die Katz?«

»Meinst du, ich wollte weiter wehrlos bleiben?«

»Tu die Katz raus!«

»Tu deinen Vogel in den Käfig!«

»Überhaupt, ich dulde keine Katze in meinem Haus, das sag ich dir als Haushaltungsvorstand!«

Dem Kater wurde es auf dem Arm von Irene zu warm, zugleich sah er schräg auf Lorerich, und dann sagte Irene »Aua!« und mußte den Kater fallen lassen.

Lorerich bezog Stellung auf einer Gardinenstange. Der Kater besah sich die Vorhänge und schien zu überlegen, ob er da hinauf könne. Die Schwanzspitze zitterte ein bißchen.

Franz holte sich Lederhandschuhe, packte den Kater und setzte ihn auf die Treppe.

»Mit Lederhandschuhen hättest du auch deinen Vogel in den Käfig bringen können!«

»Ich denke nicht daran. Wer hat denn hier den Streit angefangen, ihr oder wir?«

Lorerich breitete die Schwingen aus. Irene war weg.

Nie entscheidet die erste Schlacht, sondern die letzte. – Die Entscheidung traf unerwartet nach ein paar Tagen ein: Ein Onkel von Irene, ein ergrauter Amtsrichter, der in einem Grundbuchamt auf seine Pensionierung wartete, kam zu Besuch.

Er war noch nicht aus seinem Wollmantel, als Irene ihn schon überschüttete: »Onkel Ernst, du kommst wie gerufen, wirklich, weißt du, was Franz schon wieder mit mir anstellt?«

Onkel Ernst wollte von nichts wissen. Er befand sich im Urlaub und hatte sich auf seine verdiente Ruhe gefreut.

Trotzdem kam Irene nach dem Abendessen auf die Sache zu sprechen. Der Onkel Ernst hörte sich geduldig beide Parteien an, die vom Papagei und die vom Kater. Dann resümierte er: »Bei Anschaffung eines Haustieres müssen grundsätzlich beide Ehepartner zustimmen. (Bei einem Goldfisch könnte ein Zweifelsfall entstehen.) Was nun euren Papagei betrifft, so lag das Einverständnis des Ehemannes vor. Er hat ihn ja angeschafft. Und du, Irene, als Ehefrau, hast dieses Geschenk angenommen und damit dein Einverständnis gegeben – – –.«

»Onkel Ernst, ich hätte von dir erwartet, daß du objektiv bist und nicht dem Papagei hilfst!«

Der alte Onkel fuhr fort: »Es ist indessen die Frage, zu welch besonderen Zwecken die beiden Tiere angeschafft bzw. jetzt verwendet werden. Der Papagei wird doch jetzt offensichtlich dazu verwendet, Irene aus deinem Studio fernzuhalten.«

»Nee«, log Franz.

Der Onkel winkte ab und fuhr fort: »Wenn es auch nicht die Zweckbestimmung eines Studios ist, dem ehelichen Verkehr zu dienen, so muß man aber seiner Ehefrau das Recht einräumen, diesen Raum gelegentlich zu betreten. – Ich schlage vor: Irene bringt die Katze zurück, und du setzt deinen Papagei in den Käfig.«

Irene hing plötzlich an dem Kater. Sie erklärte es ganz, ganz ausführlich, wie sie daran hing. Vielleicht hing sie wirklich.

Und Franz machte umständliche Ausführungen über den Freiheitssinn intellektueller Vögel in einer humaner werdenden Zeit.

Der Onkel entschuldigte sich dezent für ein paar Minuten. Franz und Irene nahmen das zu einer Atempause wahr.

In der Stille des Hauses hörte man zuweilen das Kreischen des Papageies. Es schien anzustecken, denn auch vom Kater hörte man Fauchen und ein paar Wutschreie.

Dann kam der Onkel wieder ins Zimmer und lächelte schlau:

»Ich glaube, die Sache regelt sich von selber. In zehn Minuten werden wir es wissen.« – Er zog die Taschenuhr und steckte sie zurück: »Die Natur muß man walten lassen, dann braucht man auch keine Gerichte. Hast du noch etwas Wein, Franz?«

Sie prosteten dem Onkel verständnislos zu.

Nach zehn Minuten erhob sich der Onkel: »Nun wollen wir doch mal sehen!«

Sie folgten ihm die Treppe hinauf zum Studio. Er stieß die Tür auf: »Erschreckt euch jetzt nicht. Ich habe den verdammten Papagei in seinen Käfig gesteckt und die verdammte Katze mit hinein. Jetzt werden wir feststellen, wer übrig geblieben ist!«

Franz stützte Irene.

Auf der mittleren Stange hockte – leicht zerrupft – der Lorerich. In einer Ecke des Käfigs saß kampfmüde der Kater.

Wieder ein Unentschieden.

Verbissen öffnete Franz die Tür des Käfigs. Erst wollte keiner von beiden heraus. Dann trollte sich endlich der Kater. Der Lorerich flog hinterher, und sie betrachteten sich auf dem Teppich.

Wo der Kater hinging, tappste auch Lorerich hin. Und wo Lorerich hintappste, kam neugierig der Kater nach.

Und als Irene den Kater hinaustragen wollte, kreischte der Lorerich böse.

Die beiden wurden unzertrennlich.

Die Ehe ging weiter.

13

Schon zweimal wurde Franz von seinem Weibe nächtlings dabei überrascht, wie er im Bürgerlichen Gesetzbuch schnüffelte. Beim dritten Mal fand Irene kleine Schnipsel als Lesezeichen. – ›Zweiter Abschnitt. Recht der Ehescheidung.‹ – Und dann Kreuzchen an verschiedenen Paragraphen, bei denen einer Frau die Augen aufgehen.

Irene klappte das Gesetzbuch wieder zu, in ihrem Bett dachte sie nach: eine schwierige Ehe ist immer noch besser, als gar keine. Und was ihr drohte, war ›gar keine‹!

»Franz, hast du mal Zeit für mich?«

Das war am nächsten Vormittag, als Franz auf dem Sofa lag und angestrengt nachdachte.

Er stellte die Beine auf den Boden und fragte verwirrt: »Ist schon wieder was mit der Spülmaschine?«

»Nein, mit mir.«

»Dafür ist der Doktor zuständig.«

»Franz, dagegen gibt es keinen Doktor!«

»Dann kann ich dir auch mit keinem Schraubenzieher der Welt helfen.«

»Ich brauche keinen Schraubenzieher!«

»Was anderes habe ich auch nicht.«

»Du hast nie was für mich«, seufzte sie, trat weiter ins Zimmer und schloß hinter sich leise die Tür. »Ich weiß es längst.«

»Woher?« – Das war unvorsichtig von ihm. Aber sie hakte da nicht ein, sondern konstatierte: »Franz, ich weiß, daß ich dir auf den Wecker falle.«

»Nicht grade auf den Wecker«, lenkte er ein.

»Also.«

»Was?«

Danach kam kein Ton mehr aus ihr heraus.

Franz stand verlegen in seinem eigenen Studio und stopfte sich eine neue Pfeife.

»Wenn es so ist«, flüsterte sie, »dann küß mich wenigstens!«

»Aber eben hast du noch selber gesagt, daß du mir auf den Wecker fällst.«

»Dann küß mich auf die Lippen!« – Als wenn er vorgehabt hätte, sie auf irgendeinen Wecker zu küssen. Franz tat wie geheißen.

»Das war kein Kuß!« monierte sie.

»Was denn sonst?«

Ihr perlten Tränen aus den Wimpern.

Darum küßte Franz noch einmal kräftig nach, – aber wohl noch immer nicht ganz gelungen.

Endlich heulte sie nicht mehr, sondern zog ein tapferes Gesicht: »Franz, du bist mich längst leid. Wir sollten uns trennen.«

Eine Zentnerlast fiel ihm vom Herzen. Nur durfte er sich das nicht gleich anmerken lassen. – »Liebste, mein Gott, red nicht so etwas. Du willst mich verlassen?«

»Ist das sehr schlimm für dich?«

»Ich weiß nicht.«

Da schlang sie die Hände um seinen Nacken. In seinem Jakkett zerbröselte die Brille. ›Etwa sechzig Mark‹, dachte er.

»Willst du wirklich, daß ich immer bei dir bleibe?« – Sie glitzerte ihn mit feuchten Augen an.

Franz zog die Notbremse: »Auf die Dauer, ja. Nur nicht andauernd, weißt du.«

»Ich liebe dich!«

»Ich dich auch!«

Da schoß sie aus dem Sessel hoch: »Was heißt: Du mich auch?«

»*So* habe ich das gar nicht gesagt.«

Irene funkelte ihn an: »Wie du alles verdrehst!«

Nun setzte *er* sich in den Sessel, der war nämlich der nahestehendste.

Irene sank vor ihm auf die Knie: »Ich lasse dich nicht allein.«

Weil er keine Antwort fand, streichelte er ihren Kopf.

»Wie lange brauchst du?« fragte Irene und streichelte seine Knie.

»Da müßte ich mal den Anwalt fragen.«

Gleich heulte sie wieder. – Seine Pfeife war aus. Das Feuerzeug lag aber außer Reichweite auf dem Zeichentisch. Er sog weiter an seiner kalten Pfeife. Damit kam das Feuerzeug aber nicht näher.

»Darf ich mal an mein Feuerzeug?« fragte er behutsam. Aber Irene war auf dem Boden zusammengesunken. Darum stieg er über sie hinweg, – wie sonst wäre er an sein Feuerzeug gelangt?

»Muß das gleich sein?« schluchzte sie.

»Streichhölzer haben wir ja nicht«, sagte er vorwurfsvoll.

»Ich meine nicht deine blöde Pfeife, sondern deinen Anwalt.«

»Vielleicht«, versuchte er sie zu beruhigen, »vielleicht geht es auch ohne Anwalt.«

Sie hob die Augen zu ihm empor. – »Ich habe noch nie gehört, daß man zum Verreisen einen Rechtsanwalt braucht.«

Nun verstand Franz gar nichts mehr.

Irene fuhr fort: »Ich dachte, ich dachte einfach, du nimmst deinen alten Morgan und fährst damit ein bißchen weg, so ins Blaue hinein. Das kannst du dir jetzt doch leisten. Hinterher kommst du ganz erholt zurück, und vielleicht liebst du mich dann wieder.«

»Das wäre denkbar«, meinte er.

Irene erhob sich vom Boden. – »Dann pack ich jetzt deine Hemden.«

»Du bist wahnsinnig klug«, attestierte er ihr.

Noch stand sie vor ihm. – »Krieg ich jetzt einen richtigen Kuß?«

Franz zog schleunigst wieder die Notbremse; er küßte sie so schlecht, wie man nur küssen kann.

»Franz, bei welcher hast du so gemeine Küsse gelernt? Mich hast du noch nie so geküßt!«

Er zuckte die Schultern.

Sie drängte sich an ihn: »Bitte, küß mich noch einmal so!«

Franz tat es so schlecht wie zuvor.

Traurig wandte sich Irene zur Tür. – »Dabei hast du ja doch nur an diejenige gedacht, bei der du solche Küsse gelernt hast.«

Als er allein war, holte er tief Luft. Irene packte also nun seine Hemden. – Sicherlich war sie eine schwierige Frau, aber vielleicht auch ein liebes Wesen. Möglicherweise liebte sie ihn sogar?

Darum marschierte Franz über den Gang, bis in sein Schlafzimmer. Irene packte wirklich seine Koffer.

»Wohin willst du überhaupt?« wollte sie wissen.

»Ich will gar nicht. *Du* willst, daß ich irgendwo hinfahre.«

»Du mußt mal weg von mir, Franz.«

Dankbar küßte er sie in den Nacken.

»Und ich werde so lange zu Hause bleiben. Ganz allein.« – Sie faltete reihenweise seine Socken und legte sie mit Andacht in den Koffer.

»Irene, ich bewundere dich.«

»Du willst ja nicht, daß ich mitfahre.«

»Das habe ich nie behauptet.«

»Franz, und wenn ich doch mitführe?«

»Ich fürchte mich vor gar nichts.«

Sie flog ihm an den Hals: »Du bist göttlich, Franz!«

»Ja?«

Danach fegte Irene in ihr Schlafzimmer, rumpelte Koffer zu Boden und packte sie. Sie freute sich so auf die gemeinsame Reise, – daß Franz sich beinahe selber freute.

Keine zwölf Stunden später brummten sie mit dem alten Morgan den ersten Paß hinauf. Es war diesig, aber trocken, so ganz wie die Stimmung von Franz. Manchmal pfiff etwas der Ventilatorriemen. Es ging weiter nach oben, und Franz stellte erst Überlegungen an, schließlich auch das Radio. Er nahm die ihm seit Jahren vertrauten Kehren und das Radio machte dazu:

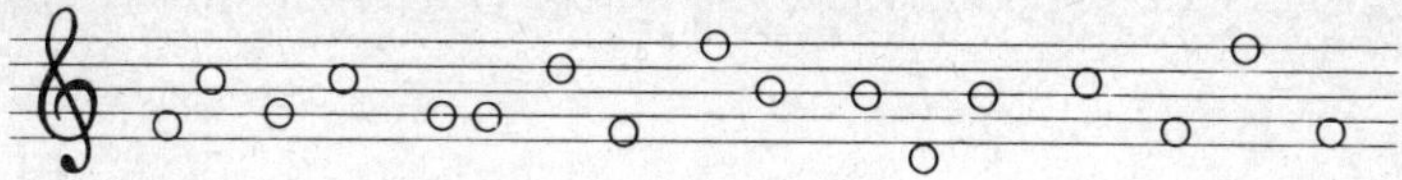

Denn tägliches Radio ist vorwiegend für Musik gedacht.

Am Zoll zeigten Franz und Irene ihre Pässe und wurden flüchtig weitergewunken.

»Ich hätte mir getrost mehr Tabak mitnehmen können«, brummte Franz danach.

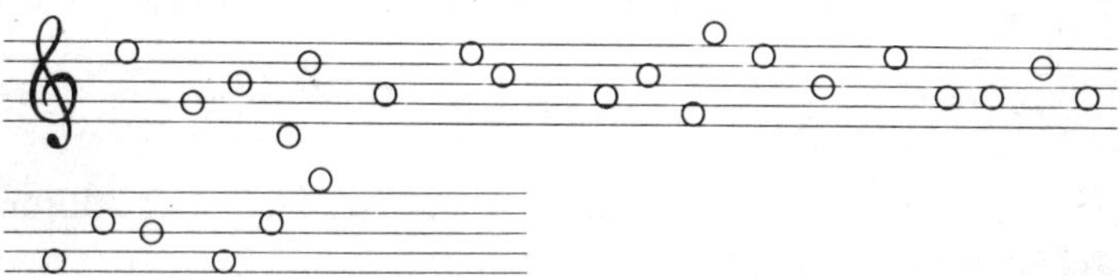

Meine Damen und Herren, aus der Big Band präsentieren wir ihnen – aber soll ich ihnen schon vorher verraten, von einer Goldenen Schallplatte ist zu wenig gesagt, nämlich ...

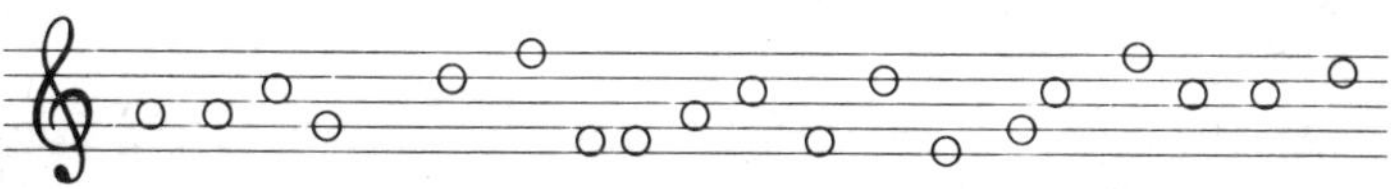

Irene runzelte ihre dunklen Brauen: »Franz, am Armaturenbrett leuchtet etwas rot.«

»Dann müssen wir tanken.«

Wann immer man eine Tankstelle dringend braucht, steht keine da. Franz blieb mit einem halben Auge auf der Benzinuhr.

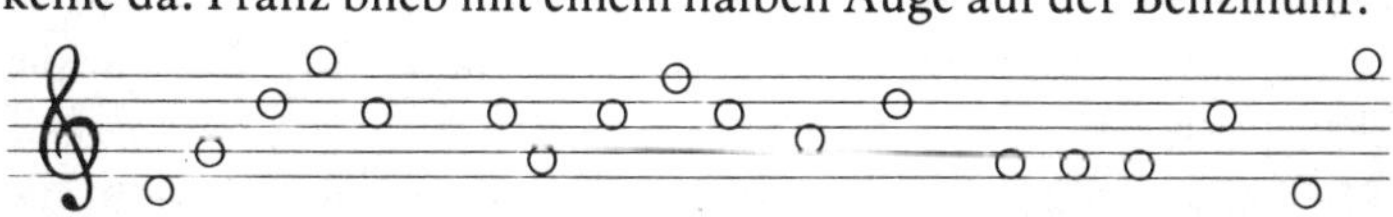

Radio hat den Vorteil, daß man dazu nicht reden muß. Restaurants wissen darum. Die meisten Menschen haben sich weniger zu sagen, als sie so daherreden. Und die Verheirateten geraten geradezu in Stoffnot!

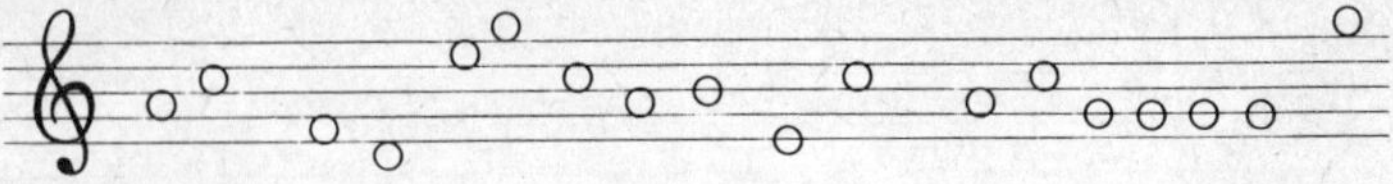

Weiter bergab immer mehr Plakatwände: Cognac Stock, Pirelli, Calze, sonstwas, Benvenuto in Italia, Campari, – erstaunlich wie weit man noch, fast ohne Benzin, fahren kann.

Die Luft wurde lauer. Und dann, endlich, doch eine Tankstelle!

»Pieno, con super!« – Franz lehnte sich in seinem Sitz zurück und ließ das Radio weiterplärren.

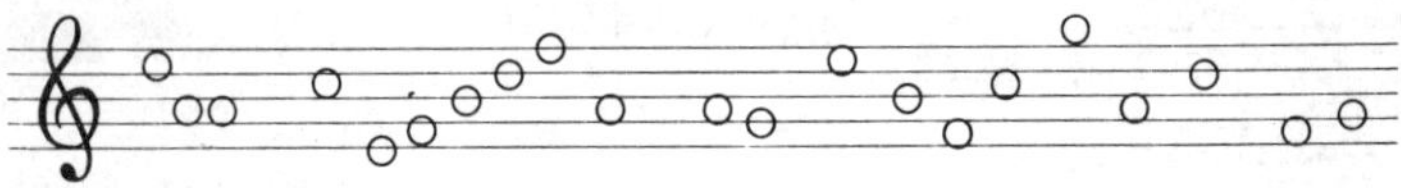

Er zahlte mit vielen Scheinen und startete. Der treue Motor schien sich über das neue Benzin zu freuen.

Auch Irene mußte das Tanken gut bekommen sein, denn sie redete nicht mehr ins Radio hinein. Endlich konnte Franz das Autoradio sogar abstellen. Ein wohliges Gefühl überkam ihn. Infolgedessen verspürte er auch Hunger. – »Irene, gib mir mal die Schokolade!«

Sie antwortete nicht.

Das wohlige Gefühl verließ ihn. – »Irene, hast du etwa die Schokolade vergessen?«

Sie schwieg verbissen.

Franz fragte auch nicht weiter. Es war typisch für Irene: nicht einmal an seine Schokolade hatte sie gedacht. Da kam Franz auf eine bisher unterdrückte Überlegung zurück: ist es eigentlich sinnvoll, auf eine Reise zu gehen, weil man sich von seiner ›Alten‹ erholen will, und wenn man doch eben diese ›Alte‹ mit auf die Reise nimmt?

Und Franz machte sich Luft: »Wenn du nicht einmal an die Schokolade gedacht hast, dann weiß ich überhaupt nicht, warum ich dich mitgenommen habe.«

Irene würdigte ihn keines Wortes.

Er warf ihr einen sauren Seitenblick zu. Sein Blick traf nur einen leeren Autositz. Franz trat auf die Bremse; hinter ihm jaulten die Reifen eines nachdrängenden Tirolers.

Irene war weg. Nur ihre Handtasche lag da!

»Irene!!«

Er stellte den Motor ab. Es war wirklich ganz still. Sein Herz klopfte hinauf und bang in den Hals. – War Irene hinausgefallen? Lag sie nun irgendwo hilflos am Straßenrand? Oder nun in einem Krankenhaus – ohne Handtasche und ohne Geld?

Temperamentvolle Lastzüge umkurvten ihn. Schreiende kleine Motorräder zogen an ihm vorbei. Er kratzte alle Gedanken zusammen: Wo hatte er Irene zum letzten Mal gesehen? – ›Pieno, con super!‹

Hatte da Irene nicht während des Radios gesagt: ›Ich geh' mal schnell auf's Clo‹?

Auf welches Clo? An der Tankstelle. Bei welcher Tankstelle?

Er wußte es ganz genau: die Tankstelle hatte als Markenzeichen ein langes Tier mit viel zu vielen Beinen, so eine Art Dackel mit heraushängender roter Zunge.

Franz wendete sein Auto. – Schon nach vier Kilometern erreichte er eine Tankstelle mit diesem vielbeinigen Dackel. Aber da war es bestimmt nicht gewesen! – Er gab wieder Gas. – Nach weiteren zwanzig Minuten kam abermals so eine Untier-Tankstelle. Aber die sah noch ganz anders aus. Allein aus Vorsicht fragte Franz dort: »Permesso, la mia moglie?« – Die alte Frau neben der Zapfsäule verstand ihn nicht. Und da stand auch keine Irene, weder weit noch breit.

Franz sah auf die Armbanduhr; in dieser Zeit hätte Irene längst vom Clo sein können und würde nun auf der Straße stehen und sehnsüchtig nach ihm Ausschau halten.

Alle Tankstellen auf dieser Straße unterschieden sich nur dadurch voneinander, daß sie alle anders aussahen, als diejenige, wo Irene wohl auf's Clo gemußt hatte.

Vielleicht, dachte Franz, liegt es daran, daß ich jetzt von der entgegengesetzten Richtung heranfahre, da sehen sie anders aus, die Tankstellen. – Er wendete abermals.

Die Sonne rutschte immer schneller tiefer. Franz blieb nicht mehr viel Zeit. Er klebte mit seinen Augen hinter der Windschutzscheibe, nur manchmal warf er einen gerührten Blick auf Irenes einsame Handtasche. – Irene!

In einem kleinen grauen Ort fand er ein Postamt, dessen Tür noch offen stand. – Nach einer halben Stunde hatte die Signorina ihn mit dem deutschen Konsulat in Milano verbunden. Dort war nur noch ein Sekretär fünfter Klasse am Draht. Der Sekretär versprach alle Hilfe, wenn Franz ihm sagen würde, wo seine Irene sei. Franz sagte, das eben wisse er nicht. Darum meinte der Sekretär fünfter Klasse, Frau Irene solle doch aufs Konsulat kommen. So sind Konsulate! – Franz bellte in den Hörer. Dergleichen muß sich ein Konsulatsbeamter nicht gefallen lassen. Also brach die Verbindung ab.

Im Auto erwartete ihn vorwurfsvoll noch immer Irenes Handtasche. – Ist es recht, Radio zu hören, wenn man eine Irene im Auto mit sich führt? Andere Kerle würden sich nach ihr die Finger lecken.

Dabei ging die Sonne unter.

Franz geriet in eine kleine Stadt, wo es noch ganz lebendig zuging. Der Friseur hüpfte um seine Kunden. Aus einer Schreinerwerkstatt kreischte die Kreissäge. An einem Brunnen standen drei Deutsche und diskutierten über Steuererleichterungen in Berlin. Und Mädchen und junge Männer flanierten um ein Denkmal.

Franz fand zur Polizei.

»Buon giorno!«

»Buona sera!«

Franz kam gleich zur Sache: »Ho perduto la mia moglie.« (Ich habe meine Frau verloren.)

»Dove?« (Wo?)

»Non so.« (Weiß nicht.)

»Compilemte, signore!« (Gratuliere, der Herr!)

»Supercortemaggiore!«

»Una buona benzina, è?« (Ein gutes Benzin!)

»La mia moglie!« verlangte Franz mit allem Nachdruck.

Einer holte den Wachhabenden.

Franz erhielt ein Formular und sollte es ausfüllen. Es war ganz italienisch. An einer Stelle wurde gefragt: ›Valore!‹ (Wert) – Denn es war ein Formular für Fundsachen.

Zur Nacht fand er noch ein zweitklassiges Hotel. Nur Ruhe fand er nicht. – Um Mitternacht gelang es ihm, Gaby anzurufen: »Hat sich meine Frau gemeldet?«

Gaby war schlaftrunken.

»Ich habe nämlich wieder meine Frau verloren.«

Da wurde Gaby ein wenig wacher. Dann vorsichtig: »Chef, sind Sie ganz allein?«

»Verdammt, ja!«

Gaby dachte durchs Telefon nach. Fand dann auch eine Lösung: »Ich komme mit dem nächsten Zug.«

Bestimmt wäre Gaby eine gute Hilfe, denn sie war unkompliziert und dachte darum immer geradeaus. Aber Franz wiederum dachte so innig und voller Reue an seine Irene, daß er jetzt keine Gaby wollte. Und was würde Irene denken, sobald er sie wiederfände? Nach der Sache auf dem Motorrad konnte sich Irene alles Mögliche denken!

»Gaby, bleib zu Hause. Wir halten telefonischen Kontakt. Ende.«

Franz wälzte sich im knarrenden Bett und überdachte alles. – Es gab noch vier Möglichkeiten:

1. Er noch in Italien, Irene auch noch irgendwo, hilflos.

2. Er noch immer in Italien, Irene längst wieder zu Hause. – Teufel! – Aber weiter:

3. Er schon zu Hause, Irene noch immer hilflos in Italien. Und:

4. Er zu Hause, Irene aber auch.

Wenn Irene ein Rassehund wäre, dann gäbe es dafür Organisationen mit rührenden Mitgliedern, die nun auf die Suche gehen würden. Irene war aber kein Rassehund, sondern eine Frau.

Die größte Gefahr erwuchs aus der Möglichkeit Numero zwei: Irene bereits zu Hause, aber Franz noch nicht.

›Franz, das hast du doch absichtlich gemacht!‹ würde Irene sagen. – Nun, die sollte glauben, was sie mochte. Die sollte stocksauer werden, – dann würden endlich klare Verhältnisse eintreten. Indessen: die Verhältnisse würden nichts nützen, denn es würde sich nichts klären. Irene würde noch immer nicht zum Anwalt marschieren, sondern zeit des weiteren Lebens nur mit anklagenden Augen durchs Haus laufen.

Franz wälzte sich aus dem Bett, packte sein Waschzeug und den Pyjama wieder ein, hinterließ einen bescheidenen Schein für das Zimmermädchen auf dem Nachttisch, fand noch einen späten Portier, erhielt nach langem Warten die gesalzene Rechnung und setzte sich in den ausgekühlten Morgan.

Außerhalb des Ortes wurde es ganz dunkel; die trüben Scheinwerfer tasteten sich die Landstraße entlang. Und Irene, dachte er zuweilen, Irene steht vielleicht noch irgendwo, ohne Handtasche und ohne mich!

Je panischer seine Sorge wurde, umso größer auch seine Sauwut. Er trat das Gaspedal hinunter bis zum hölzernen Boden und schaltete vor den Kurven härter als sonst. Irgendwas wurde ihm plötzlich egal, vielleicht sogar sein altes geliebtes Auto.

Am nächsten Vormittag hoppelte er mit seinem Morgan in den Garten. Er war zu übernächtigt, das ausgeschnittene Türchen des Autos zu schließen. Seine Wimpern klebten ineinander, der Kies unter seinen Füßen knirschte überlaut in den Ohren.

Hinter der Schreibmaschine saß ungerührt und indanthren Gaby. – Er hätte sie ohrfeigen mögen, aber er ließ es bleiben und lief stattdessen in Irenes Zimmer. Es wirkte trostlos und vorwurfsvoll. Gerührt hob Franz neben Irenes Bett ein Taschentüchlein vom Boden und schnupperte das Parfum.

Energisch marschierte er zurück ins Studio und gab Gaby Anweisungen: Vermißtenanzeige über das Auswärtige Amt in Italien. Personenbeschreibung, versteht sich: ein Meter achtundsiebzig, schätzungsweise hundertzwanzig Pfund, brünett bis schwarz, schmales Gesicht, und unten blond (für den Fall einer Leichenschau), Muttermal unter der linken Brust, – ach ja, Gaby, kann man auch den Busen beschreiben? – Nee? – Also Kleid. Moment, das weiß ich jetzt wirklich nicht.

Gaby wußte es: nachtblaue Hosen, etwas ausgestellt, rosé Pulli, rosa Schuhe mit kupfernen Kettchen, Halstuch violett mit dunklen Punkten.

»Woher wissen Sie das alles, Gaby?«

Gaby tippte eifrig weiter: Schlüpfer weiß mit tabakfarbenem Saum, Büstenhalter dazu abschattiert. Bevorzugtes Parfum: Bandit.

Franz gab es auf, weiter zu staunen, und ließ Gaby die Sache in die Hand nehmen.

Am Abend traute er sich nicht ins Wirtshaus. Das wäre frivol gewesen.

Auch am zweiten Abend hielt er sich zu Hause noch fest. Seine Sorgen um Irene feierte er mit einer Flasche Cognac.

Aber am dritten Abend ging er doch ins Wirtshaus und tröstete sich damit, dort Trost zu finden.

Den fand er auch. – Seine Kumpane klopften ihm auf die Schulter.

»Franz, ist die weg?«

Scheint so.

»Ist die hin?«

Das wußte er nicht.

»Aber los bist du die, Franz?«

Soweit wollte er nicht gehen, und er zahlte.

Auch am nächsten Morgen noch keine Irene, nur die übliche Post und die Heimatzeitung.

Am Abend umgackerten die Damen von der nahegelegenen Schönheitsfarm einen der rohhölzernen Tische. Jede Woche hatten sie Wandertag und versammelten sich dann im ›Löwen‹, weil dieser Ort so abgelegen und so einheimisch war. – Sonst grüßten sie den Franz nie, aber manche von ihnen lächelten ihn heute an, außen mit Nerz, und darunter nur Fältchenhaut und ein enttäuschtes Herz.

Und am nächsten Morgen wieder nichts von Irene.

Franz gewöhnte sich beinahe daran.

Am siebenten Abend saß im ›Löwen‹ auch der Kwiatkowsky, ein junges Kerlchen, frisch von der Polizeischule. Ein Preuße, der sich inmitten seiner alpinen Kollegen etwas schwer tat, dennoch weiterkommen wollte. Darum war er so eifrig, daß er alle Autofahrer aufschrieb, die den Hühnern zu nahe kamen. Und er schrieb aber auch alle Hühner auf, die die Autos gefährdeten. Danken tat es ihm keiner! – Und darum wurde der Kwiatkowsky noch eifriger. Er suchte Kontakt zur Bevölkerung. Deswegen saß er vielleicht heute abend im ›Löwen‹. Übrigens war er auch etwas hinter der Sofie her, die so viele Biere in Tonkrügen durch die Gaststube stemmen konnte, wobei ihr der beträchtliche Busen Unterstützung verlieh. Einen solchen Busen hatte der Kwiatkowsky daheim bei seinen Preußinnen nie erlebt. – Und auch wegen der Sofie wurde er immer eifriger:

»Gestatten?« Und er setzte sich zum Franz.

Franz ließ es brummend geschehen, denn die anderen waren heute abend nicht da. So geht das manchmal im ›Löwen‹.

»Herr Pempelfort, was ich noch fragen wollte, auf welche Weise ist denn Ihre Frau Gemahlin ums Leben gekommen?«

Franz fiel die Pfeife auf den Tisch. – »Mein Gott, ist die tot?«

Der Kwiatkowsky zog einen schiefen Mund. – »Tja, Sie haben sie ja mit über die Grenze genommen, sind aber ohne sie zurückgekehrt. Wo soll sie sonst sein?«

Franz klaubte seine Pfeife vom Tisch und zündete sie neu an.

»Herr Pempelfort, irgendwo muß sie doch geblieben sein.«

»Herr Kwiat –, Herr Dings, darum habe ich Vermißtenanzeige erstattet.«

»Ich bin hier nicht dienstlich, Herr Pempelfort. Aber so eine Vermißtenanzeige, – das tun alle, die Dreck am Stecken haben.« – Und geheimnisvoll: »Das wissen wir bei der Polizei.«

Zugestanden sei es Franz, daß er schon angetrunken war. Er

knallte dem Kwiatkowsky die Faust auf die Nase. Eine Zehntelsekunde hinterher wußte er, wie schlimm das bei einem Polizeibeamten ist, und darum fügte er schnell hinzu: »Wir waren ja jetzt ganz privat, haben Sie doch selbst gesagt, oder nicht?«

Der Kwiatkowsky knallte die Hacken seiner dürftigen Halbschuhe zusammen: »Herr Pempelfort, ein Beamter bleibe ich trotzdem, auch wenn ich nicht im Dienst bin. Sie werden noch von mir hören.« – Der Kerl war jetzt gefährlich.

Darum trank Franz noch einiges. Mit sehr vielen Promillen stieg er in sein Auto. Es gab nicht mehr viel zu verlieren.

Vor seinem Gartentürchen parkte still und dunkel ein Volvo mit Schweizer Nummer. Durch die Fenster des Wohnzimmers unten leuchtete Licht. Vorsichtig näherte sich Franz seinem eigenen Hause.

Untersuchungshaft wegen einer abhanden gekommenen Frau läßt sich notfalls ertragen. Jede Untersuchungshaft geht vorüber. Man hat ja Vertrauen zur Justiz! – Aber nun hockte sie da in einem Sessel des Wohnzimmers, steinern, wandte das Gesicht von ihm ab: Irene!

Auf einem Stuhl saß ein kurzer Kerl mit rundem Kopf. Er verbeugte sich, als Franz eintrat, und er hieß Pfuezli.

Franz verhielt seine Schritte und kramte nach seiner Tabakspfeife.

»Ich heiße Pfuezli«, wiederholte der Mensch auf dem Stuhl.

Franz hatte die Pfeife gefunden, aber noch nicht den Tabaksbeutel. – »Das glaube ich Ihnen. So sehen Sie auch aus.«

Mit dem Selbstbewußtsein eines Schweizers sah Herr Pfuezli darin ein Kompliment. – »Ich gehöre einem Volke an, das allen Notleidenden Rettung angedeihen läßt.«

»Hochachtung!« sagte Franz. Und danach fand er auch das Feuerzeug in der Hosentasche.

»Dies betreffend habe ich mich Ihrer Frau angenommen.«

»Prima!« rang sich Franz ab.

»Das war nüt einfach«, fügte Herr Pfuezli hinzu.

Franz drückte den angebrannten Tabak mit dem Daumen im Pfeifenkopf nieder und zündete erneut an.

»Und ohne Spesen ging das nicht«, bemerkte Herr Pfuezli.

»Wieviel macht es?« – Seine Pfeife gab nun gehörig Dampf von sich.

Herr Pfuezli hatte eine Agenda aus der Tasche gefischt und blätterte darin: »Also, erstens, Telefon an meine Frau, daß ich nicht sofort nach Hause kommen konnte, weil ich Ihre Frau Gemahlin zu Ihnen heimbringen mußte. Das machte einen Franken und fünfundachtzig Rappen.«

»Wird ersetzt«, sagte Franz.

»Ich bin nämlich auch verheiratet«, kommentierte Herr Pfuezli.

»Dafür kann man meist nicht«, tröstete ihn Franz.

Aber Herr Pfuezli belehrte ihn: »Man kann immer für alles, was man tut.«

»Vielen Dank für alles, Herr Pfuezli.«

Herr Pfuezli blätterte aber weiter in seinem Büchlein: »Und dann kommen sechs Übernachtungen, im Hotel, versteht sich.«

»Wieso sechs?«

»Das waren sechs Nächte«, erklärte Herr Pfuezli, und zählte noch einmal alle Nächte in seiner Agenda nach.

Dem Franz ging die Pfeife aus. – »Erlauben Sie mal, Sie verdammter Retter, kein Mensch braucht fünf oder sechs Tage, um meine Frau von dieser Tankstelle mit dem langen Tier – ich weiß nicht wo, aber so weit war es auch nicht von hier – wieder nach hier zu transportieren!«

Herr Pfuezli sah tapfer in die giftigen Augen von Franz. Die Schweizer liefern die Garde für den Vatikan, sogar ohne Schnellfeuergewehre. Und so sagte Herr Pfuezli: »Ich bin kein Transportunternehmen, Herr Pempelfort, ich bin Kavalier.«

»Ein Kavalier rechnet nicht!«

»Herr Pempelfort, wir sind ein kleines Land, und Ihr Land hat uns im vergangenen Krieg erheblichen Schaden zugefügt.«

»Was macht das bitte, alles zusammen?«

Herr Pfuezli begann das Addieren. – »Und Mahlzeiten benötigte Madam ebenfalls.«

Franz ließ den Kerl addieren und verließ das Zimmer. – Oben setzte er seine Unterschrift unter einen Blankoscheck und schob ihn durch die Wohnzimmertür. Er hörte noch, wie nach dem Scheck gegriffen wurde.

Zum ersten Mal in seiner Ehe öffnete sich seine Schlafzimmertür; Irene näherte sich seinem Bett auf bloßen Füßen. – »Franz, ich verzeih dir alles.«

»Hau ab!«

»Franz, kannst *du* mir auch verzeihen?«

Das klang schon anders. Und darum antwortete Franz: »Ich verzeih auch dir. Ich hätte ja aufpassen können bei der Tankstelle mit dem langen Viech oben. Aber, wem ich nicht verzeihe, das ist dieser Herr Pfuezli, dieses Arschloch!«

Irene seufzte vornehm. – »Franz, so darfst du über einen echten Schweizer nicht reden!«

14

»Du wirst wieder was falsch machen, Franz!«

Und zuoberst in den Koffer legte Irene noch ein Bündel weißer Taschentücher.

»Wo hast du die Hemden?« fragte er.

»In dem kleinen Extra-Koffer.«

»Wie kann man denn Hemden in einen Extra-Koffer packen? Dann muß ich ja *zwei* Koffer aufs Zimmer tragen.«

Irene erhob sich von den Knien: »Seit wann trägst du denn deine Koffer selber?«

Er zuckte die Schultern: »Man weiß ja heute nie, wie man es in einem Hotel antrifft.«

Irene klappte den Kofferdeckel zu, setzte sich darauf, strampelte etwas mit gespreizten Beinen und versuchte dabei, die Riegel in die Schlösser zu drücken. Franz sah ganz fasziniert zu.

Irene sagte: »Na und? Wenn kein Personal da ist, dann war es immer noch ich, die für dich die Koffer auf das Zimmer trug.«

Das stimmte.

»Aber diesmal nimmst du mich ja nicht mit.«

»Ganz einfach, Liebste, die Firma hat mich bestellt und nicht uns.«

Tatsächlich hatte sie die Kofferschlösser zudrücken können. Franz bewunderte sie. Und noch mehr den Koffer, nämlich, was der sich von Irene alles hineinstopfen ließ.

»Ich will ja gar nicht mit dir in die Firma, Franz, ich bleibe solang ganz still auf dem Hotelzimmer. Bestimmt!«

»Wenn du still auf dem Zimmer bleibst, kannst du auch nicht verhindern, daß ich wieder etwas falsch mache.«

»Du *wirst* aber wieder was falsch machen!«

Entschlossen griff Franz die beiden Koffer, den großen prallen, und den kleinen mit den Hemden, trug beide hinunter vor das Garagentor und konnte sich ausmalen, was Irene sich jetzt dachte. Weiber! Und alles so etwas. Oder auch nur: Weib! Oder Suche nach irgendeinem Abenteuer!

Franz fand es zwecklos, Irene das auszureden. Ihm war es auch egal. Selbst verheiratet kann man endlich mal ein Mann werden.

Als er den Wagen draußen hatte, sagte Irene: »Du wirst noch an mich denken.«

Er nickte und zwängte seine Finger in die fleckigen Handschuhe. In diesem verdammten alten Morgan muß ja irgendwas an einem sauber bleiben, und seien es nur die Finger. Mit den Handschuhen umarmte er Irene und drückte ihr einen Kuß auf die Stirn. – »Morgen Abend bin ich zurück, Liebste.«

»Das kann ich mir denken. Du hältst es ja nirgends lange aus. Nicht mal bei mir.«

Als er schon angefahren war, lief Irene neben dem Wagen her. Er stoppte.

Irene: »Franz, da geht es um viel Geld, wenn du den Auftrag bekommst. Denk dabei auch an unser Bankkonto!«

Lieber nicht!

»Und bitte, Franz, sei dann nicht wieder so hochgestochen. Versuch doch mal, etwas charmant zu sein!«

Klar! – Und er fuhr wieder an.

Als er in den Zweiten wollte, lief Irene wieder neben ihm. Er stoppte abermals.

Irene: »Und sei auch nett zu den anderen, zum Beispiel im Vorzimmer, die sind furchtbar wichtig, weißt du das?«

Franz nickte ergeben. – Ob sie ihn noch einmal abfahren lassen würde?

Sie ließ ihn noch nicht fahren: »Und die Weiber, so Sekretärinnen, die haben manchmal wahnsinnigen Einfluß. Denk bitte auch daran!«

»Ich habe nicht vor, mich mit irgendeiner Sekretärin einzulassen.«

»So richtig mußt du das auch nicht, Franz. Aber wenigstens ein bißchen nett sein.«

»Du sagtest es schon.« – Er legte erneut den Ersten ein.

Irene: »Aber wieder nicht *zu* nett. Sonst verspricht sich so eine was von dir und ist hinterher enttäuscht.«

»Bestimmt nicht!«

Sie beugte sich zu ihm hinein und gab ihm noch einen Kuß auf die Schläfe. – »Oder ich bin dann enttäuscht«, hauchte sie.

Als Franz endlich im Vierten war und etwa hundert Meter weit weg, fühlte er sich erleichtert.

Eine halbe Stunde später auf der Autobahn hatte er sogar ein wenig Muße zum Nachdenken. Er mußte den Auftrag kriegen, sonst würde er wieder etwas »falsch gemacht« haben. Aber – wie denn macht man etwas nicht falsch? Anders gefragt: Steht dem freien Individuum nicht das Recht zu, ab und zu auch mal etwas falsch zu machen? – Es gibt so viele Leute, die unentwegt etwas falsch machen, aber die machen damit ihr Glück. Es gibt sogar Leute, über die kann man nur lachen, und trotzdem bringen sie es zu mehr. Was für Franz die Sache so prekär machte: Irene war fest davon überzeugt, daß er intelligent sei. Und wenn all seine Intelligenz noch zu keiner Grund-Million geführt hatte, nicht einmal zu einem ordentlichen Polster auf dem Bankkonto, dann fand Irene die Erklärung nur darin, daß er, Franz, wohl immer wieder etwas falsch gemacht hatte.

Von einer präsumtiven Auftraggeberin – Groß, Knoll & Meier KG – hatte er nie etwas gehört. Er wußte nicht einmal, was diese Firma herstellte und für was er eigentlich werben sollte. Auf dem Briefkopf hatte einfach gestanden: ›Erzeugnisse‹.

Was ist denn kein Erzeugnis?

Nun, er war willens und fühlte sich fähig, für jedes ›Erzeugnis‹ erfolgreich zu werben.

Er mußte auf die rechte Spur ausweichen, weil eine Kolonne großer Wagen ihn überholte. Vor ihm torkelte nun prustend ein

Lastwagen. – Würde er, Franz, zum Beispiel auch für Napalm werben? Na bitte! Oder doch? Etwa unter dem Motto: Je mehr Napalm, desto kürzer der Krieg, um so weniger Opfer? – ›Ich bin doch ein Scheißkerl‹, dachte er von sich, aber vielleicht gehörte das zum Metier.

Nach fünf Stunden Fahrt war er da. Nun saß er in einer überdimensionalen Halle mit unwirklichem Licht und menschenleeren, dickgepolsterten Ledersofas. – Groß, Knoll & Meier KG. – Den ausgefüllten Besucherschein steckte er in die Jackentasche. Dann klopfte er seine erloschene Pfeife auf einem peinlich sauberen Aschenbecher aus, aber der veranstaltete in der Stille einen solchen Lärm, daß Franz die Pfeife gleich zurück in die Tasche stopfte.

Die Türen eines Lifts öffneten sich, heraus stieg ein sehr blond-gepflegtes Wesen auf ganz langen Beinen, und die Beine auch noch auf ganz hohen Absätzen, so daß es insgesamt eine ziemliche Höhe ergab, welche sich auf Franz zuwiegte,mit einem eiskalt-gewinnenden Lächeln: »Herr Pempelfort, nicht wahr?«

Er schoß hoch: »Gewiß. Wieso haben Sie mich gleich –.«

Die Blonde geleitete ihn zum Lift. – »Sie erkennt man doch gleich unter allen anderen.« – Es waren ja auch keine anderen da.

Die Lifttüren schlossen sich. Als der Rock der Blonden die Kabinenwand berührte, knisterte es. – Donnerwetter! dachte Franz. – Aber die Blonde erklärte: »Wir haben hier einen Fußbodenbelag, da lädt sich alles elektrostatisch auf.«

In der obersten Etage durch verglaste Gänge.

Die Gepflegte schritt vor Franz her. – »Sie haben aber ein lustiges altes Auto.«

Franz lachte: »Ich hänge so daran.«

Sie bogen um eine Ecke.

»Nun«, meinte sie, immer noch voranschreitend, »neue Autos kosten ja auch Geld.«

»Daran liegt es nicht, wenn Sie das meinen.« – Die Blonde antwortete nicht.

Verdammt! Nun hatte er zweimal etwas falsch gemacht. Er hätte sich wirklich endlich ein gescheites Auto kaufen sollen. Und das mit dem ›liegt es nicht‹, hätte er besser auch nicht gesagt. Jedenfalls, sehr taktvoll war die Gepflegte nicht.

»Das zieht bei mir nicht!« räusperte er sich hinter ihr. – Vielleicht war das ein guter Einfall. Aber woher wußte sie, mit welch einem Auto er angekommen war? Auf Geheiß des Pförtners hatte er es doch draußen stehenlassen müssen. Oder war das auch wieder eine Firma, wo der Pförtner hinauftelefonieren muß, ob man mit einem Volkswagen ankommt oder mit einem Bentley? Das machte Franz innerlich so böse, daß er seinem alten Morgan in diesem Augenblick ewige Treue schwor.

Der Herr Knoll sah beinahe so aus, wie er hieß. Bestimmt hatte er schon so geheißen, ehe er so aussah. Franz hatte genügend Zeit zu solchen Reflexionen, denn Herr Knoll sagte einfach nichts. Manchmal warf er Franz einen Blick zu. Einmal holte er aus der Schreibtischschublade ein Zigarrenkästchen und steckte sich selbst eine an. – Zigarren werden von Managern nicht nur in Witzblättern geraucht, sondern auch in Wirklichkeit. Vielleicht, weil es ihnen von den guten Ärzten empfohlen wird. Oder es waltet ein Ausleseprinzip: Diejenigen, die Zigarren rauchen, halten länger, als die Zigarettenraucher, haben damit mehr Lebenszeit, in höhere Stellungen zu klettern. – Herr Knoll sog an der Zigarre und sagte noch immer nichts.

Einmal bemerkte er: »Zu sagen habe nämlich nur ich hier.«

Die hohe, gepflegte Blonde trat ins Zimmer und schloß hinter sich die Tür. – »Das ist Herr Pempelfort.«

»Kann er was?« fragte Herr Knoll.

»Er muß sich eben anstrengen«, sagte sie.

»Können Sie das?« fragte Herr Knoll.

»Um was geht es denn eigentlich?« fragte Franz.

»Sie werden unser Unternehmen wohl nicht kennen«, sagte Herr Knoll.

»Oh, doch, natürlich«, log Franz.

Herr Knoll wedelte mit der Zigarre: »Nee, Sie können uns gar nicht kennen. Wir haben noch nie Werbung gemacht.« – Sog an seiner Zigarre weiter. – »Hatten wir auch noch nicht nötig. Auch heute noch nicht. Unser Erzeugnis spricht sich von selber rum. Verstehen Sie?«

»Offen gesagt, noch nicht ganz«, sagte Franz behutsam.

Herr Knoll wandte sich zu der Gepflegten: »Der soll doch was verstehen, oder?«

»Aber nicht alles kapieren«, beschied die Gepflegte ihm, »darum haben wir ihn ja ausgesucht.«

»Ich verstehe nur Bahnhof«, knurrte Franz.

Überraschenderweise war Herr Knoll von dieser Antwort angetan: »Dann sind Sie richtig.« – Er wandte sich an die Gepflegte: »Hanni, öh, Fräulein Weiß, machen Sie mal alles dem Herrn Pempelfort klar.«

Sie neigte ihren ondulierten Kopf zu Franz: »Unser neues Erzeugnis kostet natürlich Geld, Sie verstehen.«

»Für nichts kann man auch nichts machen«, fügte Herr Knoll hinzu.

Das Fräulein Hanni fuhr fort: »Wir setzen gut ab, das möchte ich betonen. Aber wir haben ausgerechnet, daß bei doppeltem Absatz, also gesteigerter Produktion, die Herstellungskosten sich pro Einheit um vierzig Prozent ermäßigen würden, im Endpreis um etwa fünfundzwanzig Prozent.«

Herr Knoll kommentierte: »So rechnen wir nicht aus Gewinnstreben. Hierfür sind vielmehr humane Gründe maßgebend. Wir möchten nämlich, daß die armen Leute unser Zeug billiger bekommen.«

»Was ist denn das für ein Zeug?« wagte Franz zu fragen. Denn man muß ja wissen, für was – indreiteufelsnamen – man eigentlich werben soll.

Herr Knoll schüttelte den Kopf: »Naja, also darauf kommt es ja nun gar nicht an. Hauptsache, es wird mehr gekauft. Können Sie das?«

Die Gepflegte griff ein: »Herr Pempelfort, ich werde es Ihnen heute abend erklären.«

»Ist es vielleicht Napalm oder so etwas?« fragte Franz.

Herr Knoll sah ihn verblüfft an. »Nee, Napalm nicht, dann würden wir ja keinen Werbefritzen brauchen.« – Und er wandte sich zu der Gepflegten: »Was meinst du, können wir den gebrauchen?«

Sie sah leichthin auf den Boden. – »Mal sehen.«

Dann Herr Knoll wieder zu Franz: »Ich muß jetzt weg. Was Ihnen noch fehlt, wird Ihnen die Hanni erklären. Sie können ruhig Hanni zu ihr sagen, die ist nicht zimperlich.«

Franz fand das bestellte Zimmer im bestellten Hotel inmitten der Stadt, packte, wie von Irene geheißen, den zweiten Anzug aus dem Koffer und hing ihn auf einen Bügel. Dann legte er sich auf das zugedeckte Bett, warf die Schuhe ab, wartete auf das abendliche Zusammentreffen mit dieser Hanni und versuchte sich im Nachdenken. Er hatte bereits ein paar ganz gute Ideen, nur wußte er noch immer nicht, was das für ein ›Erzeugnis‹ denn sei, aber vielleicht kommt es wirklich nicht darauf an.

Wie er sich auf die Seite legte, sah er auf dem Nachttischchen ein viereckiges Büchschen aus Messing, ganz offensichtlich für irgendeinen karitativen Zweck. Es war auch gleich draufgeschrieben, daß man eine Mark einwerfen müsse. Vielleicht waltete in Franz urchristliche Erziehung, denn es war ihm so, daß man Gutes tun müsse, um heute abend über die Hanni zu einem guten Vertrag zu kommen. Er fischte aus der Hosentasche ein Markstück und warf es in das Büchschen. Eine Mark ist ja auch nicht so viel. Aber im nächsten Augenblick durchfuhr seinen ganzen Körper ein Schuddern. Franz versuchte es mit tiefem Ein- und Ausatmen. Aber sein Schuddern hörte nicht auf. Er wurde von Panik ergriffen. Mußte er ausgerechnet nun von schwerem Fieber befallen werden? Entsetzt sprang er auf die Füße. Da schudderte er nicht mehr. – Aber als er sich wieder hinlegte, schüttelte es ihn abermals. Dazu vernahm er ein leichtes Brummen. Denn nicht er vibrierte, sondern das ganze Bett. Und nach einigen logischen Kapriolen kam er dahinter, daß die Sache aus dem Büchschen stammte. Er las den klein aufgedruckten Text:

›Entspannung durch eine zehnminütige Bettmassage unseres Manson-Vibrators (Patente im In- und Ausland).‹ – Franz wollte kein weltweites Schuddern und knallte die Faust auf das böse Büchschen. Aber das Bett machte weiter. Und ein anderes Bett war nicht im Zimmer. Und wie er da vor dem Vibrier-Bett stand, was er noch nie vorher erlebt hatte, kam er sich ganz provinziell vor, ganz vom Lande. – Endlich beruhigte sich das Bett und Franz konnte ein wenig schlummern.

Ausgeruht wanderte er am Abend durch die Halle. In kleinen Glaskästen war Schmuck ausgestellt. Woanders eine faszinierende Kamera. – Die Leute, die sich hier trafen und grüßten, waren voller Wichtigkeit. Welke Damen gurrten Platitüden.

Pünktlich erschien Hanni. Sie erschien nicht nur, sie schritt! – Andächtig nahm er ihr den Pelz von den Schultern und suchte nach irgendeinem Haken, um ihn aufzuhängen. Aber Hanni hing keinen Pelz auf, sondern legte ihn über den Arm. Der Pelz roch so, als hätte es des Teufels Nichte leibhaftig auf den Papst abgesehen.

Hanni bugsierte Franz zu einem stillen Ecktischchen in der Bar. Er winkte dem Ober, aber sie bestellte. Um diese Zeit sollte er Irene anrufen. Was hätte er ihr jetzt sagen können?

Es schien die Taktik dieses Unternehmens zu sein, möglichst lange nichts zu sagen.

»Fräulein Hanni, sind Sie an dem Unternehmen beteiligt?«

»Nur sehr indirekt«, sagte sie mit einem Seitenblick.

Der Ober brachte Champagner.

»Fräulein Hanni, ich will vorläufig noch gar nicht wissen, um was für ein ›Erzeugnis‹ es bei Ihnen geht. Sie reden offensichtlich nicht gern darüber. Trotzdem sollten wir nun zur Sache kommen.« – Franz war über sich selber erstaunt. Aber anders konnte es ja nicht weitergehen! – »Ein paar Sachen muß ich doch wissen. Wie groß ist Ihr Werbeetat?«

»Ausreichend«, beschied ihm die mondäne Hanni.

Großartig. – »Und mit welchen Medien soll geworben werden? Tageszeitung, Magazine, Hörfunk, Fernsehen?«

»Prost! – Nein, da gerade überall nicht! Das möchten wir vermeiden.«

»Dann meinen Sie vielleicht Plakate oder Hauswurfsendungen?«

»Nein, nichts, was so in die Öffentlichkeit geht, worauf man uns festnageln könnte.«

»Fräulein Hanni, Werbung richtet sich *immer* an die Öffentlichkeit!«

»Wir möchten statt dessen einen guten Gag für eine um sich greifende Flüsterpropaganda. Und was da geflüstert wird, das eben soll Ihnen einfallen, Herr Pempelfort. – Prost! Es muß aber so sein, daß nur die Frauen es weiterflüstern, untereinander, und daß die Männer möglichst wenig davon erfahren. Die Sache ist aber ganz legal. Wir produzieren Tabletten, damit bei den Frauen der Orgasmus früher eintritt, beziehungsweise überhaupt. Das wird doch immer mehr ein humanitäres Anliegen, Sie verstehen?«

Franz strengte sich ungeheuer an, das zu verstehen. – »Nicht ganz, – wissen Sie, meine Frau und ich wohnen nämlich auf dem Lande.«

»Lieber Herr Franz, es geht hier nicht um *Ihre* Frau, sondern um die Mehrzahl der Frauen. Genauer gesagt, um die Mehrzahl der Männer. Die Männer haben heute immer weniger Zeit. Auch bei den Frauen. Verstehen wir uns jetzt endlich?«

»Natürlich. Aber ich sehe noch nicht ein, daß so etwas nur geflüstert werden darf. Das würde auch ins Fernsehen passen.«

»Nein, dann würde man unsere Tabletten untersuchen.«

»Ist in den Tabletten vielleicht etwas drin, was –?«

»Absolut nicht. Unsere Tabletten sind völlig ungefährlich. Sie bestehen aus dem reinsten Traubenzucker der Welt, und aus sonst gar nichts.«

»Traubenzucker gibt's doch überall.«

»Das ist das Problem! Und nun soll es Ihr Flüstergag sein, daß die Leute nicht simplen Traubenzucker kaufen, sondern unsere Tabletten.«

»Ich habe nie gewußt, daß Traubenzucker so – also – so wirkt.«

»Jedes Stärkungsmittel wirkt so. Vorausgesetzt, daß man daran glaubt. Dann ist man auch als Frau weniger gehemmt. Verstehen Sie endlich richtig?«

Franz holte tief Luft.

»Herr Franz, den Vertrag habe ich vorbereitet, den kriegen Sie morgen in meinem Büro. Voraussetzung ist eine intensive Zusammenarbeit zwischen uns. Sie muß menschlich sein, vertrauensvoll, und –,« sie sah ihm so tief in die Augen, daß beinahe seine Hormone wackelten, »und ganz ohne Vorurteil.«

Sie prosteten sich wieder zu.

Er dachte an Irene. Er sollte auch nett im Vorzimmer sein, beziehungsweise zu irgendwelchen Weibern, weil die so riesigen Einfluß haben. Mit der Kante seiner rechten Schuhsohle strich er leicht an der Kante ihrer rechten Schuhsohle vorbei.

Da lachte Hanni: »Sie kommen mir ja ganz schön näher, Franz.«

Hatte er jetzt wieder etwas falsch gemacht? Er mußte an Irene denken.

»Mister Franz, wir beide haben noch eine lange Nacht vor uns. Es liegt mir sehr daran, daß Sie alles richtig machen.«

Jesus-Maria, dachte er.

Hanni fuhr fort: »Ober, bitte zahlen!«

»Hanni, nehmen Sie selbst auch diese Tabletten?«

Hanni ließ sich die Rechnung stempeln, mit Datum versehen und quittieren. Dann stand sie auf: »Wir fahren jetzt in meine Wohnung. Ich habe hinten die Nummer X – 21. Sie brauchen meinem Wagen nur zu folgen.«

Während er ihr durch die nächtliche Stadt folgte, über Kreuzungen und in Querstraßen hinein, unter Bäumen von Alleen, kroch ihm die Angst ans Herz. – Gesetzt nun der Fall, sie hatte fünf oder zehn solcher Tabletten genommen für den schnellen Orgasmus? Jesus-Maria, dachte er nun wieder. – Oder vielleicht wäre sie schon nach der ersten ganz friedlich. Aber so sah sie wieder nicht aus. Seit einer Stunde sollte er Irene anrufen. Oder sollte er jetzt einfach abbiegen und den Auftrag schießen lassen? Trieb er damit sich nicht gerade zur Prostitution? Gegenfrage: Würde er nicht ebenso hinter dieser Hanni herfahren, wenn es nicht um einen Werbeauftrag ging?

Sie hielten vor einem Betonklotz in Terrassenform. Hanni stellte ihr Auto auf der Straße ab, stieg um in sein Auto und dirigierte ihn damit in die trübe Tiefgarage. – Wieder ging es in einen Lift, diesmal aber in einen etwas staubigen, der nach kaltem Zigarettenrauch miefte.

Oben ging es über einen langen Flur mit einem blauen Teppich. Tack – tack – tack – machten Hannis hohe Hacken. Und seine eigenen Schuhe knatschten jämmerlich.

Das Appartement bestand aus drei Zimmern. Mit einem Wandschalter leuchteten diverse Stehlampen auf. Hanni deutete auf eine schreckliche Chippendale-Kommode: »Das ist der Kühlschrank. Nehmen Sie sich da heraus, was Ihnen schmeckt.«

Franz stand etwas hilflos im Zimmer.

Sie hatte sich eine Zigarette angesteckt und gegen die violette Wand gelehnt. – »Stellen Sie das Radio an!«

Franz gehorchte. Es war der Ortssender mit bürgerlicher Tanzmusik.

Hanni weiter: »Etwa alle zwanzig Minuten wechseln Sie bitte den Sender.«

Franz nickte.

Sie fuhr fort: »Alle halbe Stunde gehen Sie bitte aufs Clo.«

Franz wagte leichten Protest: »So oft muß ich aber gar nicht.«

»Das ist egal, es muß nur richtig rauschen. – Und dann wäre es mir sehr lieb, wenn Sie zwischendurch an den Fenstervorhängen vorbeigehen würden, einmal auf und einmal ab.«

Was zuviel ist, ist zuviel! – Franz protestierte: »Sie sind hinreißend, Hanni. Aber all die Sachen so zwischendurch?«

Sie hob eine Augenbraue: »Zwischendurch was, bitte?«

Franz wurde rot. Er fühlte es deutlich in seinem Gesicht.

Hanni tupfte ihre Zigarette aus und zog den Pelz fester um die

Schultern: »Stellen Sie den Wecker auf etwa sechs oder sieben Uhr früh, und verduften Sie dann durch die Tiefgarage.«

»Könnte ich nicht schon früher weg, ich meine, wenn Sie eingeschlafen sind, Hanni?«

Sie war schon an der Tür und drehte sich um: »Wann und wo ich einschlafe, Mister Franz, darf Sie nicht interessieren. Und damit Sie Bescheid wissen: Der alte Knacker, der Knoll, stellt mir nach. Also lassen Sie bitte keinen rein, auch wenn er an die Tür bumst. Der darf nicht wissen, daß ich nicht zu Hause bin. Aber schließlich habe ich auch ein Recht auf ein Privatleben. Tun Sie bitte so, als wären Sie ich. Endlich kapiert?«

Franz hatte kapiert. Aber ihm wurde die Sache zu bunt: »Fräulein, haben Sie mir den Werbeauftrag verschafft, nur dafür, daß ich Ihnen für eine Nacht diesen Liebes- oder Unliebesdienst erweise?«

»Den hätten Sie so oder so bekommen. Genauso hätte ihn ein anderer bekommen können. Nun erwarte ich nichts anderes von Ihnen, als etwas Erkenntlichkeit.«

»Wird das noch öfters vorkommen, Fräulein Hanni?«

Bevor Hanni die Tür hinter sich schloß: »Für's erste reicht diese Nacht.«

Danach war Franz allein.

Gehorsam stellte er das Radio auf einen anderen Sender, dazu etwas lauter; der alte Knacker, wenn er spionierte, sollte ja hören, daß die Hanni zu Hause war.

Franz betätigte auch gleich das Clo und wanderte danach einige Male an den Fenstervorhängen auf und ab. Um Mitternacht rief er Irene an. – »Liebste, doch, es geht alles prima. Natürlich nicht ganz so einfach. – Wieso? – Ich hätte da etwas Besonderes in der Stimme? Nö, das muß hier am Telefon liegen. – Ob du zurückrufen sollst? Warum denn? – Nein, nicht im Hotel, bin jetzt woanders. Ja, also auf Wiedersehen, wir müssen gleich aufhören, ich bin in einer Telefonzelle, und draußen warten schon so viele Leute.« – Und er drückte schleunigst den Telefonhörer auf.

Danach war wieder Clo-time. Franz stolperte über die Badematte, konnte sich aber noch am Waschbecken halten. Das Waschbecken gab unter seinem Griff nach, es tat ein entsetzliches Rumpeln, seine Beine wurden gegen die Badewanne gequetscht. Aus zwei abgerissenen Rohrleitungen in der Kachelwand schossen Wasserfontänen, die eine achtzig Grad heiß, die andere vierzehn Grad kalt.

Franz suchte nach den Abstellhähnen unter dem abgerissenen Waschbecken, aber die Hähne waren mit herausgerissen. Er flüchtete in den Vorraum, zerrte sich Jacke und Hose vom Körper, schleuderte die Schuhe von den Füßen und drang erneut in das Badezimmer ein. Durch Zisch und Dampf suchte er nach einem Haupthahn, aber er fand keinen. Seine Socken waren schon naß, und er flüchtete zurück in den Vorraum und warf die Badezimmertür zu. Aber unter der Tür her strömte gemischt-warmes Wasser, breitete sich über dem Spannteppich aus, wurde zentimeterhoch, unterlief alle Türen des Appartements. Franz rettete vom Boden seine nasse Hose, seine nasse Jacke und seine Schuhe und warf alles auf den Garderobenschrank.

Indessen: Das Wasser schwoll weiter an. Jenseits der Badezimmertür rauschte es unvermindert, unverschämt und unaufhaltsam. Franz rannte hinaus auf den Korridor und läutete nebenan. Nach ewiger Zeit erschien ein verhuschtes, spätes Fräulein mit Lockenwicklern.

»Gibt es bei Ihnen vielleicht einen Haupthahn?« drang er auf die Lockenwickel ein.

Das späte Fräulein sah ihn entgeistert an – sie lispelte nur: »Was soll es bei mir geben?«

»Oder haben Sie einen Hausmeister?«

»Der ist nicht bei mir«, antwortete entsetzt das späte Fräulein und feuerte die Tür ins Schloß. – Durch die Korridortür lief das Wasser auf den Gang und leckte sich weiter über die endlosen Läufer. Fand einen Seitenarm zur Lifttür, lief mit einem anderen Arm aber auch da vorbei und schlich sich unter andere Wohnungstüren hindurch.

Im Augenblick war es noch ganz still und spät in diesem Haus. Nur aus Hannis Wohnung hörte er das doppelte Zischen der beiden abgerissenen Rohre vom Waschbecken.

Dann wurde das Haus doch etwas wacher: Von einem Stockwerk tiefer hörte Franz heftige Stimmen. Sie wurden unfriedlicher. Dann leuchtete das Licht neben der Lifttür auf. Es drohte Gefahr.

Franz retirierte in Hannis Wohnung, schloß von innen die Tür ab, fand vorn im Telefonbuch die Nummer der Feuerwehr. – Die Feuerwehr funktionierte phantastisch Sie war einsatzbereit. Nur wollte sie wissen, wo denn der Rohrbruch sei: Straße, Hausnummer, Stockwerk? – Wieso Franz das nicht wisse?

Er wußte wirklich nicht Straße, Hausnummer, Stockwerk. Aber er sagte der Feuerwehr die Telefonnummer, denn die war auf Hannis Apparat geschrieben.

Dann hockte er ergeben mit angezogenen Füßen auf einer Couch. Mitbewohner des Betonklotzes trommelten erbost gegen die Tür.

Nach endlos scheinender Zeit kam das Tatü-tata der Feuerwehr. Nebenan im Bad zischte es unentwegt aus allen Rohren.

Franz öffnete die Tür, und Uniformierte drangen ein. Sie trafen gleich ihre Feststellung, schoben die anderen Hausbewohner von der Tür weg und durch die Gänge und begaben sich über das Treppenhaus zu Fuß hinab in den Keller.

Wenige Minuten später hörte das Zischen auf. Es wurde wieder stiller. Die Mitbewohner im Flur begannen sich zu verkrümeln. Die Feuerwehrleute erschienen im Appartement und begannen mit Plastiksaugern die Wasserbeseitigung. Diese ihre Pflicht taten sie still und geduldig.

Der Einsatzleiter hatte ein Notizbuch und fragte Franz: »Sie sind der Wohnungsinhaber?«

Franz schüttelte das Haupt.

»Und wer ist der Wohnungsinhaber?«

»Eine Hanni.«

Der Einsatzleiter notierte in seinem Notizbuch. »Hanni, – und weiter wie?«

»Weiter weiß ich bei ihr auch nicht.«

»Und wo ist diese Hanni?«

»Weiß ich auch nicht. Ich bin hier ganz allein.«

»Wie sind Sie in diese Wohnung gekommen? Haben Sie einen Schlüssel?«

»Habe ich nicht.«

Der Einsatzleiter musterte Franz. – »Dann haben Sie aber vielleicht einen Personalausweis?«

»Den habe ich zu Hause liegengelassen.«

»Dann muß ich Ihre Personalien durch die Polizei feststellen lassen.«

»Ich glaube, ich habe meinen Personalausweis doch bei mir.« – Franz gab dem Einsatzleiter den Paß.

»Oder sind Sie hier Untermieter?« fragte der Feuerwehrmann.

»Gewissermaßen nein. Ich war hier nur eingeladen.«

»Eingeladen? Ihre Gastgeberin ist aber nicht zugegen.« – Der Oberfeuerwehrmann war darin ganz logisch.

In diesem heiklen Augenblick öffnete sich wieder die Tür zum Korridor.

Es war Herr Knoll!

Er wußte schon alles von den anderen Leuten. Bei denen hatten sich zum Teil schon die Tapeten gelöst, zum anderen Teil hatte es auf deren Steppdecken getropft. Und was sonst man alles ersetzt haben will.

Herr Knoll stellte sich direkt vor Franz: »Sie, was haben Sie mit der Hanni an der Wasserleitung gemacht?«

»Gar nichts.«

»Von gar nichts gehen die Rohre nicht kaputt, Herr!«

Der Einsatzleiter wandte sich nun an Herrn Knoll: »Dann sind *Sie* vielleicht der Wohnungsinhaber?«

Herr Knoll schnaufte: »Inhaber nicht, aber ich zahle seit zwei Jahren für den Krempel.«

»Dann zeigen Sie mal Ihren Personalausweis!« gebot der Einsatzleiter.

Aber da war Herr Knoll plötzlich durch die Tür und weg.

In den Fluren erhob sich erneutes Volksgemurmel. Denn die Feuerwehr hatte den Wasserhaupthahn zugedreht, und nun konnte sich keiner mehr waschen und auch sonst nichts. Und so lange konnte keiner aushalten, konnte auch keiner mehr auf's Clo. Und solange konnte keiner, bis das hier repariert war.

Franz mußte durch all diese Leute hindurch; die Feuerwehrmänner gaben ihm Geleitschutz.

Einsam und als sein einziger Freund wartete in der trüben Tiefgarage sein Morgan.

Nie im Leben zuvor hatte Franz ein Hotelbett so wohltuend, so neutral empfunden. Er vergrub seinen Kopf in die Kissen und schwor sich, zukünftig ein klügerer Mensch zu werden.

Nachmittags war er wieder zu Hause. Er schlich sich durch den Kücheneingang ins Wohnzimmer, das sie stolz ›Salon‹ nannten. Aus einem Schränkchen angelte er die Whiskyflasche. Whisky kann schon der Farbe nach tröstlich wirken. Er gluckerte ins Glas.

In der Tür stand Irene. – »Franz, wie siehst du denn aus?«

»Wo sind denn all die Sessel geblieben?« fragte er heiser.

»Die habe ich zu einem Polsterer gegeben, ein wahnsinniges Glück, daß es solche Leute noch gibt. Einige von den Sesseln waren ja auch schon ganz speckig.«

Franz goß sich ein zweites Glas ein. – »Wird eine Stange Geld kosten.«

»Aber Franz, das können wir uns doch jetzt leisten. Du hast doch bestimmt alles richtig gemacht.«

Er warf ihr einen traurigen Blick zu. – »Ich habe *alles* richtig gemacht. Das war es ja eben. Nur, – das Waschbecken hatte offensichtlich einen Riß oder etwas in der Aufhängung oder so etwas.« – Danach leerte er zum zweiten Mal das Glas.

»Waschbecken?« – Irene schritt auf ihn zu, obgleich am Nachmittag, noch immer im wallenden Morgenrock, und sie legte die Hände auf seine Schultern. In traurigen Situationen war sie wirklich ein Trost. – »Franz, mir kannst du doch alles erzählen. Was war mit einem Waschbecken?«

Er setzte sich auf den Tisch, denn die Sessel waren ja alle beim Polsterer. Und er erzählte ihr alles.

Danach strich sie ihm über die Haare und war ganz versonnen. – »Franz, wenn du allein bist, und auf Reisen, da bist du eben ein Mann, und ich sage ja auch nichts. Aber eines macht mich traurig. Tieftraurig, nämlich, daß du es mit mir, deiner Frau, noch nie auf einem Waschbecken getrieben hast!«

15

»Wenn mal wo was losgeht, dann ist es bestimmt eine Schraube!« – Und dazu tigerte Franz auf und ab durch sein Studio. Er blieb vor Gaby stehen: »Aber was eine Schraube ist, die kann man auch wieder festdrehen.«

»Ich will es hoffen«, grinste Gaby.

»Das ist das gute an den Schrauben«, fuhr Franz fort.

»Vielleicht kann man in dieser Richtung –«

»Nee, Gaby, das ist schon zu intellektuell.«

»Ich«, sagte Gaby, »ich werde mit Schrauben nie fertig.«

»Dann waren die vielleicht festgerostet. Ja, die sichersten Schrauben sind die verrosteten.«

»Sowas wollen die von Ihnen aber auch nicht!«

Nee, dachte er, die sind Spießer. – »Gaby, geben Sie mir mal irgendeine Schraube.«

Gaby sah sich hilflos im Raum um. Wo war da eine Schraube?

»Die werden immer seltener«, sinnierte er. Aber dann fand Gaby das Päckchen von der Auftraggeberin. Darin lagen, jede schön eingewickelt, fünf Schrauben mit Muttern. – »Als wenn ich nicht wüßte, was eine Schraube ist!« – Er nahm eine in die Hand und spielte mit der Mutter. Gaby hielt die Luft an. Vielleicht würde ihm gleich etwas einfallen.

»Ich muß in die Stadt!« – In der Tür stand Irene. Es war ihr nicht abzugewöhnen, seitdem der Papagei einem Vetter weitergeschenkt war.

»Prima!« sagte Franz und wollte sich wieder auf die Schraube konzentrieren.

»Der Bus ist weg.«

»Dann bleib hier«, seufzte er.

»Dann bekommst du nichts zu Mittag. – Mit was spielt ihr denn da?«

»Wir arbeiten«, sagte Gaby spitz.

Irene stand weiter in der Tür. Die flüchtige Beziehung zu Schrauben war vernichtet.

»Warum fährst du nicht selber?« fragte er.

»Du hast mich noch nie an deinen Wagen gelassen.« – Und das stimmte! – Irene war lautlos verschwunden.

»Zeigen Sie's ihr doch mal«, riet Gaby.

»Nee, für den kriegt man keine Ersatzteile mehr.«

»Dann ist der auch nicht mehr viel wert.« – Logisch. – »Aber vielleicht kann sie's auch gar nicht.«

Es kommt immer darauf an, wer so etwas sagt, angetrauter Ehemann oder so ein Küken von Sekretärin. – »Spielen Sie nicht die ganze Zeit mit der blöden Schraube herum, Gaby, tun Sie endlich was Gescheites!« – Und er suchte im Haus nach Irene. Er war es fast schon wieder leid, da stieß er mit ihr an der Kellertür zusammen. Sie hatte Büchsenfleisch im Arm.

»Liebste, wir fahren zusammen in die Stadt. Und du chauffierst!«

Irene wurde ein wenig bleich: »Den Morgan? das lerne ich nie.« – Und wollte dabei bleiben. Bis Franz sagte: »Die Gaby hat das auch behauptet.«

»Wo steht das Ding?« – Ihre Augen blitzten entschlossen.

»Die sitzt im Arbeitszimmer. Aber tu ihr nichts, es war nur ein Scherz.«

»Ich meine das Auto.«

Er half ihr hinter das Lenkrad, er rückte ihr den Sitz weiter nach vorn, er zeigte ihr die Gänge und die Pedalerie. Und den Starterknopf. – »Bitte halt mich nicht für so dumm!« Und Irene drückte auf den Knopf. Es war aber noch ein Gang drin. Franz schob ihn höflich auf Leerlauf. Der Motor sprang an.

Irene trat richtig die Kupplung und fand in den ersten Gang. Löste sogar die Handbremse.

»Halt!« rief Franz, »falsch, du mußt den Motor erst wieder abstellen, dann erst den Gang einlegen, auskuppeln, erneut starten und einkuppeln. Das Weitere sage ich dir dann.«

»So haben sie uns in der Fahrschule das nicht beigebracht.«

»Bei denen klebte auch nicht die Kupplung.«

»Ist das besonders gut, wenn die klebt?«

Aber dann kam der alte Morgan in Bewegung. – »Hoppel nicht so!« rügte Franz, »und jetzt in den Zweiten, aber ganz schnell!«

Irgendwie brachte sie es fertig. Das Auto stuckerte auch nicht mehr so. Franz lobte sie vorsichtig.

Und im Vierten ging es schon recht flott dahin. Franz lehnte sich etwas entspannt zurück. – »Jetzt mußt du nur noch lenken, Liebste.«

»Was muß ich?« – Leise lief der Morgan ja nicht.

»Sieh nach vorn. Ich sagte: lenken. Und da kommt jetzt eine Kurve.«

»Was kommt?«

»Eine – also nimm jetzt den Fuß vom Gas weg!«

Das hatte sie noch verstanden. Und sie nahm den Fuß weg, aber nicht den rechten vom Gas, sondern den linken vom Bremspedal. Und den Morgan freute das.

›Über allen Wipfeln ist Ruh –‹. Warum ihm das gerade einfiel? Er öffnete die Augen und sah die stillen Kiefernstämme empor. Rauch zog manchmal über ihn hinweg, und es stank nach brennendem Gummi. Er wollte den Kopf drehen, aber dabei wurde wieder alles dunkel. – Später hörte er menschliche Stimmen. Jemand tippte ihn vorsichtig mit der Schuhsohle an. Und es war wohl derselbe, der wichtig konstatierte: »Der rührt sich nicht mehr.«

Franz versuchte wieder zu sehen. – Die dralle Tochter vom Dürrnstetter hatte ihr Mädelchen auf dem Arm und zeigte auf Franz und sagte: »Da schau, Maidi, der ist hin.«

Als er das nächste Mal wach wurde, war auch noch ›Ruh‹, aber über ihm waren keine Wipfel, sondern Geräte aus Glas und blitzendem Chrom. Ein Stuhl knarrte, und eine Krankenschwester beugte sich über ihn. – »Sie müssen jetzt ganz ruhig bleiben!«

Franz wollte nicken, aber das ging nicht.

»Sie dürfen sich nicht bewegen!« gebot die Schwester. Dabei fühlte sie seinen Puls. Sie war schon älter und hatte einen fetten Bauch. – »Möchten Sie den Herrn Pfarrer?«

Franz hatte keine Erfahrung, was man darauf sagt. Er sah nur, wie die Schwester hinausging. Von der Tür hörte er eine Männerstimme. Und daß die Schwester sagte: »Ja, jetzt ist er wach.«

Es war aber nur einer von der Polizei, Gott sei dank. Der trat knirschend neben Franz: »Können Sie jetzt eine Aussage machen?«

»Sie Rindvieh!« flüsterte Franz. Es fiel ihm einfach nichts besseres ein, und es tat ihm gewaltig weh in der Brust.

Der Beamte stiefelte zur Schwester: »Ich will das nicht gehört haben. Und wo ist die Frau?«

»Das geht nicht«, die Schwester wurde energisch, »die muß jetzt auch ihre Ruhe haben.«

Ach ja, Irene! Sie lebte also auch noch.

Irgendwann rollten sie ihn durch matt erleuchtete Gänge, bumsten etwas gegen einen Türstock, fuhrwerkten mit ihm herum und piekten ihm in den Po.

Er träumte von vergoldeten Schrauben, die sich nicht drehen lassen wollten.

Gegen Mittag wurde er langsam hellwach. An der Wand gegenüber hing das Bild eines Sonntagsmalers: eine grelle Dorfkirche und der Eingang zum Friedhof mit genau so grellen Blumen überall. Das Bild hatte sicher einmal ein dankbarer Patient gestiftet, und es sollte nun die weiteren Patienten freudig stimmen. Etwas weiter rechts war ein Kruzifix an einem Nagel mit einem verrenkten Jesus daran.

Franz hätte gern gewußt, wie er selber aussah. Aber der einzige Spiegel hing über dem Waschbecken. Franz hätte auch gern gewußt, was an ihm kaputt war. – Sein Genick steckte in einem

Gipskragen. Sein Brustkorb war mit breiten Leukoplaststreifen verpflastert wie Dachziegel. Wenn Franz Luft holte, tat es weh. Sonst fand er nichts an sich. Und dann fiel ihm wieder Irene ein.

In den Gängen klapperten Schüssel und Besteck. Eine junge Schwester, dünn wie eine Latte, trat ein zum Fiebermessen.

»Schwester, können Sie mir vielleicht sagen, wie es mir geht?«

»Sie müssen schön liegen bleiben, damit wir schnell gesund werden.«

»Wieso wir? Sie auch?«

Sie verstand nicht. Schwestern reden gern im Plural, so wie die Kindergärtnerinnen.

»Schwester, können Sie meiner Frau einen Zettel bringen?«

»Jetzt messen wir erst einmal ganz schön das Fieber.«

Aber er kriegte sie doch soweit, daß er auf einen Zettel schreiben konnte: »Liebe Irene, mach dir um mich keine Sorgen!«

Am Nachmittag kam ein etwas kindlicher Stationsarzt.

»Wann kann ich nach Hause?« fragte Franz.

»Jetzt werden Sie erst mal gesund«, wich der Arzt aus. Und dann fiel ihm noch etwas ein: »Von Ihrer Frau Gemahlin habe ich hier ein Briefchen für Sie.«

Franz las: »Hauptsache, *dir* geht es gut!«

Irene war doch großartig. – »Ach ja, Herr Doktor, was ich immer schon fragen wollte, wie geht es denn meiner Frau?«

»Morgen kommt der Oberarzt.«

»Ich will es aber gleich wissen. Wir sind nämlich verheiratet!«

Der Doktor erschrak etwas. »Sie dürfen nicht gleich so heftig werden. Also – Unterschenkelfraktur, Rippen, so wie bei Ihnen, und natürlich der Schock.«

Franz war erleichtert. – »Das geht ja noch.«

Der Doktor wurde ein wenig giftig: »Erlauben Sie mal, Herr – ist das nicht genug, was Sie da angerichtet haben?«

»Ich?«

Nachher dachte Franz darüber nach. – Offenbar wußte man noch nicht, wer das Auto gesteuert hatte. Vielleicht wußte es nicht einmal Irene. Oder hatte sie gesagt, er sei's gewesen? Und wenn ja, warum? Sie würde ihn niemals hinhängen, ihre eigene Schuld auf ihn abwälzen, wenigstens nicht ohne einen guten Grund.

Er mußte mit ihr reden, ehe wieder so ein Kerl von der Polizei kam.

Franz konnte mit einiger Mühe den Telefonhörer greifen. Er verlangte nach Irene. Es dauerte. Dann wurde ihm gesagt, er dürfe noch nicht telefonieren. Franz fragte nach Irenes Zimmernummer. 167, danke. Er hängte auf.

In den Gängen schien es still zu sein. Franz rollte sich vorsichtig von dem hohen Bett. Er ging fast in die Knie. Im Schrank fand er seinen Morgenrock, Wäsche, Waschzeug und Rasierapparat. Und dazu ein Briefchen von Gaby. Sie habe schon mit der Versicherung telefoniert usw.

In den Gängen tastete er sich vorsichtig an der Wand lang. Eine ihm fremde Schwester drehte sich nach ihm um, stoppte. Er fragte sie scheinheilig: »Zimmer 167?« – Sie zeigt den Gang hinunter und ließ ihn gehen. Von Langeweile zermürbte Patienten in knitterigen Pyjamahosen standen an den Fenstern herum. Manche rauchten.

Als Franz kurz vor Zimmer Nr. 167 war, ging vor ihm eine Tür auf. Er stützte sich schnell an der Wand.

»Oh!« sagte die Dame.

»Macht nichts«, sagte er.

Sie stand noch da und sah ihn an, mit etwas aufgeworfenen Lippen und einer lockigen Löwenmähne. – »Noch etwas wakkelig auf den Beinen?«

Franz wischte sich die Schweißtropfen von der Stirn.

»Wollten Sie zu mir?« Sie sah ihn unter gesenkten Lidern an.

»Leider nein«, entfuhr es ihm. Dann schnell: »Ich bin geschäftlich unterwegs.«

»Sie Ärmster! Darf ich Ihnen dabei helfen?« Und sie hakte ihn unter. – »Wohin darf es sein?«

Franz dachte: wie gut, daß ich jetzt so schlapp bin. – Vor Irenes Tür hakte er sich aus.

»Ich gehe immer um diese Zeit im Gang spazieren«, sagte die Dame und peilte deutlich auf ihre Armbanduhr. Es war 15 Uhr. »Was soll man man hier auch sonst tun? Es ist zum Verrücktwerden, finden Sie nicht auch?«

»Ich bin hier erst seit gestern.« – Und dann ging er hinein zu Irene.

Von ihrem Bett schreckte der kindliche Stationsarzt hoch. Er war ein Typ, der leicht errötete.

»Was machen Sie hier?« fragte Franz.

»Das möchte ich von Ihnen wissen.«

»Ich bin mit meiner Frau verheiratet.«

»Ich bin ihr Arzt.«

»Sie haben noch mehr Patienten, Herr Doktor!«

»Und Sie gehören zurück in Ihr Bett.«

»Das möchten Sie wohl, was?«

Der arme Doktor wurde wirklich verlegen. Er suchte Worte. Franz nutzte die Situation: »Wenn Sie jetzt nicht abhauen, verständige ich Ihren Chef.«

»Der ist auf Großwildjagd«, sagte schnell der kleine Doktor.

Irene mischte sich ein: »Doktor, bitte, bitte gehen Sie, Sie kennen ihn nicht. Er kann fürchterlich werden.«

Als der kleine Doktor aus dem Zimmer war, kamen Irene die Tränen.

»Ich hab dir doch nichts getan«, sagte Franz.

»Im Gegenteil«, schluchzte Irene, »ich bin ja soo glücklich.«

Franz hatte sich schwach auf die Bettkante gesetzt. – »Ja, Irene, da haben wir nochmal Glück gehabt.«

»Nein, nicht das«, schluchzte sie weiter, »aber daß du endlich einmal eifersüchtig bist!« Und sie schlang die Arme um ihn, was beiden sehr weh tat, ihr im Gipsbein, ihm im Nacken. Und da war es wieder kein Vergnügen.

So fanden sie in die Realität zurück.

»Irene, worüber wir nie geredet haben: hast du überhaupt einen Führerschein?«

»Woher soll ich einen Führerschein haben? Die haben mich

doch immer durchfallen lassen, einfach nur aus Schikane.«

»Dann kriegen wir nichts von der Versicherung.«

»Darum habe ich ja gesagt, *du* hättest gefahren.«

Er bestaunte sie. In praktischen Dingen war sie immer klüger als er. – »Hast du das auch der Polizei gesagt?«

»Was denn sonst?«

»Irene, – du bist wahnsinnig phantastisch!«

Im Zimmer roch es schon ein wenig nach ihren Zigaretten. – »Tut dir was weh?« fragte er zärtlich.

»Franz, vielleicht war dieser Autounfall die Wende unserer Ehe!«

Wie recht sie behalten sollte!

Er klingelte und ließ sich von einer Schwester zurück in sein Zimmer bringen. Herrlich, wieder auf dem Rücken zu liegen! – Die Dame, übrigens, hatte er im Gang nicht wiedergesehen. – Die war, dachte er, ja geradezu eine Hure. Er wollte auch nicht weiter an sie denken. Sie mochte etwa vierzig sein. Irgendwie erinnerte sie ihn an Zirkus, aber dazu war sie doch zu sehr Dame. Das gibt es auch unter Damen. Er versuchte, sich wieder auf Irene zu konzentrieren. Wie schön, daß es ihr schon so gut ging, nicht wahr?

Am nächsten Vormittag besuchte ihn Gaby. Aus ihrer Handtasche kramte sie seine Lieblingspfeife und Tabak und Streichhölzer. Und einen Flachmann mit Cognac –.

»Im Laden nichts Neues. Mit den Schraubenleuten habe ich telefoniert. Die Besprechung wird erst mal verschoben. Und beste Wünsche. Die schicken auch noch Blumen.«

»Nelken?« fragte er mißtrauisch.

»Und viele Grüße vom Bürgermeister.«

»Nun was anderes, Gaby, das mit der Versicherung. Die dürfen nicht wissen, daß meine Frau am Steuer war. Die hat nämlich keinen Führerschein.«

Gaby verstand sofort. Aber: »Für den alten Morgan würden Sie so oder so nichts von der Versicherung kriegen, Chef. Der war nichts mehr wert.«

»Warum haben wir ihn dann versichert?«

»Sie wollten ihn nie abmelden, Chef, um dem Auto nicht weh zu tun.«

»Na schön«, seufzte er.

»Gar nicht schön«, sagte Gaby, »denn wenn Sie sagen, das wäre Ihnen passiert, dann kriegen Sie eine Geldstrafe.«

»Soll stattdessen meine Frau bestraft werden?«

»Das ist dasselbe Geld! Aber Sie kriegen vielleicht noch den Führerschein weggenommen. Die Polizei ist ganz schön sauer auf Sie, mit welchem Affenzahn Sie in die Kurve gegangen sind!«

»Ja, soll man etwa meiner Frau –?«

»Die hat ja keinen Führerschein, den man ihr abnehmen kann.«

Logisch.

»Das muß ich gleich meiner Frau sagen.«

Gaby reichte ihm den Telefonhörer.

»Die verbinden mich nicht. Ich soll mich nämlich ›ganz ruhig‹ verhalten.«

»Soll *ich* zu Ihrer Frau?«

»Nee, lieber nicht. Ich mach das irgendwie anders.«

»Aber seien Sie doch nicht plötzlich so nervös, Chef!«

Gaby hat ganz recht, dachte er, als sie weg war. Aber zu Irene ging er noch nicht. – Zum Mittagessen gab es blasse Sachen.

Gegen 15 Uhr wurde er immer unruhiger. Er sah dauernd auf seine Armbanduhr. Dann rollte er sich wieder vom Bett. Heute tat es viel weher!

Etwa 30 Meter vor Irenes Zimmer lungerte er etwas im Gang herum. Stellte sich auch so an's Fenster und steckte sich die Pfeife an. Die betreffende Tür ging auf. Die Dame in Rosé.

»Wieder geschäftlich unterwegs?«

»Die letzten Meter fallen mir etwas schwer.«

»Wollen Sie sich bei mir ausruhen? Sie sind ja ganz blaß!«

Franz nahm dankend an.

Ihm klopfte sogar das Herz. Er wußte nur nicht, was an dieser Frau so aufregend war.

Gegen 16 Uhr erschien er bei Irene. Da saß wieder der kindliche Arzt.

»Haben Sie nichts anderes zu tun?« fragte Franz. Er kompensierte sein Gewissen. Eigentlich: so schlecht war es ja nun auch nicht. Die rosé Caroll hatte ihn nur gestreichelt und er gar nichts, weil's ihm doch noch nicht so gut ging.

»Wenn Sie nicht in Ihrem Bett bleiben, müssen wir Maßnahmen ergreifen.« – Der kleine Arzt kompensierte nämlich auch.

»Dann weiß ich ja den Grund Ihrer Maßnahmen, Doktor!«

Irene: »Bitte, Doktorchen, bitte, gehen Sie.«

Sie waren dann wieder allein.

»Du bist so rührend, Franz.«

»Ja.«

»Und immer noch so eifersüchtig. Sieh doch, der Doktor, der ist ja noch ein halbes Kind.«

»Was ich dir mitteilen wollte, Irene, deine Aussage bei der Polizei mußt du ändern. *Du* hast gesteuert.« – Und er erläuterte ihr das.

»Bestimmt hat das die Gaby ausgedacht!« fauchte sie. »Wann war sie bei dir?«

»Heute vormittag.«

»Und – obgleich dir das plötzlich so wichtig ist – kommst du erst jetzt?«

Ihm fiel nichts ein.

»Du sollst im Bett bleiben, sagen die Ärzte. Aber du mußtest ja bis jetzt warten, weil der Doktor jetzt gerade bei mir saß. Spionierst du mir eigentlich nach?«

»Ich bin eben eifersüchtig«, log er.

Sie weinte aber nicht wieder. – Dann wollte sie nach der Schwester klingeln, damit Franz zurück in sein Zimmer geleitet würde. Aber Franz wehrte sich dagegen. Er wollte allein durch den Flur.

Indessen: keine rosé Dame im Flur. Traurig tastete er sich bis zu seinem Zimmer.

Wenig später erschien eine resolute Schwester mit blondem

Knoten im Nacken. Sie rollte ein Gestell herein, oben mit einer umgekippten Flasche. Dann kam der kindliche Doktor und piekte die Nadel am Ende eines dünnen Plastikröhrchens in die eine Armvene von Franz. Anweisung vom Oberarzt, behauptete der Wicht.

Franz hielt still. An einen Tropf gehängt muß man das auch. Als der Tropf aber am Abend noch immer nicht zur Hälfte leer war, erkannte Franz, daß der Doktor ihn ganz ›klein‹ eingestellt hatte. Man hatte ihn quasi gefesselt. Und warum?

Er war wirklich nicht eifersüchtig. Er fand es nur hundsgemein. Er wagte aber nicht, die Nadel aus seiner Vene zu ziehen. Man weiß ja nicht, was dann passiert!

Gegen 21 Uhr rollte er sich aus dem Bett, trotz des Tropfes. Das Gestell schob er vor sich her, manövrierte damit auch durch die Doppeltür. In den Gängen war nur mehr halbes Licht. Er rollte weiter mit seinem Tropf. Dann traf er auf eine Nachtschwester. Sie rollte ihn energisch wieder zurück in sein Zimmer.

Als er im Bett lag, kam sie noch einmal wieder und piekte ihn in den Po. Seine Wut legte sich. Es wurde ihm verschiedenes wurscht. Nur nicht der Tropf! Er zog die Nadel heraus und war endlich wieder ein freier Mensch.

Dem kindlichen Doktor wollte er es jetzt zeigen. Noch in seinem Zimmer bemerkte er, daß er etwas zickzack lief. Aber auch so kommt man ans Ziel.

Im Gang dachte er: was geht mich die Irene an?

Das dachte er weiterhin und vor sich hin, eigensinnig. Und überhaupt die Sittlichkeit! Wer denn hatte ihn so liebevoll gestreichelt, die Irene oder die aufregende Dame in Rosé? Scheiß-Irene! Es lebe die Caroll!

Und er stolperte durch die Tür.

Als er sich auf ihre Bettkante setzte, atmete sie hörbar und schnell.

Die war keine, die sich mit so einem dürftigen Doktorchen einläßt!

Er suchte nach ihrem Kopf und strich ihr über das Haar. Sie

hatte es sich zur Nacht straffer zurückgekämmt. Er beugte sich langsam – ganz langsam, denn trotz der Gipsstütze fuhr ihm aus dem Nacken der Schmerz in den Hinterkopf – also sehr langsam über die Dame und gab ihr einen Kuß. Der war eine Enttäuschung. Von Caroll hatte er einen fleischhafteren Kuß erwartet. Es war zwar ein tiefer, aber doch etwas ätherischer Kuss.

Er griff nach ihrer linken Schulter. Wie langweilig, fast sind sich alle Frauenschultern gleich!

Er schlich sich mit der Pfote zum Busen. Der war schön.

»Nicht doch«, flüsterte sie.

Was denn: nicht oder doch?

Er entschied sich für ›doch‹. Busen ist Sex-Signal und führt gefühlsmäßig weiter. Zugegeben, dachte er, das ist ein etwas primitiver Weg, aber ihm war schwummerig. Die Schwester hatte ihn ja auch in den Po gepiekt. »Bitte, Doktorchen«, hauchte sie, »lassen Sie das. Jeden Augenblick kann mein Mann erscheinen. Der bringt alles fertig.« – Es war Irenes Stimme!

Er suchte nach dem Lichtknopf und knipste an. Irene tat einen leisen Schrei.

»Wie kommst du in dieses Zimmer?« fragte er.

»Da war ich immer«, sagte sie frech. Er erhob sich – mit Schmerzen – und besah die Tür von draußen. Es war wirklich Irenes Zimmer: 167.

»Und wie kommst du in mein Zimmer?« wollte sie nun wissen.

»Ich hatte mich in der Tür – also, Irene, du hast natürlich gedacht, ich hänge noch wehrlos am Tropf, was?«

»Du wolltest zu dem Weib nebenan, gib's doch zu! Du wolltest mich betrügen, du Schuft! Ich weiß längst alles!«

»Und du hast auf die halbe Portion von Doktor gewartet, du elende Nutte!«

»Du hast mich betrogen, Franz!«

»Nein, eben nicht!«

»Du hast doch gedacht, ich wäre dieses Weib und hast mir an den Busen gefaßt.«

»Du warst aber nicht das Weib.«

»Du hast mich mit mir betrogen!«

»Und du mich mit mir!«

»Schrei nicht so!«

Vom Nebenzimmer bumste es an die Wand. Offenbar mit einer Krücke.

Dann kam wieder einmal eine Schwester, die mit dem blonden Knoten. Sie faltete die Hände vor dem Leib: »Es ist doch schön zu sehen, was Gott zueinandergefügt hat, kann sich nie wieder lösen!«

»Amen«, sagte Franz, obgleich er an Gott glaubte.

16

Nach jeder überstandenen Geschichte sieht es in der Ehe immer wieder so aus, als sei alles im Lot. – Die stämmige Wilhelma aus Preußen regierte in den elementaren Gefilden des Hauses, und Franz wich ihr tunlichst aus; sie ließ sich nicht dreinreden, weder bei der Wäsche noch beim Geschirr, und rumste so herum. – Nach dem Tode des alten Morgan hatte der Kauf eines neuen Autos gestanden, eines vernünftigen, versteht sich, wenn ein Auto heute überhaupt noch etwas Vernünftiges sein kann. Und hier schieden sich die ehelichen Geister: Irene meinte Mercedes – wegen der Reputation – und Franz kokettierte mit Citroën, vielleicht, damit es etwas spannend würde. Heraus kam schlicht ein Opel. Um dem Auto wenigstens eine persönliche Note zu geben, kaufte Franz sich einen weitkrempigen Künstlerhut. – Kaum, daß er den Hut hatte, fuhr am Nachmittag ein grünes Auto in seinen Garten, mit Blaulicht am Stengel.

Es klingelte.

Gaby reckte den Hals: »Polizei?«

Der Beamte trug keine Uniform, denn er war kriminal.

Zur Polizei hatte Franz uneingeschränktes Vertrauen; er bewunderte deren gesunden Menschenverstand, mit dem diese Beamten meist tüchtiger waren, als man ihnen ansah.

Als der Kriminale Franz gegenüber im Sessel hockte, kam er ›zur Person‹, was heißt, zu den Personalien von Franz. Mit ›Person‹ fängt es immer an.

»Um was geht es denn?« wollte Franz schließlich wissen.

Moment! Mit der Person war man noch nicht fertig. – »Beruf der Mutter? Hausfrau, nicht wahr?«

»Meine Mutter lebt nicht mehr.«

»Aber gelebt hat sie doch?«

Klar. – »Meine Mutter war Malerin.«

»Das ist kein Beruf nicht.«

»Erlauben Sie mal!«

»Ein Beruf ist, was man lernen muß. Sonst ist das nur eine Hausfrau.«

»Herr – Kriminaldings –, malen muß man lernen, auf einer Akademie.«

Der Kriminale sah ihn ungläubig an: »Dann kann das ein jeder lernen?«

Franz winkte ab. – »Manche lernen's auch nicht.«

Der Kriminale sah auf ein Bild an der Wand: »Herr Pempelfort, das da, hat das auch Ihre Frau Mutter gemalt?«

Franz warf einen Blick auf die Wand: »Nein, das ist ein Nolde.«

»Mei, ich hätte gedacht, es wären Blumen.«

»Stimmt, aber der Mann, der die Blumen gemalt hat, der hat Nolde geheißen.«

Der Kriminale nickte. – »Aber der war gewiß nicht auf einer Akamedie.«

»Akademie«, verbesserte Franz taktlos.

»Vielleicht bin ich nicht so gebildet wie Sie, Herr Pempelfort!«

Franz sah seinen Fehler ein: »Herr Kriminaldings, heute gibt es so viel Bildung, die kann man nicht alle haben. Ich bin nämlich auch ungebildet. Ich verstehe zum Beispiel nichts von Schußwaffentechnik und Spurensicherung und was Sie sonst alles wissen müssen.« – Es besteht niemals Grund, über andere Leute zu lächeln, weil die vielleicht keinen Nolde oder Picasso kennen, keinen Kachaturian oder den zweiten Teil vom Faust. Und wenn einer Akamedie statt Akademie sagt, dann hat er eben seine gezielte Bildung, die vielleicht viel nützlicher ist.

Der Kriminale lehnte sich zurück: »Herr Pempelfort, da war so eine Sache. Sie wissen wohl, um was es hier geht.«

»Noch nicht«, sagte Franz.

»Dann muß ich es Ihnen eröffnen: Dem Stiglmair ist vor sechs Wochen der Heustadel abgebrannt.«

»Ich weiß.«

»Aha! Dann möchte ich um Ihre Aussage bitten.« – Und der Kriminale beugte sich mit einem Bleistift übers Papier.

»Ich habe das gelesen.«

»Gewiß. Von Ihnen möchten wir aber nun die Einzelheiten.«

»Ich glaube nicht, daß ich die Zeitung noch habe.«

Der Kriminale wurde ein klein wenig ungehalten: »Wir möchten von Ihnen das hören, was wir eben noch nicht wissen.«

»Von mir?«

»Indem, daß es nämlich eine Brandstiftung gewesen ist, Herr Pempelfort.«

»Donnerkeil!«

Der Kriminale leckte an seinem Bleistift; das war noch Routine von früher, als die Polizisten mit Kopierstift schrieben. Er war schon älter und erfahren. – »Wo Sie nun mit der Sache vertraut sind, aber sonst nichts aussagen möchten, bin ich genötigt, an Sie die Frage zu richten: Wo waren Sie am Abend des dreizehnten Juni?«

Franz versuchte kurz nachzudenken: »Das weiß ich heute nicht mehr.«

»Das sollten Sie aber wissen, Herr Pempelfort.«

Der Ton gefiel Franz gar nicht. – »Ich soll gar nichts. Und wieso grade das?«

»Indem daß Sie an dem betreffenden Abend doch den Heustadel angezündet haben sollen.«

»Ach nee, soll ich?«

»Das ist beinahe erwiesen. Die alte Gräfin Hazlacek will Sie dabei gesehen haben.«

»Die spinnt. Das weiß doch jeder.«

»Darüber darf ich mich nicht äußern. Jedenfalls, Herr Pempelfort, den Paragraphen hat sie noch nicht – und solange ist ihre Aussage gültig.«

So einfach geht das, wenn ein deppertes Frauenzimmer noch ohne den Paragraphen herumläuft.

Franz versuchte es nun auf ruhige Weise: »Lassen wir doch mal diese Gräfin fort, die mit ihren sechzehn halbverhungerten Hunden oder mehr in ihrer Hütte. Dann müßte doch ein Motiv vorhanden sein. Warum sollte ich einen Heustadel anzünden?«

»Weil's der vom Stiglmair ist.«

Franz dachte über den Stiglmair nach.

»Mit dem stehen Sie nicht gut, Herr Pempelfort, indem Sie dem einmal eine Henne überfahren haben.«

»Die habe ich ihm auch bezahlt.«

»Eben!« konstatierte der Kriminale.

»Soll ich denn allen Leuten die Heustadel anzünden, denen ich mal was bezahlt habe?«

»Aber zu viel haben's gezahlt.« – Dann: »Also, Sie können nicht sagen, wo sonst Sie sich zur Tatzeit aufgehalten haben?«

»Wann war denn diese Tatzeit?«

»Gegen Null Uhr, wenn Sie es nicht mehr wissen sollten.«

»Um diese Zeit bin ich meist im Bett.«

»Haben Sie eine Zeugin dafür?« fragte der Kriminale.

»Wir schlafen gewissermaßen getrennt. Aber, Moment mal!« – Franz öffnete die Tür: »Irene!«

Der Kriminale machte Irene mit der Sache vertraut.

»Du mußt dem Herrn Inspektor nur bekräftigen, daß ich im Bett war«, half Franz ihr nach.

»Muß da wieder Ihre Frau Gemahlin herhalten?« fragte etwas bissig der Kriminale. Sicher wegen des Autounfalls, aber da hatte Irene doch gar nicht ›hergehalten‹, sondern nur die reine Wahrheit gesagt. Am Ende wenigstens.

»Also, Irene, nun sag es ihm doch!«

Irene schwieg. – Das kommt davon, wenn man getrennt schläft.

»Am dreizehnten Juni«, wiederholte der Kriminale.

Irene sagte endlich was: »Das weiß ich nicht mehr. Das ist ja auch lange her.« – Sie fühlte die Blicke der beiden Männer in sich gebohrt. – »Ich brauche mir doch nicht dauernd aufzuschreiben, wann mein Mann im Bett liegt, nicht wahr?«

Der Kriminale schrieb und schrieb auf seinem Papier und dann erhob er sich: »Also, Herr Pempelfort, ein Alibi besitzen Sie nicht.«

»Nee«, sagte Franz.

Irene schloß hinter dem Kriminalen die Tür. Zusammen mit Gaby sahen sie durchs Fenster, wie er davonfuhr, sogar mit Blaulicht. – Irene zog Franz in ihr Schlafzimmer. Das erinnerte ihn immer an seine Jungenzeit, wenn Mama ihn holte und der Papa es nicht erfahren sollte... Schule oder andere Fensterscheiben.

»Franz, mir kannst du es ja anvertrauen, wo warst du in der Nacht?«

Er zuckte ehrlich die Schultern. – »Ist auch egal, Irene, du hättest ihm einfach sagen sollen, wir wären zusammen im Bett gelegen.«

Irene trat zwei Schritte von ihm weg und legte ihre schlanken Hände auf die Hüften: »Du verlangst von mir, daß ich etwas Falsches aussage?«

»Woher willst du wissen, daß es falsch wäre?«

»Weil du überhaupt nicht zu Hause warst. Daher weiß ich es ja noch.«

Er begab sich zurück ins Studio und versuchte, die blöde Sache von sich abzuschütteln. Durch die offene Tür durchs Büro räusperte sich Gaby: »Chef, ich könnte doch zur Polizei gehen und sagen, Sie wären bei mir gewesen.«

»Ich war aber nicht bei Ihnen, leider.«

»Aber dann wäre das ein Alibi!«

»Gaby, Sie meinen es gut, aber Sie sind zu leichtfertig. Übrigens mache ich mir keine Sorgen. Warum sollte ich einen Heustadel anzünden? Das sieht doch jeder ein!«

»Aber die irre Gräfin, die will Sie doch gesehen haben! Die sollten Sie überhaupt anzeigen wegen Verleumdung oder so etwas.«

»Dann müßte ich erstens beweisen, daß sie lügt, also, daß ich woanders war. Und zweitens glaube ich gar nicht, daß die lügt; das ist eine, die glaubt, was sie spinnt.«

»Chef, wenn es aber keinen anderen Zeugen gibt als die Gräfin, was dann?«

»Dann ist mir die Sache zu dumm!« – Und er machte sich wieder an die Arbeit.

Doch nach fünf Wochen erhielt er ein sehr amtliches Schreiben: Vorladung zum Untersuchungsrichter.

Franz kannte ihn; sie trafen zuweilen im ›Löwen‹ aufeinander. Amtsgerichtsrat Konzelmann hatte obendrauf einen kahlgeschorenen Kopf und Schmisse um die Schnauze, er konnte saufen wie eine Haubitze ohne zu schwanken. Somit erfreute er sich bei der Bevölkerung eines gewissen Vertrauens. Er wußte auch die dreckigsten Witze.

Franz klebte sich die Haare mit Pomade an, denn die Obrigkeit soll man nicht ärgern, und er stieg in einen dunklen Anzug, denn es war nun kein Witz mehr, sondern wurde ernst. In der Vorladung hieß es zum Beispiel: ›Ermittlungsverfahren‹. Das ist ein Wort!

Die Sonne schien scheinheilig auf den Schreibtisch von Richter Konzelmann. Auch ein Protokollführer war zugegen. Und der Dackel vom Amtsgerichtsrat; der gehörte fast zum amtlichen Mobiliar. Und die Fliegen summten ein bißchen.

Konzelmann blätterte etwas im Akt, der noch dünn war. – »Unter uns, Pempelfort, das war saudumm von Ihnen, was Sie da angestellt haben.«

»Ich war's gar nicht«, sagte Franz.

»Einer muß es gewesen sein«, stellte Amtsgerichtsrat Konzelmann logisch fest, »weil es doch Brandstiftung war.« – Dann beugte sich der Richter vor, und der Protokollführer lehnte sich nach hinten und klappte solange gewissermaßen die Ohren zu. – »Pempelfort, ein Alibi haben Sie nicht. Aber die Staatsanwaltschaft hat eine Zeugin. Die Zeugin bleibt dabei, Sie am Tatort gesehen zu haben, keine fünf Minuten später, als die Flammen hochgingen. Sie sind dann im Waldstück verschwunden. Die Zeugin hat noch gehört, sagt sie, wie Sie Ihren Wagen starteten.«

Danach summten nur wieder die Fliegen.

›Miststück!‹ dachte Franz.

»Sehen Sie, Pempelfort, offenbar waren Sie zur Tatzeit wirklich am Tatort. Aber – vielleicht war das keine vorsätzliche Brandstiftung, sondern nur eine fahrlässige?«

So schnell kam Franz nicht mit. – »Herr Amtsgerichtsrat, was soll ich denn da gemacht haben?«

»Ihre Pfeife haben Sie da vielleicht ausgeklopft. Das kennen wir ja alle bei Ihnen. Aus eigenem Augenschein weiß ich, wie manchmal die glühende Asche auf den Boden – ja sogar auf Ihre Hosenbeine, Herr Pempelfort – herumfliegt. War es vielleicht so?«

»Nachts in einem Heustadel?«

Der Richter beugte sich über den Tisch und sah Franz in die Augen: »Herr Pempelfort, wir sind beide in den besten Jahren, und Sie sind noch einiges jünger. Da geht man des Nachts auch einmal in einen Heustadel.«

»Mhm«, verneinte Franz, »da piekt's mir zu sehr.«

Der Richter wischte das weg: »Vielleicht haben Sie das nur nicht gespürt. Ich meine, weil Sie natürlich nicht ganz allein waren, und auch nicht auf dem Rücken lagen.«

»Wenn Sie meinen, Herr Konzelmann, dann sage ich das so aus.«

Der Richter atmete erleichtert auf, und der Protokollführer durfte wieder die Ohren aufklappen.

»Zur angegebenen Tatzeit, ja? – Tatzeit, habe ich mich in dem betreffenden Heustadel, ja? so wars doch, zum Zwecke – nein, Zweck lassen wir weg, ja?, habe ich mich zusammen mit der Zeugin – wer war's denn nun?«

»Weiß nicht. War ja so dunkel.«

Die Fliegen summten. – »Also, die Zeugin wissen Sie nicht? – Obgleich, Pempelfort, es ja unter uns bleibt, wenn Sie Besorgnisse haben sollten wegen Ihrer Frau Gemahlin. Wir würden das vertraulich behandeln.«

Der Protokollführer nickte bestätigend.

»Nur beschreiben müssen Sie die Zeugin.«

»Wenn's so dunkel war?«

»Da läßt sich trotzdem einiges beschreiben, Pempelfort, auch was man nicht hat sehen können. Wenn Sie gar nichts beschreiben können, dann können Sie auch keinen Glauben finden.« – Er sah aus, als risse ihm bald die Geduld.

»Herr Amtsgerichtsrat, wenn das wirklich vertraulich bleibt, dann kann ich auch die richtige Wahrheit sagen.«

»Mir geht es nicht um die richtige Wahrheit, Pempelfort, mir geht es um eine gescheite Wahrheit!«

Der Protokollführer mußte ein neues Blatt einspannen. Dem riß auch bald die Geduld, denn bei Gericht geht alles mit vier Durchschlägen und viel Kohlepapier.

»Die Sache war so, Herr Konzelmann, ich habe bisher wirklich noch nie meine Frau betrogen.«

Richter Konzelmann seufzte. Zum Protokollführer: »Das lassen Sie aus, das gehört nicht zur Sache.«

Franz kam zur Sache: »Aber da war nun doch so ein Seitensprung. War ja auch ein Dreizehnter im Monat.« – Er zögerte.

»Soll der Dreizehnte auch ins Protokoll?« fragte der Protokollführer.

»An dem betreffenden Tage habe ich mich tatsächlich nicht zu Hause befunden. Ein Alibi kann ich aber vorweisen. Das war nämlich mein Seitensprung. Am Nachmittag des betreffenden Tages habe ich einen Geschäftsfreund in der Stadt besucht, und am Abend sind wir in die City-Bar gegangen. Doch – allein. Aber dann saß mit einem Mal eine hübsche Frau – oder Dame oder so etwas – zwischen uns an der Bar. – Ob mein Geschäftsfreund das bestätigen – –? Nee, der war plötzlich weg, weil er am nächsten Morgen so früh aufstehen mußte. Sie können ihn ja fragen. – Ja, und ich saß dann mit der Dame allein. – Wie lange? Nein, so genau weiß ich das nicht mehr.«

»Und wann genau sind Sie heimgefahren?« wollte der Untersuchungsrichter wissen.

»Am nächsten Morgen, genau genommen.«

»Und so lange saßen Sie mit der Frauensperson in dieser City-Bar?«

»Nicht ganz. Ich wollte ja auch früher heimfahren.«

»Und warum taten Sie das nicht?«

»Also – ich dachte wegen dem Alkohol und dem Führerschein. Und da hat die Dame gesagt, ausschlafen könne ich bei ihr. Verstehen Sie?«

Richter Konzelmann nickte. Der Protokollführer spannte neue Blätter ein.

»Weiter!« gebot der Richter.

»Na ja, wie das so geht. Da sind wir mit dem Taxi zu ihr. Und am nächsten Morgen ist sie einfach liegen geblieben. Aber sie hat mir wieder ein Taxi bestellt zur City-Bar, denn da stand noch mein Auto. Und auf mein Wort: da war ich wieder ganz fahrtauglich!«

Der Dackel des Richters räkelte sich.

Konzelmann schien recht erleichtert, er lächelte sogar ein bißchen. – »Das Alibi, Pempelfort, das hätten wir also. Wenn Sie nur noch die Adresse angeben wollten.«

»Hinterau, Kreis Nuckelshausen, Haus Nr. 31 1/16.«

Konzelmann verfinsterte sich: »Nein, nicht Ihre Adresse, sondern die der *Dame*!«

Franz kratzte sich am Ohr: »Weiß ich nicht.«

Der Richter wurde ernst: »Straße, Hausnummer, Stockwerk und der Name, vorn und hinten.«

»Weiß ich wirklich alles nicht. – Sehen Sie, Herr Konzelmann, wenn man des Nachts so im Taxi mitfährt, um so und so viele Ecken, und unsere Landeshauptstadt kenne ich ja auch nicht in all ihren Teilen, dann sieht man doch nicht dauernd zum Fenster hinaus, wie jede Straße heißt.«

»Aber die Hausnummer?«

»Herr Konzelmann, würden Sie vor der Haustür hinaufsehen,

was das für eine Nummer ist, während die Dame unten schon aufschließt?«

»Gegen mich ist auch kein Verfahren im Gange wegen Anzündens eines Heustadels«, erwiderte der Richter. – »Aber den Namen dieser Dame werden Sie doch wissen!«

»Muschi.«

Jetzt hielten selbst die Fliegen still. Richter Konzelmann hob langsam den Kopf, der Protokollführer hatte die dünnen Finger von den Tasten genommen. – »Wirklich Muschi?« fragte der Richter.

Franz nickte.

Richter Konzelmann drückte schurrend seinen Stuhl nach hinten und straffte sich: »Herr Pempelfort, Sie haben vorgegeben, ein Alibi zu haben und wissen nicht einmal den Namen der Zeugin. Muschi ist kein Name, das ist – gewissermaßen – also jedenfalls etwas Saudummes. Muschi!«

»Muschi«, meckerte der Protokollführer.

»Wenn es hier einen Namen gibt, dann ist es bisher einzig der Name der Belastungszeugin, obwohl deren Glaubwürdigkeit noch geprüft werden muß. – Verdunklungsgefahr will ich ausschließen. Sie haben einen festen Wohnsitz. Von Untersuchungshaft kann deshalb vorerst abgesehen werden. Aber sehen Sie zu, Herr Pempelfort, daß Sie ein Alibi ausfindig machen, oder als was sonst Sie Ihren mysteriösen Seitensprung bezeichnen.« – Er klappte ärgerlich den Akt zu. – »Den nächsten Haftprüfungstermin setze ich in vier Wochen an.«

Der Richter erhob sich und schritt aus dem Zimmerchen. Der Dackel wackelte hinter ihm her.

»Zum Unterschreiben müssen Sie dann nochmal herkommen«, beschied der Protokollführer.

Beim Abendessen konnte Franz sagen, was er wollte. Irene antwortete einfach nicht. Sie sah immer nur ins Leere. Darum begann Franz zu pfeifen. Er war nicht unmusikalisch, aber beim Pfeifen kam immer ein anderer Ton, als er im Kopf hatte. Zugegeben: für die richtigen Töne gab er sich auch keine Mühe.

»Hör das auf!«

Er legte sein Besteck nieder: »Darf ich in meinem eigenen Hause nicht mal pfeifen? Was darf ich denn überhaupt noch?«

»Ich weiß, du pfeifst auf alles. Auch auf deine Ehe!«

Da durchfuhr es ihn wieder, das schlechte Gewissen. Er beugte sich zu Irene hinüber, denn bei einer Frau wirkt ein Kuß überzeugender als das genialste Argument.

Sie wich ihm aus: »Lenk mich jetzt nicht ab. Ich denke darüber nach, wie ich dir helfen kann.«

»Laß mal, Irene, du mußt dich nicht immer so anstrengen.«

Am nächsten Morgen war sie weg. Mit seinem neuen Opel! Das ist das Gute, wenn man seine Frau einen Führerschein machen läßt. Da kann sie wenigstens wegfahren und ist weg.

Am Abend war sie immer noch nicht zurück. – ›Etwas Besseres kann mir gar nicht zustoßen‹, sagte er sich. Er fragte auch nicht die Wilhelma, ob die gnädige Frau irgend etwas hinterlassen habe.

Was an den weiteren Tagen kam, war immer nur die übliche Post, aber keine Irene. Er hatte zwar seine alte BMW, aber der Opel wäre ihm manchmal lieber gewesen, weil das Wetter umschlug.

»Gaby, wissen Sie vielleicht, wo mein Opel sein könnte?« – Es war der siebente Tag.

»Da rauscht Ihre Frau mit 'rum«, sagte Gaby.

»Was Besonderes bei der Post?« wechselte er das Thema.

Nichts Besonderes. Er wußte, weshalb er sich vor der Post fürchtete. Könnte ja wieder eine Vorladung kommen in Sachen Brandstiftung. – Dafür hat man sich nun trauen lassen, bis daß der Tod Euch scheide, und wenn es brenzlig wird, dann haut die ab.

»Vielleicht sucht sie sich jetzt einen neuen«, meinte Gaby.

»Die hat sich immer einen neuen gesucht.«

»Dann sind Sie ja eine Sorge los, Chef!«

Ehrlich, im Augenblick wäre er lieber die andere Sorge losgewesen.

Nach elf Tagen war Irene wieder da! – Dem ehelichen Zusammensein unter einem Dach ging sie nun erhobenen Hauptes nach. Sie sagte nicht einmal, wo sie gewesen war.

Und dann kam noch etwas: Ein Schreiben vom Gericht, unterschrieben von einer Justizangestellten, im Auftrag: das Ermittlungsverfahren sei eingestellt. Warum, stand nicht darin.

Franz traute sich wieder in den ›Löwen‹. Da traf er den Drukker, den Apotheker, den Tierarzt. Später kam auch der Amtsgerichtsrat Konzelmann. Sie alle waren ganz leutselig zu Franz, als hätte der niemals im Verdacht gestanden, irgendeinen Heustadel angezündet zu haben. Sie tranken mannhaft. Und dann traute sich Franz an den Richter heran: »Vielen Dank auch. Und wie haben Sie das gemacht, Konzelmann, ich meine mit der Einstellung des Verfahrens?«

Richter Konzelmann machte einen Hicks. – »Weil sich Ihr Alibi bei mir gemeldet hat. Hicks.«

»Die Muschi?«

»Hicks. Unter uns Männern: mein Geschmack wäre die nicht!«

Franz verstand zwar nicht ganz. – »War ja auch dunkel.«

Richter Konzelmann drehte sich mit ganzer Breitseite ärgerlich zu Franz: »Das verwechseln Sie wieder mit dem Heustadel. Ich meine Ihre Muschi aus München.«

Ah so. – »Konzelmann, da bin ich aber froh. Nur noch eins: können Sie mir vielleicht sagen, wie die Muschi nun wirklich heißt und wo sie wohnt?«

Der Richter sah ihn lange an. – »Lassen Sie doch die Finger und so von der! Aber – wenn Sie's partout mit der weitertreiben wollen, die Adresse können Sie morgen in der Gerichtskanzlei erfragen. Wir haben ja deren Aussage.«

Es mußte bestimmt nicht sein. So wie Franz sich erinnern konnte, verfügte jene Muschi über zahllose Reize. Dem gegenüber: ihre Sittlichkeit ließ sicherlich zu wünschen übrig, ansonsten hätte sie ihn nicht gleich mitgeschleift. – Und andererseits wiederum: sie hatte von seiner Kalamität erfahren und sich sofort als Alibi bei Gericht gemeldet. Das tut nicht jede! Die verworfenen Mädchen sind doch manchmal die anständigsten! Müßte er sich dafür nicht bei ihr bedanken? – Eigentlich nein, denn sie war ja ein leichtes Mädchen.

Am nächsten Vormittag schlich sich Franz in die Kanzlei des Amtsgerichts. – Sie hieß Ute Becker, Lindenallee 245.

Am nächsten Morgen gab es zu Hause Probleme: Irene hatte den Zettel mit der Adresse gefunden. Nicht etwa, daß sie seine Taschen durchforschte, sondern weil er doch immer verlangte, daß man alles aus seiner Jacke tut, ehe man sie in den Schrank hängt; manchmal steckten da noch ein Kugelschreiber oder eines der Feuerzeuge.

»Was willst du von ihr?«

»Nichts, bestimmt.«

»Du bringst dich wieder ins Unglück«, beschwor sie ihn.

»Ich habe doch mit ihr nichts vor!«

Man muß sich auch einmal durchsetzen, vor allem dann, wenn man einem Menschen Dank schuldet. Und die überdies so hübsch ist.

Die Lindenallee hatte in der Mitte Bäume. Franz konnte sich an keine Bäume erinnern.

Das Haus hatte eine rauhe, gelbe Fassade. Die vielen unterschiedlichen Klingeln neben der Tür verkündeten Altbauwohnungen. Franz hätte schwören können, daß es bei Muschi ein Neubau gewesen war.

Auch der Lift war weg. Die Treppen knarzten, die Wände waren gemalter Marmor.

Sie wohnte im vierten Stock. Es dauerte etwas; dann hörte er über einen langen Gang ihre Beine. Als sich die Tür öffnete, stand er einem mageren Mädchen mit einer dünnen Nase gegenüber.

Das war Ute Becker, und Franz wollte wieder zurück an den Lift, aber es gab ja keinen mehr.

Das Mädchen bat ihn herein und nahm ihm dankbar den Blumenstrauß aus der Hand. Und das sei furchtbar nett von ihm!

Sie hatte ein möbliertes Zimmer, und auf einem runden, alten Mahagonitisch stand ein elektrischer Kocher. – Franz sagte, er sei bei ihr wohl an der falschen Adresse. – Wo war die weiße Couch, die rosa Stehlampe? Statt der farbigen Drucke an den Wänden alte Stiche.

Sie sagte aber, er sei an der richtigen Adresse.

»Entschuldigen Sie, Fräulein, es geht um die Tatnacht, und ich kann mich gar nicht erinnern, hier mit Ihnen geschlafen zu haben.«

Sie rümpfte die dünne Nase. – Sie würde überhaupt mit niemandem schlafen. Es müsse schon ein ganz Anderer sein.

»Sie heißen doch nicht Muschi?«

»Wegen Ihrer Muschi haben Irene und ich elf Tage lang herumgesucht. Wegen dem Alibi.«

»Und Sie haben sie gefunden?«

»Wir haben ganz viele Muschis gefunden, Irene und ich. Aber das waren alles die falschen. Und dann hat mir Irene gesagt, daß Sie sonst wegen Brandstiftung eingesperrt werden. Die Irene und ich waren doch all die Jahre zusammen auf dem Internat.«

»Weiter!« gebot Franz.

Sie hatte eine Flasche Sherry von der Kredenz genommen. – »Was weiter? Ich kann doch Irene nicht im Stich lassen. Wovon soll die dann leben, wenn Sie sitzen? Oder?«

»Nun sagen Sie es schon!«

»Ja, dann bin ich zur Polizei gegangen. Und dann mußte ich zum Untersuchungsrichter.«

»Aha! Hat man Sie denn da nicht ausgefragt, ich meine, über Einzelheiten und so?«

Sie neigte elegisch ihre dünne Nase über den Sherry: »Die wußte ich ja von Irene, und ich habe auch viel gelesen darüber. Und der alte Richter war sehr zufrieden mit meiner Aussage.«

»Und meine Frau, also Irene, die hat das alles mitgemacht?«

»Jetzt sehen Sie aber sehr schlecht aus. Wollen Sie sich nicht hinlegen? Ich krabble Ihnen auch gern den Nacken, – wie die Irene.«

»Ein andermal!« – Man kann von einem Mädchen nicht verlangen, daß sie als Alibi kommt und dann auch noch den Nacken krabbelt.

Auf der Heimfahrt zeigten ihm verschiedentlich andere Autofahrer den Vogel. Solche Tage gibt es. Weiß der Teufel, was dann mit all den anderen Autofahrern los ist.

Und zu Hause hatte Irene Migräne.

Franz hatte keine Geduld, das Migräne-Ende abzuwarten: »Irene, ist dir klar, was du mit deiner Freundin Ute angestellt hast?«

»War's wieder nicht recht?« hauchte sie.

»Weiß ich nicht. Jedenfalls hast du sie zu einer Falschaussage verleitet. Du hast sie strafbar gemacht! Ihr habt die Justiz irregeführt!«

»Oh«, hauchte sie wieder, »das tut mir aber sehr leid um die Justiz.«

»Das ist kriminell!« bellte er.

Sie nahm einen kleinen Schluck Mineralwasser und schob ihre Kompresse auf der Stirn zurecht. Und dann fragte sie scheinheilig: »Und wenn das kriminell ist, was tust du nun?«

»Ich will nicht, daß mir mit sträflichen Tricks geholfen wird.«

Da riß Irene die Kompresse von ihrer Stirn und pfefferte sie in die Ecke. Und hatte plötzlich beide Beine auf dem Boden: »Schön! Ich habe für dich getan, was ich konnte. Und wenn dir das nicht paßt, – dann lauf doch zur Polizei oder zu deinem versoffenen Untersuchungsrichter und sag denen doch, daß die Ute was Falsches ausgesagt hat, sag ihnen doch, daß ich sie dazu verleitet habe! Lauf, geh hin!«

»Jawohl«, sagte Franz.

Irene war ganz von der Couch aufgestanden: »Nur sag mir vorher eines: wie es dann weitergeht!«

Franz dachte nach. – »Ach so, also wenn ich darüber nachdenke, – das Ermittlungsverfahren wegen Brandstiftung werden die wieder gegen mich in Gang setzen.«

Irene: »Schön, was? Kannst du noch weiter denken?«

Er dachte weiter: »Und dann lochen sie die Ute ein wegen Falschaussage. War zwar nicht eidlich, aber bestraft wird sie doch.«

»Du sollst noch weiter denken!«

Er dachte noch weiter: »Ah, richtig, und dann gehen die auch auf dich los wegen Anstiftung.«

Irene goß sich wieder auf die Couch: »Dann hast du alles, was du willst!«

»Gerechtigkeit muß sein«, bockte er.

»Auch dann, wenn du unschuldig bist?«

»Ich weiß nicht, was man in diesem Fall tun muß«, gestand er kleinlaut.

Irene wußte es: »Man schenkt seiner Frau einen Pelzmantel!«

17

Abends ist es in Hinterau still.

Franz und Irene saßen unten im Wohnzimmer, und manchmal miaute draußen eine Katze. Dann fiel eine Windboe ein. Sie lasen, jeder in einem Buch, auf welche Weise eben eine Ehe so weitergeht. Es wird als Harmonie gedeutet. Franz dachte manchmal an seine Jugend zurück in der Großstadt, wo Trambahnen unten um die Kurven quietschten. Da hatte er noch das Leben vor sich gehabt. Nun hockte er mittendrin. Er stopfte sich eine neue Pfeife und hörte, wie Irene wieder umblätterte.

»Du bist heute so friedlich«, meinte Irene.

Er sah vom Buch hoch. Irene war eine hübsche Frau. Er beschloß, mit sich zufrieden zu sein, überhaupt mit seinem Leben.

»Aber ich weiß, daß du etwas vorhast«, sagte Irene.

Er nickte. Vor hatte er immer etwas. Zum Beispiel ein Türschloß reparieren, oder dem Akku vom Opel Wasser geben. Oder auch, bei einer Firma nachzuhaken, wie das endlich mit dem Auftrag würde. – »Stimmt«, sagte er.

»Kommst du dir nicht sehr gemein vor?« fragte Irene.

Er kam sich schon seit langem gemein vor, das hatte ihm Irene beigebracht. Er fand es auch gar nicht mehr so schlimm, gemein zu sein. Es machte sogar vieles bequemer, und Irene tat er einen Gefallen damit.

»Und jetzt grinst du auch noch!« – Sie hatte ihr Buch weggelegt. – »Aber so einfach wirst du mich nicht los, wie du dir das ausgedacht hast.«

Franz hatte sich überhaupt nichts ausgedacht. Oder er hatte es immer verschoben.

Irene war aufgestanden und spazierte durchs Zimmer. Wenn Irene spazierte, kam gleich etwas! Sie blieb vor ihm stehen: »Wenn das Kind erst da ist, dann findest du so leicht keinen Richter, der dich so einfach scheidet!«

Er sah erschreckt auf ihre Figur, aber man sieht es ja nicht gleich von außen. – Er umklammerte seine Pfeife: »Wenn du jetzt noch mit einem Kind kommst, Irene, dann ist unsere Ehe zerrüttet.«

Das nahm ihr die Luft weg.

»Wie hast du es überhaupt angestellt, Irene?«

»Das hast *du* angestellt!«

»Womit?«

»Na, womit schon?«

»Ich habe dir noch und noch Pillen gekauft.«

Sie lachte hell. – »Die Pillen habe ich Deiner Gaby verfüttert. Die wirst du jetzt doppelt brauchen, damit unser Kamin raucht.«

»Für den Kamin brauche ich keine Kinder.«

Irene lehnte sich gegen einen Schrank und sah großartig entsetzt aus. – »Freust du dich denn gar nicht?«

»Nee. Kannst du mir vielleicht sagen, wozu Kinderchen gut sind? Erst kriegst du einen dicken Bauch, der dir bestimmt nicht steht. Ich werde dann um dich herumspringen und dich dauernd dankbar ansehen müssen. Dann kommt das Kind heraus, und damit fangen die Kosten an. Du wirst es mehrere Male am Tag ein- und auspacken müssen, bis du ganz nervös bist. Wenn's gedeiht, zieht es Tischdecken herunter. Später beschwert sich die Volksschullehrerin, weil es mit Knetgummi schmeißt (ich weiß das von mir). In der Oberschule müssen wir einen Nachhilfelehrer mieten. Und wenn es zum Abitur reichen sollte, geht so ein Kind auf die Universität und verklagt mich, weil ich ihm kein Auto spendiere.«

»Aber – das ist dann doch *dein* Kind!«

Franz war in Fahrt gekommen: »Das ist kein Kind, was du da kriegst, das ist eine ganz hinterhältige Fortpflanzung!«

»Und wo, Franz, wo wären wir heute ohne die Fortpflanzung, wie du es so taktvoll nennst?«

»Noch bei den Affen, auf den Bäumen und glücklich. Statt dessen befinden wir uns in der Bevölkerungsexplosion.«

»Dann sollen die in Indien an sich halten, oder in China. Aber mir kannst du nicht das Recht streitig machen, als deutsche Frau auch eine Mutter zu werden.«

»Was ist der Unterschied zwischen einer indischen und einer deutschen Mutter?«

»Bei uns wird aus den Kindern was.«

»Was denn?«

Irenes Busen wogte vor Entrüstung. Franz sah zu. Endlich atmete Irene nur noch flach und natürlich. – »Ich bin doch eine Frau!«

Das war unbestreitbar. Sonst wäre das auch nicht passiert. Franz klopfte seine Pfeife am Absatz aus. Aber warum ist eine Frau erst dann eine, wenn sie ein Kind kriegt?

Irene wurde es mehr und mehr. – Wenn sie zum Beispiel in den Opel stieg, zog sie die rechte Tür so lässig zu, daß die Tür beim Fahren rappelte. Dann mußte Franz wieder anhalten, aussteigen, um das Auto wetzen, die Tür neu ins Schloß knallen und wieder einsteigen. Aber er sagte nichts, denn in Irene keimte zukünftiger Pempelfort. – Und wenn er Irene den Zündschlüssel anvertraute, weil er arbeiten mußte, Irene aber in die Stadt, dann rief sie ihn nach mindestens einer Stunde von irgendwo an: Der Opel ginge nicht mehr. Franz schnallte dann einen Reservekanister auf seine alte BMW, fand die Irene neben dem Auto stehen und goß Benzin ein. Der Opel hatte zwar eine Benzinuhr, aber Irene tankte trotzdem niemals. Sie wurde so sparsam!

Eigentlich wünschte Franz sich mehr eine Tochter. Wenn aus der nichts wird, dann fällt doch irgend ein Freier auf sie herein. Man stiftet allenfalls Möbel. – Und wenn das Dienstmädchen abhaut, kann eine Tochter in der Küche helfen oder beim Abstauben. – Ein Sohn indessen spielt ungerührt Platten oder ist gar nicht zu Hause.

Im ›Löwen‹ bezeugten die Kumpane Respekt vor Franz. – Nur, sinnierte er, weil die Irene ihre Pillen der Gaby verfüttert hatte. Was ist das schon für ein Vaterstolz, der darauf beruht, daß die Pillen von der Falschen gegessen werden.

»Du mußt das anders sehen, Pempelfort,« sagte ihm der Tierarzt.

Anders gesehen: Soll ein Mann so stolz auf eine Tätigkeit sein, die jeder andere auch kann, ohne daß daraus gleich Nachwuchs wird? Franz hielt es für viel männlicher, wenn daraus nicht gleich etwas wird.

Aber nun wurde eins. – Schlimmer noch: entgegen aller Vernunft keimte in Franz nun doch etwas Vaterstolz.

Zugleich hegte er eine Abneigung gegen jeglichen Zufall. Darum ließ er sich die Geburt durch den Kopf gehen: Am Ort gab es nur einen alten Arzt, einen Praktiker, mit einer goldenen Taschenuhr, dessen Einnahmen nur noch vorwiegend daraus bestanden, Totenscheine auszustellen. Darin hatte er eine sichere Hand und genoß das Vertrauen der Bevölkerung. – Es gab auch noch eine Hebamme, aber diese hatte seit einem Jahrzehnt ihren Beruf nicht mehr ausgeübt, weil die Weiber sich alle in die Klinik fahren ließen. Sie lebte von Schwangeren-Beratung und diente einer Universität zu gelegentlichen statistischen Erhebungen unter der weiblichen Bevölkerung, zum Beispiel bei welchen Mutter-Arten die Säuglinge wunde Popöchen bekamen und bei welchen nicht.

Irene schwangerte selig weiter so hin.

Franz dachte praktischer: Er fuhr Irene zur Klinik in die Hauptstadt und ließ alles an ihr nachsehen, was den Ärzten Geld einbringt und Vorsorge ist. Er wollte nichts versäumen!

Das Kind wurde immer weiter. Auch das Datum wurde ausgerechnet. Franz war ganz verblüfft, wie Irene dazu in ihrem Taschenkalender blätterte. Franz hatte sich in seinem Terminkalender für so etwas nie Kreuzchen gemacht.

Und Franz wurde weiter tätig, organisatorisch. Er begab sich an einem Abend zum örtlichen Taxi-Dienst. Er bestand aus dem

Meisinger mit seinem Diesel. Das strategische Gespräch fand in der Küche statt, denn nur da hat ein ländlicher Taxifahrer ein offenes Ohr und die Zeit dazu.

Franz legte dem Meisinger den Straßenplan der Hauptstadt auf den abgegessenen Tisch: »Also, schauen Sie mal her! Wenn es mit meiner Frau so weit ist – voraussichtlich am Siebzehnten –, dann rufe ich Sie an. Aber dann brauchen Sie sich noch nicht zu rühren.«

»Wegen was rufen Sie mich dann an?«

»Damit Sie wissen, daß ich meine Frau in die Klinik fahre. – Hier ist das Krankenhaus, – schauen Sie doch hin!«

Aber der Meisinger schaute dem Franz in die Augen: »Herr Doktor, wenn Sie fahren, was soll dann noch ich?«

»Meisinger, Sie sind stille Reserve.«

»Wieso still?«

»Also, ich fahre die B 1514, dann die Autobahn bis hier, und dann in der Stadt diese Straßen. Ich rechne dafür äußerst neunzig Minuten.«

»Die brauchen Sie schon. Aber warum muß ich da still sein zu Haus?«

»Begreifen Sie, Meisinger, ich könnte ja eine Panne haben.«

»Wegen was?« fragte der Meisinger.

»Das weiß man bei einem Auto nie. Vor allem nicht bei einem ganz neuen. – Und nun hören Sie bitte zu: Wenn ich Sie nach dem ersten Anruf nicht innerhalb von neunzig Minuten nochmals anrufe, dann fahren Sie los! Hier diese Strecke.«

»Wegen was wollen Sie mich dann nochmal anrufen?«

»Weil, wenn ich *nicht* anrufe, Sie dann wissen, daß ich eine Panne habe.«

»Warum rufen Sie mich dann nicht an, wenn Sie eine Panne haben?«

»Weil ich da kein Telefon habe, klar?«

Frau Meisinger nickte. – Der Mann nahm einen Schluck aus der Bierflasche.

»Und wenn Sie die Strecke abfahren, Meisinger, und wenn es

da gelb blinkt und am Rückspiegel mein Taschentuch hängt, dann bin ich das. Sie halten dann neben mir an, ich schiebe meine Frau hinüber in Ihr Taxi und Sie fahren weiter bis hier – zum Entbindungsheim. Klar?«

Dem Meisinger war das gar nicht so klar. – »Aber wegen was soll ich Ihre Frau Gemahlin nicht gleich von vornherein mit meinem Taxi hinbringen?«

»Weil Sie dann vielleicht eine Panne haben.«

»Nein«, grollte der Meisinger, »mein Taxi läuft schon über zehn Jahr, da fehlt nix.«

Aber seine Frau hatte verstanden.

Nun war alles organisiert. Sein Sohn konnte ohne Verzug das Licht der Welt erblicken.

Franz schuftete über der Reklame eines drittklassigen Weinbrandes und raufte sich mit den Filmfritzen. – »Diese Welt macht mich krank!« sollte die Kleindarstellerin lispeln, dazu leicht den Kopf drehen und in das Kaminfeuer schauen. Und dann sollte ein gestutzter Roué ins Bild kommen, ihr den Weinbrand eingießen, und sie sollte wieder Hoffnung schöpfen, ihn anschauen und sagen: »Sie sind so liebenswert, Arthur!« Und danach ganz groß die Flasche, und ein harter Sprecher dazu: »Weicher Weinbrand läßt Schwermut weichen.« – So wenigstens hatten sich die Auftraggeber das vorgestellt. – Franz hatte alle Hände voll zu tun. Zufällig sah er, daß es heute der Siebzehnte war.

Er rauschte vom Filmstudio nach Hause, packte Irene in den Opel, Wilhelma mußte noch etwa sieben Köfferchen hinterhertragen Gaby gab Durchsage an den Taxi-Meisinger. Franz startete. Der Countdown lief.

Jedes Krankenhaus ist zwölfmal so langsam, wie es einem nötig erscheint. Endlich wurde Irene von einer Schwester abgeführt, behutsam. Und dann stand Franz unten herum, betrachtete die billigen Sesselchen und sah, wie schlecht alle Fenster gestrichen waren. Er studierte das Männchen im weißen Kittel hinter einer Theke mit Telefon, dem die schwierige Aufgabe oblag, alle Leute an sich vorbei zu lassen. Und Franz spürte im Stehen sein Kreuz. – Ob das jetzt schon ein prächtiger Junge ist? Er sollte nicht unbedingt stämmig sein, aber auch wieder nicht zu kurz.

Ohne Begleitung und auf eigenen langen Beinen kam Irene die Treppe wieder herab. Sie stiegen schweigsam ins Auto.

»Wie ist denn das mit unserem Jungen?« wollte Franz wissen.

Sie kuschelte sich in den Sitz. – »Der tut nun einmal nicht gleich alles, wie du es willst.«

Dem werd' ich's schon beibringen, wenn er einmal da ist, dachte Franz.

In die Einfahrt des Krankenhauses kurvte das Taxi vom Meisinger. Franz kletterte verwirrt aus dem Auto: »Was machen Sie denn hier?«

»Sie hatten doch eine Panne, Herr Dokter«, plärrte der Meisinger, gar nicht zu unrecht. – »Sie hatten nochmal telefonieren wollen, wenn Sie keine Panne nicht haben, aber das haben Sie nicht getan. Und darum hat meine Frau gesagt, daß Sie eine Panne haben.«

»Fahren wir endlich?« zischte Irene.

»Nichts für ungut, Herr Meisinger, ich habe das einfach vergessen. Aber selbstverständlich zahle ich Ihnen die Fahrt.«

Aber der Meisinger war so wütend, daß er kein Geld wollte. – »Und wenn die gnädige Frau Fünflinge kriegt, dann können Sie mir fünfmal zahlen, was Sie wollen, für Sie fahr ich nicht mehr!« – Und prustete mit seinem Diesel davon.

So werden die Söhne schon schwierig, ehe sie überhaupt da sind.

In der Nacht hatte Irene leichte Beschwerden.

Am nächsten Tage kam der greise Praktiker, fühlte Irenes Puls und konstatierte: »Da muß man halt warten.«

Infolgedessen bestand für Franz kein Grund, auch die Abende im Hause herumzusitzen. – Im ›Löwen‹ traf er den Meisinger. Aber der drehte ihm den speckigen Rücken zu. Franz sagte: »Es tut mir wirklich leid. Es soll noch ein paar Tage dauern.«

Der Meisinger rührte sich nicht, sondern schlürfte einen Enzian, weil der Föhn blies: »Ihr Aff' bin ich nicht noch einmal.«

»Meisinger, es kann Ihnen doch egal sein, ob Sie einen Fahrgast haben oder nicht, Hauptsache, Sie kriegen Ihr Geld.« – Das war logisch.

»Aber wegen nix fahr ich nicht umeinander.« Ebenso logisch.

Als Franz dann nach Hause fuhr, streikte die Scheibendusche. – Früher hatten die Autos keine Scheibenduschen. Aber da waren auch noch weniger unterwegs. – Franz mußte nun langsamer fahren. Aber je langsamer er fuhr, desto häufiger wurde er von einem anderen überholt und desto mehr verkleisterte die Windschutzscheibe. – Und je mehr die verkleisterte, um so langsamer mußte er fahren. Bis er stand. – Er wischte den Kleister mit dem Taschentuch von der Scheibe, denn sie hatten ja nun die Wilhelma. Aber kaum war Franz wieder im Auto, als schon weitere Zeitgenossen vorüberzischten.

Irene war noch auf. – »Wie siehst du denn wieder im Gesicht aus?«

»Die Scheibendusche geht nicht.«

»Und damit willst du uns in die Klinik fahren?«

›Uns‹ hatte sie gesagt!

Franz begab sich in die Garage und packte das Werkzeug aus. Die dünnen Plastikschläuchlein verliefen hinten oben vom Armaturenbrett, wo eigentlich keiner hinkommt. Davor hingen bündelweise elektrische Kabel. Franz hatte die Beine über einen Rücksitz gelegt und eine Taschenlampe zwischen die Zähne geklemmt. Das Blut versammelte sich in seinem herunterhängenden Kopf. Franz bog einen Pappendeckel weg und bohrte mit einem Finger nach so einem Schläuchlein. Als er dachte, es endlich zu haben, kam er noch immer nicht dran, weil das Gestänge vom Scheibenwischer im Weg war. Er wollte es etwas zur Seite drükken, aber da sprang etwas weg und ein Blechhebel pendelte herunter. Nun konnte Franz an das Schläuchlein und es wieder auf den Nippel stecken. Aber danach kämpfte er mit dem ausgesprungenen Gestängearm.

»Franz!« rief es vom Haus her. Er brachte sich ächzend auf die Beine und lief ins Haus.

»Franz, muß das so spät noch sein?«

»Ich habe die Scheibendusche repariert.«

»Dann geh jetzt zu Bett.«

»Jetzt ist aber der Wischer kaputt.«

»Das ist immer so bei dir.«

Er wurde ungemütlich: »Ich gehe nicht zu Bett, ich repariere das Auto.«

»Und damit sollen wir in die Stadt kommen?«

Im Auto, mit dem Kopf unter dem Armaturenbrett, fühlte er sich schon wieder wohler. Er kämpfte mit dem Gestänge. Ein Kabel begann zu schmoren und zwei Sicherungen brannten durch. Aber dann hatte Franz den Hebel wieder auf die Achse gedrückt. Nun gingen die Scheinwerfer nicht. Aber kunstgerecht ersetzte er die zwei Sicherungen. Und dann freute er sich aufs Bett.

»Franz!« Irene hatte sich den Mantel angezogen. – »Es ist soweit.«

Draußen rauschte der Regen.

Erst fand Franz den Zündschlüssel nicht. Sie suchten das ganze Haus ab. Sogar den Eisschrank. – »Vielleicht geht das Zündschloß mit einem Schraubenzieher«, sagte Franz in höchster Not. Aber das ging nicht, denn im Zündschloß steckten die Schlüssel.

Ab Hinterried wurde die Landstraße breiter. Man näherte sich der einsamen, geschäftigen Autobahn, auf der sich alle so fremd blieben. Der Motor summte gleichmäßig und vertrauenerweckend, die Scheibenwischer schlugen regelmäßig im Takt wie Metronome.

»Franz, es ist doch gut, daß jetzt die Scheibendusche geht.«

Er nickte. – »Bei Regen braucht man keine Scheibendusche.«

»Und warum hast du daran herumgebastelt?«

»Ich konnte nicht wissen, daß es jetzt regnet.«

»In einer solchen Situation muß man aber mit allem rechnen.«

›Herrgott!‹ dachte er.

»Jedenfalls schadet es nichts, wenn trotzdem die Scheibendusche in Ordnung ist.«

In diesem Augenblick hielten die Wischer unvermittelt an. – Franz trat auf die Bremse. Hinter dem Armaturenbrett rumorte und stampfte es. Schnell schaltete Franz den Wischermotor ab und fuhr ratlos rechts heran.

»Das hast du von deiner Bastelei!« sagte Irene.

»Aber die Scheibendusche geht«, knurrte er.

»Du hast gesagt, bei Regen braucht man keine Scheibendusche.«

Franz versuchte nachzudenken. Es wollte nichts dabei herauskommen.

»Dann fahr doch ohne die Dinger.« – Irene wurde ungeduldig.

»Willst Du mit unserem Jungen im Straßengraben landen?«

Rechts über den Äckern leuchtete ein fernes Licht. Franz hing den Kopf zum linken Fenster hinaus und tastete sich im Schritttempo über einen Feldweg.

Die Bauersleute waren noch in der Stube. – Franz fragte, ob er schnell telefonieren dürfe.

Das gefiel den Bauersleuten gar nicht, weil sie nämlich keinen Gebührenzähler hatten.

»Wo fehlt es denn?« fragte die Bäuerin.

Franz erklärte ihr das Malheur mit dem Scheibenwischer.

»Ja, ja«, sagte der Bauer, »die Scheibenwischer, das sind Viecher.«

Die Bäuerin hatte Irene mit sachkundigem Blick gestreift: »Pressiert es?«

»Sehr«, seufzte Irene.

»Vielleicht«, fragte Franz, »vielleicht hätten Sie ein Auto und würden mir das leihen?«

»Ich leih nix her, nie.«

»Ich zahle aber gut«, sagte Franz.

Die Bauersleute schwiegen. Und dann sagte die Bäuerin:

»Wenn das so ist, dann könnt mein Mann ja die Gnädigste in die Stadt fahren.«

Franz fiel ein Stein vom Herzen.

Aber das Weitere ging wieder nicht so schnell. Erst mußte der Traktor vor dem Schuppen weg. Dann mußte der Bauer noch einen Obstler trinken, sakra, weils ein Sauwetter war. – Dann hörte Franz, wie im Gang die Bäuerin fragte: »Ist die Sau schon im Auto?«

Irene wurde blaß vor Empörung. Aber hier mußte man still halten.

Die Bäuerin kam wieder in die Stube: »Sonst fahren wir nie in die Stadt. Das können wir uns nicht leisten. Darum kostet das auch mehr, verstehen Sie?«

»Aber gern!«

Sie ließen Irene vorne einsteigen. Der Bauer wurde auffallend lustiger. Franz wollte hinten zusteigen, aber auf der Sitzbank lag ein totes Schwein.

»Die Sau muß auch in die Stadt«, beschied energisch die Bäuerin, »da geht das dann in einem mit der Gnädigsten.«

Irene hatte sich auf ihrem Sitz umgedreht und erschauerte: »Ist die tot?«

»Da fehlt nix. Die hat gestern geworfen und ist dabei verreckt. Die Viecher heutzutag halten ja nix mehr aus, das ist grad so wie bei die Stadtleut.« – Der Bauer knallte die Tür zu und startete einen unwilligen Motor.

Franz ging zurück in das Bauernhaus und lehnte sich mit dem nassen Mantel an den Kachelofen.

»Möchten Sie noch was?« fragte die Bäuerin.

»Ich möchte auch gern in die Stadt. Wegen dem Kind.«

Die Bäuerin nickte. – »Ich muß jetzt zusperren.«

Über den lehmigen Pfad war Franz zur Landstraße gewatet. Der Regen rauschte ungeniert weiter. Franz bezog am Straßenrand Stellung. Wie machen das die Jugendlichen? So eine Bewegung mit dem Daumen.

Alle zehn Minuten zischte ein Auto heran. Dann machte

Franz den mit dem Daumen. Aber das muß offenbar gelernt sein, denn sie alle rauschten an ihm vorbei.

Einmal nahte ein Ungetüm, aber aus der falschen Richtung. Taumelte, hielt neben ihm an mit pfeifenden Druckbremsen. Ein niederländischer Reisebus, nur völlig ohne Niederländer, nur mit dem Fahrer, der oben seine Tür aufstieß und sich da ganz winzig ausnahm. – »Herr, möchten Sie irgendwo hin?«

»Eigentlich in umgekehrter Richtung. Aber jetzt bin ich es leid. Fahren Sie über Hinterau?«

Als einziger Fahrgast schaukelte Franz in dem riesigen Bus durch die Nacht. Dann drang Licht durch die verregneten Fenster; der Bus hatte angehalten. Genau vor dem ›Löwen‹. – Der Fahrer verlangte zwei Mark und wünschte Gute Nacht. – Gute Fahrt! – Brummend setzte sich der Gigant wieder in Bewegung.

Im ›Löwen‹ wogte Stimmung.

Der Tierarzt feierte Silberne Hochzeit. – Man half Franz aus dem nassen Mantel und ließ ihn nicht zu Wort kommen. Die Sofie kredenzte ihm einen Glühwein. Und die gewisse Lilo war auch da! Mit der wollte sich nie einer einlassen, aber keiner in Hinterau hatte ein kristallklares Gewissen. Nicht einmal alle Mädchen. Wie sie nach Hinterau gekommen war, wußte auch keiner genau zu sagen. Sie paßte eigentlich nicht hierher.

Die Musik spielte erneut zum Tanz, nicht von einem Tonband, einem modernen, sondern mit leibhaftigen Musikanten, die ihre Maßkrüge unter den Stühlen stehen hatten. Und der Herr Pfarrer sagte plötzlich sogar »Du« zum Franz. Und der Tierarzt, der silberne Hochzeiter, faßte der Lilo in den Ausschnitt, weil er sich wieder so jung fühlte in der warmen, schwitzigen Luft. Nur Richter Konzelmann scherte für ein paar Minuten aus dem Trubel, hatte den schlitzohrigen Schorschi an der Krawatte gefaßt und zupfte nun bedrohlich daran: »Schorschi, wenn du morgen im Sitzungszimmer stehst, dann bin ich nicht Euer Konzelmann, sondern die Justiz. Und wenn du dann meineidig aussagst, dann bring ich dich ins Zuchthaus, du Hundskerl. Und jetzt sag mir mal die Wahrheit, damit ich morgen weiß, ob du meineidig bist.« – Und dann sagte der Schorschi, wie's wirklich gewesen war.

Die Musikanten machten eine erschöpfte Pause und ließen Spucke aus ihren Instrumenten tropfen.

Die gewisse Lilo drückte Franz einen zweiten Glühwein in die Hand und blieb dicht bei ihm, damit er ihn auch trinke, hastig, gegen den zu erwartenden Schnupfen, denn damit konnte er seinen frischgeborenen Sohn ja anstecken.

»Sei nicht so fad«, sagte jemand zu Franz.

Franz tanzte züchtig mit der silbernen Frau Tierarzt. Die Sofie wollte nicht. Und darum tanzte er am Ende mit der Lilo. – Der vierte Glühwein rauschte in seinen Ohren.

»Wie soll denn der Junge heißen?« fragte die Frau vom Apotheker mit dem Hals einer gerupften Henne.

»Ich muß jetzt wirklich gehen«, antwortete Franz mit schwerer Zunge und erwachendem Gewissen.

Draußen, wo die Autos parkten, stand auch zufällig Lilo. Franz marschierte tapfer an ihr vorbei, denn zur selbigen Stunde lag Irene im Kreißsaal. Da gibt man sich mit keiner Lilo ab. Verzweifelt suchte er nach seinem Opel. Es waren da auch Opels, aber nicht seiner. Und wieder begann es zu regnen.

Und wie er da herumirrte, war plötzlich die Lilo neben ihm und packte ihn etwas energisch am Ärmel. – Franz sagte: »Lassen Sie das, bitte, Fräulein!«

Die Lilo führte ihn zwischen den Autos hindurch, und dann stolperte er über einen nassen Ford.

»Ich habe keinen Ford«, protestierte Franz.

»Sie haben hier auch keinen Opel«, sagte die Lilo. »Sie sind in einem Omnibus gekommen.«

Er wollte wieder über den Parkplatz irren. – »Verdammt, wo ist denn der Omnibus?«

Die Lilo schnappte ihn und schob ihn in ihren Ford. Pang, war die Tür neben ihm zu.

»Hübsch sehen Sie aus, hübsch, Lilo«, lallte er, als die Lilo am Volant Platz genommen hatte. – »Hoffentlich sieht das keiner.«

»Was soll keiner sehen?« fragte sie beim Anfahren.

»Daß ich jetzt zu Ihnen fahre, Lilo – süße Lilo.«

Nach fünf Minuten bog sie mit ihrem Auto in einen wild wuchernden Garten ein. Die Scheinwerfer strahlten ein Haus an.

»Hübsch wohnen Sie, Lilo, wirklich – wirklich hübsch.«

Die Lilo war um ihr Auto herumgegangen und öffnete ihm die Tür: »Hier wohne ich nicht. Das ist *Ihr* Haus, Franz.«

»Schade«, sagte er. Krabbelte aus dem Ford und begab sich zur Haustür.

Die Lilo fuhr aber noch nicht weg, sondern sah aus ihrem Auto zu. – »Finden Sie das Schlüsselloch nicht, Franz?«

Er stand verdattert vor seiner Haustür. – »Doch, das Schlüsselloch ist noch da. Mir fehlen nur die Schlüssel.«

»Suchen Sie noch einmal in Ihren Taschen, Franz!«

Er hatte alles in den Taschen, was ein Mann zum Leben braucht. Aber nicht einen einzigen Schlüssel. – »Lilo, das ist heute eine verdammte Nacht. In dieser Nacht sind alle Schlüssel weg. Das hat schon mit dem Zündschlüssel angefangen. Und jetzt ist auch der Hausschlüssel weg.«

»Aber den Zündschlüssel müssen Sie doch gefunden haben, Franz!«

»Der stak im Zündschloß.«

»Vielleicht ist da auch ihr Hausschlüssel?«

Natürlich. Denn der Zündschlüssel und der Hausschlüssel waren am selben Bund. Und der Zündschlüssel stak jetzt im Opel, und der Opel stand noch bei den Bauersleuten. – »Jetzt kann ich nicht rein.« – Und Franz lehnte sich an die Haustür, die nicht aufging.

Der leise Regen ging in rauschenden Regen über.

»Kommen Sie zu mir rein!« rief die Lilo. Und danach half sie ihm durch die Autotür. – In ihrem Auto war es trockener. Wenigstens tropfte nichts.

»Was machen wir jetzt?« wollte Lilo wissen.

»Wir müssen doch noch gar nichts miteinander machen«, sagte Franz.

»Wann denn?« fragte sie.

»Wenn der Junge etwas älter ist, dann ist es nicht mehr so schlimm«, sagte Franz.

»Hosenscheißer!« bemerkte die Lilo.

»Wieso? Kannst du denn nicht etwas warten?«

»Ich schon«, sagte die Lilo.

»Aber wenn es dann hell wird, und uns einer hier sieht?«

»Was kann man da nur machen?« fragte Lilo scheinheilig.

Da kam Franz auf die richtige Idee. Denn die Garage war nicht abgeschlossen, die konnte man von außen öffnen. Er krebste wieder durch die Tür und öffnete die Garage. Lilo fuhr ihren Ford hinein, und dann stieg Franz wieder ein.

Lilos Ford hatte Liegesitze.

»Zu Hause habe ich ein Bett«, bemerkte Lilo.

»Ich kann dich doch nicht auf dem Boden schlafen lassen, Lilo?« sagte Franz. Und schon war er eingeschlafen.

Als es draußen hell wurde, knallte jemand die Garagentüren zu. Das war die Wilhelma.

Franz wurde dadurch ein wenig wach und realisierte, daß er seine linke Hand unter die Bluse der Lilo geschoben hatte, und er fühlte in der Hand ein zart gepolstertes Schulterblatt. Aber Lilo schnarchte. Franz ließ die Hand unter dem Schulterblatt und es vergingen ihm die aufkeimenden Gefühle.

Dann wurde er wieder hochgeschreckt; die Flügel der Garagentür waren aufgestoßen, es schepperte, denn die Gaby wollte ihr Fahrrad unterstellen.

»Was fällt Ihnen ein?« schreckte die Lilo hoch.

Gaby zog die rechte Tür auf: »Chef, Ihre Frau hat angerufen.«

Lilo verscheuchte die Hand vom Franz weg von den Schulterblättern und zog sich die Bluse herunter. – Dann sahen sie sich beide feindselig in die Augen, die Lilo und die Gaby.

»Wie ist der Junge geworden?« kam Franz zur Besinnung.

Gaby schüttelte den Kopf. – »Gar nicht.«

»Gott sei dank.«

»Chef, noch viel schlimmer, Sie haben Drillinge bekommen.«

Das war ganz typisch für Irene!

Am Nachmittag rief ihn die Firma Heuer an: sie wären zum Bauernhof gefahren und hätten die Scheibenwischer repariert. – Eine Stunde später brachten sie Franz den Opel.

Erst rasierte sich Franz, und hinterher sah er sich dabei im Spiegel: er sah etwas mitgenommen aus. Doch durfte er Irene beziehungsweise die Drillinge nicht noch weiter allein lassen.

Gewordene Mütter ruhen sehr selbstbewußt in den Kissen. Als Franz mit seinen Rosen behutsam ins Zimmer trat, schloß Irene sogar die Augen. Das war ihr gutes Recht. Franz legte die Rosen auf die Heizung und pflanzte sich in einen Sessel, wie er für erschütterte Väter in solchen Niederkunfts-Zimmern immer bereitsteht.

Nun sprach Irene, aber noch mit geschlossenen Augen: »Mußtest du mich in meiner schwersten Stunde allein lassen?«

»Hinten war ja die tote Sau drin«, verteidigte er sich.

»Warum hast du mich nicht hierher gefahren, Franz?«

»Weil der Scheibenwischer nicht ging.«

Schweigen.

Dann wieder Irene: »Und du bist mir nicht gefolgt, Franz?«

»Womit denn?«

»Womit du in den ›Löwen‹ gefahren bist!« – Die wußte schon allerlei.

»Mit einem Omnibus. Der fuhr aber anders herum, nicht zur dir ins Entbindungsheim.«

»Merkwürdig«, seufzte Irene.

»Gar nicht merkwürdig«, korrigierte Franz. »Der sollte Holländer in Italien abholen.«

Schweigen. – Endlich wieder Irene: »Und dann hast du gesoffen.«

»Erstens nur Glühwein, weil mir so kalt war. Und zweitens, weil ich mich auf unsere – auf all unsere Drillinge schon so freute.«

Irene öffnete die Augen vernichtend. – »Und getanzt hast du auch!«

»Was sollte ich da anderes machen? Da war doch eine Feier.«

»Und hinterher warst Du mit Lilo in ihrem Auto.«

»Ich hatte kein anderes.«

Die Tür öffnete sich. Eine Schwester brachte im Arm drei Bündel. Die sahen so aus, wie unterentwickelte Maßkrüge auf dem Oktoberfest. – Franz wich mit seinem Sessel zurück.

»Sind Sie der glückliche Vater? Dann gratuliere ich. Das sind süße Kinderchen!«

So süß waren die gar nicht, sondern sahen nur alle ziemlich zerknautscht aus. Und vor allem: einfach zu viele auf einmal!

Mit den drei Bündeln stand die Schwester noch etwas im Zimmer herum. Dann sah sie Franz verächtlich an und trug die Drillinge wieder hinaus.

Irene öffnete abermals die Augen: »Franz, die Kleinchen, die hast du in die Welt gesetzt. Aber daß du nicht deren Vater bleibst, dafür werde ich sorgen. Und dafür habe ich jetzt genügend Beweise, nämlich von deinen Ehevergehen.«

Er schnellte aus dem Sessel hoch: »Die Dinger wolltest du doch, damit ich mich nicht von dir scheiden lassen kann.«

»Dinger, hast du von den lieben Kleinen gesagt? Dinger? Du dreckiger Kerl!«

Die Schwester kam wieder herein. Sie hatte offenbar an der Tür gelauscht. – »Herr, es wäre besser, Sie würden jetzt Ihre liebe Frau allein lassen, sonst regt sie sich zu sehr auf. Das ist auch die Meinung vom Herrn Medizinalrat.«

Trotzdem wollte er hinterher die ›Dinger‹ persönlich besuchen. Sie stammten ja von ihm. Aber man ließ ihn nur an eine Glasscheibe. Ein persönlicher Kontakt mit den ›Dingern‹ war noch nicht möglich.

Auf der Heimfahrt ließ er ein Fenster offen und bekam wieder etwas Luft. Im Auto-Radio heulten sie verrückt. Offensichtlich Leute, denen keine Drillinge beschert waren.

Zu Hause bedeutete ihm Wilhelma, daß wer im Wohnzimmer auf ihn warte. Das war aber kein Kunde, sondern etwas, das weiblicher Natur war und ganz männlich aussah.

»Verzeihung, Fräulein, darf ich fragen?«

Die warf ihm einen kalten Blick zu und sah desweiteren an ihm vorbei. – »Ich heiße Albingia und bin Säuglingsschwester.«

»Ach so«, entfuhr es Franz, »Sie wollen die Drillinge nähren?«

Das wies die Albingia entsetzt von sich. Genauer hingesehen: die hatte kaum einen Busen.

»Ja, was wollen Sie dann bei uns?«

Sie sah ihn streng an: »Ihre Frau hat mich engagiert.«

»Hoffentlich hat meine Frau genügend Geld, Sie zu bezahlen, Fräulein Albingia.«

Da erhob sich die Albingia und war weg.

Oben im Studio war Gaby anderer Meinung: »Chef, mit Drillingen wird keine Frau allein fertig.«

»Gaby, du hättest das freche Weib sehen sollen, da unten im Wohnzimmer.«

»Dann hätten Sie es mit Ihrer Frau auch nicht treiben müssen. Und dann hätte die auch keine Drillinge gekriegt, sondern überhaupt nichts.«

Er kratzte sich am Kopf. – »Gaby, aber manchmal muß man so etwas mit seiner Frau doch ein bißchen tun.«

Gaby pusselte am Kopiergerät herum. – »Es kommt eben darauf an, mit welcher. Chef, wenn Sie es wieder mal tun, dann möglichst mit einer, die kein Kind haben will.«

Und züchtig senkte Gaby ihre Lider.

18

»Werden noch Beweisanträge gestellt?« fragte der Richter.

»Danke, nein«, bellte Rechtsanwalt Dr. von Hasso. Er war der Anwalt von Irene. Und dann: »Das bisherige müßte dem Gericht genügen.« – Und setzte sich.

Der Richter blätterte in den Akten, um etwas nachdenken zu können. – »Herr Rechtsanwalt, von Ihrer Seite ist bisher sehr wenig vorgetragen worden.« – Das war zu Rechtsanwalt Biermann. Biermann vertrat Franz.

Biermann: »Im Namen meines Mandanten habe ich nichts vorzutragen.«

Ein Scheidungsprozeß vollzieht sich meist unter Ausschluß der Öffentlichkeit, weil es da auch um Intimes geht. Trotzdem sitzen da Leute, nämlich Anwälte, die eine Pause zwischen zwei Sitzungen haben, Referendare und was sonst von sich behauptet, nicht ›Öffentlichkeit‹ zu sein. Bei Franz handelte es sich beinahe um einen ›Künstler‹, und da werden Ehescheidungen delikat, das soll man nicht versäumen.

»Herr Rechtsanwalt«, beugte sich Franz zum Biermann hinüber, »Herr Rechtsanwalt, das Theater verstehe ich nicht. Erst wollte meine Frau ein Kind, damit ich mich von ihr nicht scheiden lassen kann. Und jetzt hat sie sogar Drillinge, und läßt sich trotzdem scheiden.«

»Bei Drillingen, Herr Pempelfort, ist der Unterhalt ja auch sehr viel höher.«

Aha. – Das kommt davon, wenn eine Frau über ein Jahr lang die sogenannten Pillen frißt und dann plötzlich damit aufhört. Dann werden das gleich Drillinge. Manchmal noch mehr.

»Beklagter«. Der Richter hatte die Akte zugeschlagen und fixierte Franz. »Beklagter, dem Gericht fällt auf, daß Sie gegen keine der vielen Anschuldigungen sich zu verteidigen versuchten. Haben Sie dafür eine Erklärung?«

Franz wußte nicht, was er nun antworten sollte. Dafür hat man ja seinen Anwalt. Und Herr Rechtsanwalt Biermann antwortete für ihn: »Meine Partei ist voll geständig.«

Nun flüsterte der Richter mit den Beisitzern. Die Beisitzer grinsten. Der Richter mußte sich ernst halten. Dann: »Beklagter, Sie haben eine Geständnisfreudigkeit gezeigt, die das Gericht daran zweifeln läßt, ob es sich hier wirklich um eine zerrüttete Ehe handelt, oder ob Sie diese Ehescheidung nur provoziert haben.«

Rechtsanwalt Biermann: »Selbstredend bereut meine Partei alle Eheverfehlungen. Das Scheidungsbegehren ging denn ja auch von der Klägerin aus.« – Und setzte sich wieder.

Rechtsanwalt Biermann hatte einen enormen Hintern. Wenn der saß, dann saß er. Und dann überließ er das Weitere dem Gericht.

Franz beugte sich wieder zum Biermann: »Herr Rechtsanwalt, aber es sind ja gar keine Drillinge mehr, eines ist ja schon verstorben.«

»Auch zwei Drillinge machen noch einen guten Unterhalt aus«, belehrte ihn Rechtsanwalt Biermann.

»Für so schofel hätte ich meine Irene nie gehalten«, flüsterte Franz.

»Die ist nicht schofel, Herr Pempelfort, die kann nur gut rechnen. Und gut rechnen ist das Recht einer jeden Ehefrau, verstehen Sie mich!«

Weil gar nichts Sexuelles angestanden hatte, verkrümelten sich einige der Zuhörer. – Durch die schmalen hohen Bogenfenster drang bleiernes Licht. Das Verfahren befand sich irgendwie auf einem Abstellgleis. Selbst die Beisitzer langweilten sich nun.

Der Richter: »Klägerin, das Gericht versteht Ihre Enttäuschung. Nun wollen wir nur mehr wissen, ob Sie den Beklagten, also Ihren Ehemann, jemals richtig geliebt haben.«

Ehe Dr. von Hasso aufspringen konnte, hatte es Irene gesagt: »Immer!«

Der kluge Richter nickte. – »Klägerin, Sie haben ›immer‹ gesagt. Wollen Sie damit bekunden, daß Sie Ihren Ehemann bis in dieses Scheidungsverfahren hinein geliebt haben?«

Und wieder kam Dr. von Hasso nicht vom Stuhl, sondern Irene schrie in den Saal hinein: »Ich liebe ihn heute noch!«

An der Tür des Sitzungssaales gab es Geräusche. Am bäuchigen Justiz-Wachtmeister vorbei schlängelte sich Ute Becker, stolperte bis zu Irene und flüsterte ihr etwas ins Ohr. Irene wurde blaß wie ein Bettlaken.

Die Beweisaufnahme war abgeschlossen.

Dr. von Hasso, in eleganter Robe und mit schillernder Brille, hatte sich zum Plädoyer erhoben: »Hohes Gericht! Wenn jemals vor dieser Kammer ein eheliches Verschulden anstand, das zur Zerrüttung einer Ehe führte, dann war es wohl in diesem Verfahren.«

Irene zupfte an Dr. von Hasso.

Aber Dr. von Hasso war nun in Fahrt. Er fuhr fort: »Hohes Gericht, was alles hat die Klägerin in dieser Ehe erdulden müssen? Die Gegenseite entblödete sich nicht, vom sogenannten ehelichen Verzeihen Gebrauch zu machen. Trotz aller seiner ehelichen Verfehlungen hat der Beklagte ja auch rücksichtslos meiner Partei Drillingschaft aufgebürdet. – Wenn, Hohes Gericht, auch alle früheren Verfehlungen von der Klägerin verziehen wurden, so bleibt *eine* Verfehlung unverziehen, eine Grausamkeit, die wohl keineswegs ihresgleichen findet. Während die Klägerin – hängend zwischen Leben und Tod! – dem Beklagten drei eigene Kinder gebar, begab sich während der Nöte der Klägerin im Kreißsaal der Beklagte in ein Wirtshaus. Er frönte dort dem Alkohol und dem Tanze. Eine Entschuldigung für dieses Verhalten brachte der Beklagte nicht vor.« – Herr Dr. von Hasso holte neue Luft. – »Hohes Gericht, nicht genug damit, nach diesem Tanzvergnügen, das bis in den frühen Morgen andauerte, begab sich der Beklagte in den Kraftwagen einer Zeugin, deren Lebenswandel hier nicht zur Sache gehört. Der Beklagte hatte nicht einmal den Anstand, sich mit dem Kraftwagen der Zeugin Lilo Drumberger in deren Wohnung zu begeben. Schamlos begab er sich mit der Zeugin und deren Kraftwagen auf sein eigenes Grundstück und fuhr damit in seine eigene Garage. Also eben in das Haus, das er mit seiner angetrauten Ehefrau, der Klägerin, zusammen bewohnte. – Die Zeugin bekundete, daß es zu keinen Zärtlichkeiten gekommen sei, aber, das frage ich hier das Hohe Gericht: Wozu denn hatte sich der Beklagte dann von der Zeugin in seine Garage fahren lassen und hinterher die Garagentüre geschlossen?«

Irene hupfte dauernd vom Po und zupfte an der Robe ihres Rechtsanwaltes Dr. von Hasso. Aber der stand da wie eine Eins. Er hatte das auch wundervoll vorgetragen. Da konnte die Irene zupfen, wie sie wollte.

Und im Hintergrund stand händeringend die Ute Becker.

»Ich möchte dazu auch noch etwas sagen«, flehte Irene. Aber sie war vertreten von Rechtsanwalt Dr. von Hasso.

»Hohes Gericht, diese Vernichtung einer Ehe ist so eklatant, daß weder der Beklagte noch sein Rechtsbeistand sich erdreisten konnten, irgendwelche Einwände zu erheben. – Darum beantrage ich, die Ehe wegen Zerrüttung zu scheiden, die Schuld beim Beklagten zu erkennen, die Prozeßkosten dem Beklagten aufzuerlegen und dem Beklagten, der einem Berufe nachgeht und keine unerheblichen Einkünfte hat, die Unterhaltspflicht für die Klägerin und ihre Kinder (wieder zupfte Irene, aber umsonst) aufzuerlegen.« Und dann pflanzte er sich auf den Schwanz seiner Robe.

»Prima!« entfuhr es Franz. – Dafür bekam er einen tiefschürfenden Blick des Richters.

Irene zupfte noch immer an Dr. von Hasso. Aber der war so zufrieden mit seinem Plädoyer, daß er einfach nicht an sich zupfen ließ.

Das Gericht zog sich zur Beratung zurück.

Irene weinte bitterlich, bis sich schließlich Dr. von Hasso zu ihr umdrehte. Dann fuchtelte er mit den Armen. Irgend etwas schien nicht mehr in Ordnung zu sein.

Franz ging über den knarrenden Gerichtsboden hinüber zu Ute Becker. Die Ute barg ihr Gesicht an seiner Flanell-Schulter und bekundete: »Jetzt ist noch ein Drilling tot.«

Nicht etwa, daß solche Nachricht den Franz gefreut hätte. Aber das ganze Verfahren erschien damit in einem anderen Licht. Denn – wenn die Irene nur noch einen einzigen Drilling behielt, dann würde daraus kein großer Unterhalt mehr. Und Franz versuchte, sich nicht an dieser Situation zu erfreuen. Tote Kinder sind Tote. Am liebsten wäre er zu Irene hinübergeeilt und hätte sie getröstet. Aber hier war ein Gerichtssaal, und das Gericht befand sich in Beratung.

»Herr Biermann, jetzt lebt nur noch ein Drilling.«

»Der kostet weniger«, beschied ihn eiskalt der Rechtsanwalt.

Das hatte Franz ja auch gedacht. Aber traurig war es trotzdem. Es war entsetzlich traurig! Es war beinahe makaber.

Das Gericht kam von der Beratung zurück.

Alle mußten aufstehen, der Richter setzte das Barett auf den Kopf und verkündete: »Dem Scheidungsbegehren der Klägerin wird nicht stattgegeben. Die Klägerin hat bekundet, daß sie den Beklagten, ihren Ehemann, immer noch liebt. Auch der Beklagte hat bekundet, daß er seiner Frau keine Vorwürfe macht. Von einer Zerrüttung der Ehe kann deshalb nicht die Rede sein.« – Danach fummelte er noch etwas in den Akten und gab bekannt: Genaue Begründung des Urteils ginge demnächst den Parteien zu.

Irene hatte dauernd an Dr. von Hasso gezupft, am Ende sogar sein Ohr erhascht.

Dr. von Hasso erhob sich in ganzer Länge und nahm im Namen der Klägerin das Urteil an.

Franz auch, denn er war Beklagter; was sonst anderes sollte er tun?

Denn der zweite Drilling war auch gestorben. Drillinge sind nicht so gesund. Sie haben nur ein Drittel Lebenskraft. Oder man müßte eine Türkin oder Spanierin sein oder so etwas, das nicht mit einem Werbefritzen verheiratet ist, sondern zwischen der Feldarbeit sich niederhockt und ein Kind in die Furche legt. Das war Irene aber nicht!

Jedenfalls war das Urteil rechtskräftig.

Sie gingen nicht zusammen die Stufen vom Justizpalast hinunter, sondern hintereinander. Da kam die Wilhelma im preußischen Sturm hinaufgefegt: »Gnädige Frau, gnädige Frau, das Theodorchen, das letzte, das ist nun auch nicht mehr!«

Irene stackerte die Stufen hinab, bis sie Franz eingeholt hatte. – »Franz, kannst du mich noch lieben?«

»Ich kann dich immer lieben, wenn du genügend verrückt auf mich bist.«

»Franz, es ist so schwer, mit dir verrückt zu sein. Du magst mich ja gar nicht.«

»Wenn du es auf mich bist, bin ich es auch auf dich.«

»Laß uns doch zusammen irgendwo Essen gehen. Vielleicht Austern.«

Nun standen auch die Anwälte beisammen, Herr Dr. von Hasso und Rechtsanwalt Biermann. Sie nickten sich zu, denn die Sache war ja nun vorbei. Nun ging es nur noch um Austern.

Herr Dr. von Hasso wußte, wo es gute Austern gab. Und Herr Rechtsanwalt Biermann war denen auch nicht abgeneigt.

Sie schlürften die Austern an einem kleinen Tisch, und Franz wußte, daß er nicht nur die Austern bezahlen mußte, sondern auch Dr. von Hasso. Denn Irene hatte ja kein Geld. – Aber er war so froh, keine Drillinge mehr zu haben.

Vielleicht war die Irene auch ganz froh, denn aus getuschten Wimpern blitzte sie ihn mit den Augen an. Zwischen zwei Austern küßte er ihre Hand.

Inzwischen beratschlagten Rechtsanwalt Biermann und Dr. von Hasso, wie hoch eigentlich der Streitwert sei, das heißt, ihr Honorar.

Und eine Frau ist um so phantastischer, je mehr man sich mit ihr gestritten hat.

»Tust du es heute abend wieder mit mir?« fragte flüsternd Irene.

»Nur, wenn du ganz schamlos bist!« flüsterte er zurück.

Die Rechtsanwälte hatten sich über den Streitwert geeinigt und verbrannten sich ihre Lippen am heißen Mocca.

»Wie muß ich denn sein, um schamlos zu wirken?« fragte Irene.

»Ich sag's dir«, sagte ihr Franz.

Da gurrte Irene.

Das Gurren versprach nicht lebenslängliches Glück, aber wenigstens einen Abend.

Und eine Ehe besteht darin, daß man sich von Abend zu Abend weiter hangelt.

Aber – muß das immer so teuer sein?

Franz freute sich auf die nächtliche Irene. Aber, damit bei ihm etwas abends los wäre, mußte er an die Lilo denken. Die war zwar nicht so schön wie Irene, aber mit der war etwas los.

Der Ober schrieb die Rechnung. Franz zahlte.

Für eine Ehescheidung, die gar nicht stattgefunden hatte.

Danach stiegen sie in den Opel, der ihm von vornherein so gestunken hatte. Und Irene sagte: »Nun schau mich doch nicht so verbiestert an. Ich habe dir doch nichts getan.«

Und als er im dritten Gang war, fand er die Antwort: »Der Richter war ein Arschloch.«

»Dann weiß ich ja, was ich in dieser Nacht von dir zu erwarten habe, Franz!«

»Nichts!« bellte Franz.

In diesem Augenblick hatte er eine rote Ampel überfahren.

19

»Was ist denn das für ein Kleid?« fragte Franz.

Irene zog ein Mäulchen. »Das war nicht billig!« – Und sie sah vorn an ihrem neuen Kleid herunter, wie das Frauen so machen, und stellte sich dabei ein bißchen auf die Zehenspitzen.

»Mußte das sein?« fragte Franz.

»Ich habe sonst nichts. Nur alte Sachen.«

In ›alten Sachen‹ fühlte Franz sich immer am wohlsten, er trug sie so lange, bis es nach Irenes Meinung einfach nicht mehr ging. – Aber bei einer Frau mag das anders sein.

»Das andere hab ich doch schon alles einmal angehabt.«

»Sind Löcher drin?«

»Ich weiß einfach nicht, Franz, was du plötzlich gegen ein neues Kleid hast.«

Es kostet wieder Geld, dachte Franz. Aber er sagte: »Deine früheren Sachen gefielen mir jedenfalls besser.«

Darauf schien Irene gewartet zu haben. – »Natürlich, das waren ja auch alles Modelle von der Bella Bellmann, und die waren trotzdem nicht so teuer.«

»Wir müssen jetzt fahren«, sagte Franz. Es überkam ihn nämlich ein Gefühl, daß Irene auf irgend etwas lossteuerte. Und dem war er nicht immer gewachsen.

Im Auto saßen sie anfangs etwas schweigend. Er hätte sich von Irene nicht beschwatzen lassen sollen, zu dieser blöden Eröffnung dieser blöden Ausstellung in der blöden Kunstgalerie zu fahren. Er hatte nichts gegen Bilder, auch wenn sie nur gemalt sind, aber in einer Ausstellung gab es einfach zu viel davon! Und bei der Eröffnung würde ein blasser Mensch an die sehr geehrten

Damen und sehr geehrten Herren einen verschnörkelten Vortrag halten, so wissenschaftlich und pathetisch zugleich, daß Franz bestimmt nichts verstehen würde. Und hinterher würde die Grüßerei kommen mit den anderen Leuten. – »Ach, meine Liebe, sind Sie auch da.« – »Nein, wie lange haben wir uns nicht mehr gesehen!« – »Sind das nicht himmlische Oeuvres?« – »Oh, wen seh ich denn da drüben, da muß ich mal schnell hin!« – »Meister, nein, welche Freude!!«

Und zu einer Ausstellung sagten die nicht Ausstellung, sondern Vernissage. Und die meisten wollten weniger die Bilder sehen, als vielmehr die anderen, und natürlich auch selber gesehen werden.

Als sie auf der Autobahn fuhren, warf Franz einen kurzen Blick auf seine Frau. Sie hatte noch immer das neue Kleid an. – »Irene, warum kaufst du nicht weiter die Sachen von der Bella Bellmann?«

»Du bist ja nie mitgekommen!«

Er verstand das nicht.

»Die Bella macht keine Kollektion mehr für die Haute Couture. Solange die das machte, fiel immer mal ein Modell für mich ab. Jetzt arbeitet sie nur noch für die Konfektion.«

»Dann kannst du die Sachen doch im Laden kaufen.«

Irene stemmte sich empört gegen die Sitzlehne: »Ein Modell, was vielleicht auch eine andere trägt, oder zehn andere, oder was weiß ich wieviele sonst?«

»Verzeih. – Aber was soll ich bei der Bella Bellmann?«

Irene sank zusammen und etwas nach links, bis sie Franz mit der Schulter berührte: »Franz, das ist immer so, Männer haben da mehr Einfluß. Und wenn du ein bißchen lieb zu ihr wärst, würde mir die Bella vielleicht etwas exklusiv entwerfen.«

»Erstens kann ich nicht lieb sein, und zweitens bekomm ich's nachher von dir aufs Butterbrot.«

»Du sollst es auch nicht gleich mit ihr treiben!«

»Tu ich dann aber immer!« sagte er aus Trotz.

Als sie ankamen, hatte Franz großes Glück: Die Pforten der

Vernissage waren noch fest verrammelt. – Irene hatte sich im Datum vertan.

Am folgenden Samstag konnte Irene dann in der Zeitung lesen, welch festliche Veranstaltung die Eröffnung war, einschließlich zweier Abgeordneter, einem Staatssekretär und dem berühmten Professor Conrady. Und Irene las noch weiter, bis in die Klatschspalte der Gesellschaft hinein, während Franz im Handelsteil blätterte, wo man liest, welche Firmen es nicht mehr gibt und wie es den anderen Firmen noch geht. Solange es denen gut geht, brauchen sie eigentlich keine Werbung, geben aber Aufträge, um Steuern zu sparen. Und wenn es Firmen schlechter geht, hätten sie die Werbung am dringendsten nötig, aber wollen plötzlich kein Geld mehr dafür ausgeben.

»Franz!« – Irene hatte die Zeitung auf ein Tischchen gelegt und sah ihn besorgt an. »Du siehst nicht gut aus.«

»So?«

»Vielleicht hast du zu viel gearbeitet.«

»Ja.«

»Du müßtest dringend ausspannen!«

»So?«

»Ich laß dich auch gern allein fahren.«

Franz wurde wach. – »Wo soll ich denn hin?«

»Seit zwei Jahren warst du nicht mehr zum Fischen. Und das hat dir doch immer so gut getan!«

»Vor zwei Jahren waren wir ja auch noch nicht verheiratet.«

»Ich weiß trotzdem, wie gut dir das immer bekommen ist.«

Manchmal werden Eheleute langsam klüger. Warum sollte das nicht auch bei Irene plötzlich stattgefunden haben? Offenbar sah sie ein, daß er zu viel schuftete. Sie machte sich Sorgen um seine Gesundheit. Und fand sogar Verständnis für das Fischen!

»Du bist lieb, Irene«, sagte er dankbar.

Irene warf ihre Beine schwungvoll übereinander. – »Wenn ich dir heute noch alles packe und du deine Angeln zusammenfindest und all das Zeug, dann kannst du morgen Mittag schon in Obermurgel sein.«

»Ich kann doch hier nicht alles liegen und stehen lassen!«

»Doch, Franz. Die Gaby wird schon für alles sorgen. Das Mädchen ist ja *so* gescheit.«

»Das wolltest du nie glauben.«

»Doch, Franz. Aber wenn du noch länger wartest, kriegen wir schlechtes Wetter.«

»Woher willst du das heute schon wissen?«

»Das ist doch immer so nach gutem Wetter!«

Am nächsten Nachmittag stand Franz wirklich an der Murgel. – Als gewitzter Fischer stürzt man sich mit der Gerte nicht gleich auf das Wasser, sondern macht sich damit erst einmal geruhsam vertraut. Man studiert die Strömung, schaut von Brükken ins Wasser, geht wieder am Ufer entlang und läßt die Augen über die Oberfläche schweifen. Außerdem mußte Franz sich noch einen Lagelträger zuweisen lassen, weil solche hier vorgeschrieben waren. Und den Fischmeister hatte er aufzusuchen und zu begrüßen.

Franz schlenderte flußaufwärts durch hohes Gras und arbeitete sich durch widerspenstiges Buschwerk. Letztlich will man auch sehen, wer sonst hier so fischt. Die meisten würden noch die alten sein, die er von früher her kannte.

Er sah nur selten eine Forelle steigen, und die tat es dann mehr aus Langeweile, als zum Jagen. Er sah auch einige Fischer, deren Flugwürfe alle etwas träge aussahen, wie das bei der Fliegenfischerei so ist, wenn sich einen Tag lang nichts rührt. Franz umging sie, denn Fliegenfischer mögen nicht gestört werden. Er war nur erstaunt, nach zwei Stunden schon fünf fischende Frauen gesichtet zu haben. Flugfischerinnen sind seltene Geschöpfe, wenn auch von einem unstillbaren Ehrgeiz!

Gegen fünf Uhr montierte Franz seine Gerte und übte sich auf einer einsamen Wiese im Werfen. Seine gute Form hatte er ziemlich verloren!

Ein Ehepaar in Wanderschuhen und fescher Lodentracht aus einem Berliner Kaufhaus stapfte vorbei, blieb stehen und sah ihm entgeistert zu. – »Willi, der hat 'ne Macke.«

Franz ließ sich nicht stören.

»Sie, was machen Se denn da?«

Franz hatte die Schnur schon etwa achtzehn Meter heraus und ließ sie sich zu einem Wurf über das Gras strecken.

»Hat eener jebissen?« höhnte der Wanderer aus der Großstadt.

»Willi, komm lieber weiter!« sagte besorgt die Frau.

Bei Sonnenuntergang kam Franz zum ›Hexenhäuschen‹, wo man sich an den Holztischen unter den Bäumen zusammenfand und auf den Abendsprung wartete.

Langsam kamen sie alle in ihren schlappernden Watstiefeln, den grünen Westen mit den unzähligen Täschlein. Jeder setzte sich grußlos, nur mit einem Kopfnicken dazu, dabei das leichte Ächzen, auf das jeder Fliegenfischer ein Recht hat, der stundenlang bis fast an die Hüften im Wasser gestanden oder gekraxelt ist. Und es waren fast alle noch die alten: *der* Professor, *der* Engländer, *der* Belgier, *der* Franzose, *der* Italiener (aus Mailand) und *der* Herr Eisenbahnrat (aus Linz). Und noch der andere aus Linz, der Herr Doktor, und *der* Baron (aus Dinkelsbühl?).

Eine dürre Kellnerin servierte tablettweise Gläschen mit Slibowitz.

Dann kam auch der Fischmeister, der in den Winternächten pfundweise beste Fliegen knüpfte, an die sie alle glaubten.

Als es dämmerte, hörte man hellere Stimmen.

»Habt Ihr das Wasser an einen Frauenverein vermietet?« brummte Franz.

Der Fischmeister mit den breit auseinanderstehenden Augen beugte sich über den Holztisch: »Ja, Herr Pempelfort, wissen's net, die Damen sind doch nur alle gekommen wegen der Bella Bellmann, die Modeschöpferin, die berühmte.«

Die Bella Bellmann hier?

Und der Herr Eisenbahnrat aus Linz komplettierte: »Haben's net in den Zeitungen gelesen, Herr Pempelfort?«

Franz drehte seinen Kopf. Ein Rudel ›schicker Fischerinnen‹ trabte über das hölzerne Brückchen heran. Die Vorderste war himmelhagerlang, mit etwas scharfen Gesichtszügen. Sie stak in den modernsten italienischen Watstiefeln, sie trug die teuerste französische Fischerweste und den verwegensten spanischen Fischerhut, und sie schien sich eine Menge darauf einzubilden, die Bella Bellmann zu sein.

Und nun war sie auch schon am Tisch: »Nun, Kinderchen, habt ihr auch alle schön etwas gefangen?« – Sie hatte eine rauhe Stimme. Wahrscheinlich säuft die, dachte Franz.

Die Männer am Tisch schwiegen verbissen. – Dieser Fluß war so heilig, daß man hier nicht einfach etwas fängt! Gut, man legt auf eine bestimmte Forelle an, hier fischt man nicht blind oder auf Verdacht. Beißt eine andere Forelle an, dann hakt man sie wieder aus. Und die anderen Forellen fängt man zwar, aber hakt sie auch aus. Seinen Fang zählt man nur im Inneren. Darum waren hier die Forellen so gewitzt: alle waren schon einige Male am Haken gewesen. Die konnten eine Kobler-Fliege von einer Ritz-Fliege unterscheiden, oder einer Hardy. Eigentlich gehörten sie schon alle in eine Kiefer-Klinik, weil durch das viele Loshaken und Zurücksetzen ihre Gebisse ramponiert waren.

Die Bellmann stand noch etwas am Tisch, umgeben von ihren Anbeterinnen, die mit ihren neuen, teuren Gerten gestikulierten und sich dadurch gegenseitig in die Haare piekten. – Bella Bellmann öffnete ihr Körbchen. Der Fischmeister warf einen Blick hinein. Und auch Franz sah: etwa ein Dutzend Forellen, nur eine große, die anderen alle unter Brittelmaß.

»Des san sechzig Decca«, stellte der Fischmeister mit bösen Augen fest, »und dazu noch untermaßig.«

Aber die anderen Damen meinten, das seien doch alles ganz süße, kleine Forellen, nicht wahr!

Keiner der Männer sagte etwas dazu. Sie schlürften grimmig ihren Slibowitz. – Da drehte sich die Bellmann um und ging zu einem anderen leeren Tisch. Und die Damen folgten ihr gakkernd und wollten alle nochmal in ihr Körbchen schauen.

»Wenn Ihr schon diese grausliche Bellmann hier fischen laßt«, fragte Franz, »was tun dann noch die anderen Hennen hier?«

Der Belgier drehte sein Gläschen zwischen den Fingern: »Alle hinter diese Bellmann. Alle, damit bekommen ein Couture exclusiv. Compris, Monsieur Pempelfort? Da nix zu viel, da auch fischen!«

»Dös is an Kreuz!« ergänzte der Fischmeister. Aber plötzlich hupfte er von der Bank hoch: »Aber wen seh' ich denn da? Unsere verehrte Pauline!«

Noch ein Weib! dachte Franz.

Was da aus dem Wald in uralten Stiefeln heranschlürfte, sah mehr aus wie ein Waldschrat in Räuberzivil als wie eine Dame. Doch die Männer rückten zusammen, und diese Pauline setzte sich ohne weiteres dazu, und alle schienen sehr froh darüber zu sein.

Die Augen, ja, die sind vielleicht hübsch, dachte Franz, als er diese Pauline heimlich von der Seite ansah.

Pauline, so war herauszuhören, kam Jahr für Jahr.

Wie die mit ihren schmalen Handgelenken wohl die Gerte führt? fragte sich Franz.

Ein schwacher, aber kalter Wind fiel plötzlich vom Gebirge herunter. Man zahlte die Slibowitze und beschloß, den Abendsprung heute auszulassen.

Auf dem Heimweg entdeckte Franz, daß er neben Pauline hertrabte. In einer Gesprächspause wußte er nicht einmal, worüber er mit Pauline so angeregt geredet hatte. Vielleicht über das Fischen? Jedenfalls verstand sie etwas davon, aber nahm das alles nicht so ernst. Sie lachte über alles, und dann mußte auch Franz lachen.

Pauline steckte an! Dabei war sie doch nicht einmal schön! Oder doch? – Sie hatte den ramponierten Strohhut vom Kopf genommen, und Franz sah ihr Gesicht im Mondlicht. Und da lachten sie wieder.

Von hinten nahte sich ein Fahrrad mit quietschender Kette und rappelnden Schutzblechen. Pauline bückte sich, und dann flog mattschimmernd eine Konservenbüchse durch die Luft und traf den Kopf des rumorenden Radfahrers. Erst sprang er ab, da sein Kopf solches nicht gewohnt war, aber dann erkannte er Pauline, und es war der Fischmeister, und nun verbeugte er sich: »Waren Gnädigste mit mir nicht zufrieden?«

»Du Scheißkerl«, lachte Pauline, »deine neuen grauen Fliegen sind Mist!«

Der schien sich das zu Herzen zu nehmen, stieg geknickt wieder auf sein Fahrrad und verrappelte in der Dunkelheit.

Franz war beinahe traurig darüber, daß er selbst nie mit einer Konservendose vom Straßenrand auf einen Fischmeister geschmissen hatte. Weil eben die Pauline so ansteckte!

Vor einem kleinen Hotel, in dem schon alle Lichter gelöscht waren, mußte er sich von ihr verabschieden. Sie machte die Augen zu, tat den Kopf nach hinten und hatte aufgeworfene Lippen. Franz traute sich kaum.

Am nächsten Morgen fand er im Fluß eine gute Stelle vor einer Biegung. Behutsam tastete er sich mit den Stiefeln ins Wasser. Irgendwie dachte er an die Pauline zurück, aber er versuchte, das schnell wieder auszuwischen. So schön war die ja auch wieder nicht!

Und heute rührte sich auch etwas im Wasser!

Aber Forellen springen am liebsten dort, wo man mit der Schnur nicht hingelangt. – Franz ließ die Gerte locker in der Hand schwingen, die Schnur über ihm belebte sich, zehn Meter, fünfzehn Meter. Weiß zog die Schnur über seinem Kopf ihre Achten, noch zwei Meter weiter heraus! Und als sich dann seine Schnur schön, grade und sanft über das Wasser legte, schoß im spitzen Winkel noch eine Schnur über das Wasser, eine gelbe. – Zwei Fliegen zugleich sind zu viel für eine kluge Forelle! Aber von wem kam die gelbe Schnur?

Franz rollte ein und watete durch das Wasser um die Biegung. Da stand Pauline. Und wenn Pauline lachte, mußte auch er wieder lachen!

Sie setzten sich auf eine Kiesbank und warteten auf die nächste Beißstunde.

Die Sonne kletterte indessen am Himmel hoch. An Paulines

Schläfen entdeckte Franz ein paar Schweißperlchen. Und wie lange Wimpern die hatte! – Behutsam knöpfte er ihr die Angelweste auf. Sie ließ es geschehen, obgleich sie sonst nichts anhatte, mit unglaublicher Selbstsicherheit!

Aber kaum daß die Forellen wieder zu jagen begannen, sprang sie auf die Beine, zog die Schnur von der Rolle und watete ins Wasser hinein.

Sie lachten und fischten. Und nach drei Tagen zogen sie in dasselbe Hotel. Keiner regte sich darüber auf, denn das gehört eben zum Fischen. – Allein das Zimmermädchen fragte eines Morgens naiv, warum sie ihre Betten mit Handtüchern an den Beinen zusammenknüpften? Aber dieses Mädchen war noch neu und überdies aus dem Norden.

Am sechsten Abend wurde Franz ans Telefon gerufen.

»Franz, geht's dir gut?«

»Ach, wie es einem so geht.«

»Hast du auch ein bißchen Vergnügen?«

»Na ja, zur Zeit beißen die schlecht.«

»Vielleicht gibst du dir nicht genügend Mühe. – Übrigens, wer ist denn alles so da?«

»Ach, die immer so da sind. Du kennst sie ja doch nicht.«

»Du, Franz, sind denn keine Frauen dabei?«

»Kaum.«

»Franz, was hast du eigentlich? Du bist so komisch am Telefon. – Ist denn nicht mal die Bella Bellmann da?«

»Ach ja, die. Ein grausliches Frauenzimmer!« – Und das kam ihm aus ehrlichem Herzen. – »Ich gehe ihr möglichst aus dem Weg.«

»Franz, der tust du vielleicht Unrecht. Die Bellmann ist eine sehr bezaubernde Person.« – Pause. – »Franz, wenn du schlecht über eine Frau redest, das kenne ich an dir, dann hast du was mit der.«

»Liebste, ich schwöre dir!!«

»Ich bin doch großzügig, Franz. Und du sollst ja nur entspannen. – Und grüß die Bellmann schön von mir!«

»Weiß ich längst, daß du ein Exklusiv-Modell von ihr haben willst!« bellte Franz grimmig ins Telefon und hing dann auf.

Sobald Männer verliebt sind, werden sie Quatschweiber; also erzählte Franz sein Telefongespräch der Pauline. – Für einen Augenblick wurde Pauline ernst: »Halte dich von dieser Bellmann weg. Den Grund darf ich dir noch nicht sagen.«

Er hatte überhaupt keine Lust auf die Bellmann!

Er war ganz verrückt auf die zerzauste Pauline.

Allerdings war Pauline auf die Dauer anstrengend. Sie kam auf ausgefallene Ideen. Manchmal steckte sie im Hotelzimmer die Gardinen an und fand das überaus lustig. Es kostete Geld, und die Leute regten sich gleich schrecklich auf. Plärrten durchs Hotel nach der Feuerwehr. Aber Pauline zahlte gern für angekohlte Gardinen, weil es ihr ja Spaß gemacht hatte.

Eines Tages hatte sie eine neue Gerte, wahrhaftig eine echte Brummreuther, ›superlegere‹, wie sie bisher nur der Professor aus Linz hatte.

»Ich platze vor Neid«, bekannte Franz, »auf so eine Brummreuther muß man sonst drei Jahre warten, ehe sie geliefert wird.«

Pauline umschlang Franz an den Hüften und schüttelte lachend den Kopf: »So lange kann ich nicht warten. Die Gerte hab' ich dem Professor geklaut.«

Franz schluckte verlegen. – »Und der Professor hat das noch nicht gemerkt?«

Pauline ließ ihn ein wenig los und fuhr ihm dann mit einer Hand durch die Haare. – »Die Leute merken doch immer, wenn ich klaue. Aber das kriegen die doch hinterher von mir bezahlt. Ich klaue eben immer!«

So lag denn auch zuweilen neben dem Frühstück eine Rechnung. Zum Beispiel von einem ländlichen Coop-Laden: ›Sie bezogen bei uns gestern . . .‹, dann kam eine Aufstellung. Und genauer hätte es eigentlich heißen müssen: ›Sie klauten gestern bei uns . . .‹

An dieser Pauline war alles so großartig, daß Franz auch noch bedauerte, selbst nicht klauen zu können.

»Pauline, und wenn die Leute es nicht merken, daß du geklaut hast, was dann?«

Sie zog ihm die Pfeife aus den Zähnen und sog selber gierig daran. – »Wenn die es nicht merken, kriegen die auch kein Geld von mir.«

Und manchmal sagte sie unvermittelt: »Ich liebe dich.«

Und dann wurde Franz immer blaß.

Am vierzehnten Tag erwischte Franz die Äsche, auf die er es schon so lange abgesehen hatte. Der Drill regte ihn so auf, daß er Magenkrämpfe bekam. Mit dem Fischmeister war vereinbart, daß er die Äsche ›herausnehmen‹ dürfe. Und er nahm sie heraus und tötete sie, – fast mit Bedauern, weil sie so schön war. Danach schnitzte er sich eine kleine Astgabel zurecht, führte einen Zweig durch die Kiemen, watete an Land und strebte zu Pauline. Die würde Augen machen!

Franz wußte, daß sie flußaufwärts fischte.

Er stolperte durch das Gehölz und blieb dann wie angewurzelt stehen: Auf einer Lichtung stand Pauline, und vor ihr saß auf dem Boden die lange Bella Bellmann. Die beiden taten ganz vertraut miteinander, und die Pauline lachte so, wie Franz dachte, daß sie nur bei ihm lachen würde.

Und dann küßte die Bellmann Paulines Hand!

Und danach tätschelte Pauline noch etwas den Kopf der Bellmann.

Franz hatte nie etwas gegen lesbische Frauen gehabt. Sie sind besonders sensibel. Aber hier war das etwas anderes, verdammt!

Er schlich sich davon und marschierte fünf Kilometer zurück nach Obermurgel.

Er packte sein Fischzeug zusammen und warf seine Anzüge und Hemden in den Koffer. Er ließ nicht einmal einen Brief an die Pauline zurück.

Am Abend war er zu Hause.

Zu Hause geht immer alles ›intakt‹. Und dennoch deprimierend! – Natürlich wollte Irene alles wissen. Wie viele Fische er gefangen habe, und wie groß die waren. Ach ja, und was denn die Bellmann so gesagt hätte. Und ob sie sich nicht einmal ein bißchen zusammengesetzt hätten? Und warum er vorzeitig nach Hause zurückgekehrt sei, wo doch das Wetter noch so schön war.

Drei Tage lang erfand Franz Fischergeschichten. Am Ende glaubte er selber daran, daß er nichts anderes getrieben habe, als vom frühen Morgen bis in die Nacht gefischt, und nach dem Abendessen ins Bett gesunken und immer sofort eingeschlafen.

Irene war unglaublich geduldig. Und doch fragte sie immer wieder: »Und die Bellmann?«

Die Gaby sagte, er habe sich herrlich erholt.

Schließlich betrachtete er sich im Spiegel des Badezimmers. Er war wirklich erholt, aber er fand sich etwas melancholisch.

Acht Tage später platzte Irene in sein Studio: »Franz weißt du, wer da eben am Telefon war?«

»Scheißegal!«

»Freu dich doch! Die Bellmann hat angerufen! Sie entwirft mir jetzt zwei Kleider, ganz exklusiv, nur für mich, vielleicht sogar drei!«

»Der Chef und ich arbeiten gerade«, sagte spitzig die Gaby.

Trotzdem kam Irene nach einer Viertelstunde wieder herein: »Franz, ich glaub dir kein Wort mehr. Mit der Bellmann mußt du es ganz schön getrieben haben.«

Er hob die Hand: »Irene, ich schwöre!«

»Ich bin ja nicht so«, jauchzte Irene. – Gaby schloß hinter ihr die Tür.

In den folgenden Wochen fuhr Irene drei- oder viermal in die Stadt.

Und dann sollte Franz plötzlich mit in die Stadt kommen. – »Weil du doch einen guten Blick für alles hast, wenn es vielleicht nicht stimmt. Franz, es sind Zauber-Kreationen! Du darfst mich jetzt nicht allein lassen. Und die Bellmann hat mich so, so, so gebeten, daß du endlich mitkommst. Sie möchte dich endlich näher kennenlernen.«

Irene war so verrückt auf diese Exklusiv-Fähnchen, daß sie

Franz endlich wieder besonders schön erschien. – Sie wirbelte durchs Haus, und wenn sie Franz auf der Treppe traf, stellte sie die Hüften aus, ihr Busen wurde belebter. Sie wibberte zu einer vollendeten fleischlichen Füllung mit Appeal für Bella Bellmanns Exklusiv-Kreation.

Franz war es rätselhaft, was diese knochige Bellmann an ihm gefunden haben sollte. Er war ihr ja immer aus dem Weg gegangen. – Aber dann fuhr er doch mit Irene in die Stadt.

Sie fanden einen Parkplatz. Im obersten Stockwerk des Hauses entstiegen sie dem Lift und klingelten an der Tür zum angebeteten Atelier.

Kleine kurze Schritte von innen kamen über den Flur.

Dann wurde die Tür geöffnet.

Da stand sie, in frechen kleinen Stiefelchen und ganz in einem Bella-Bellmann-Modell, mit den langen Wimpern, die aufgeworfenen Lippen raffiniert gestrichen, die schmalen Hände gaben einen leichten Wink zum Eintreten. Die Pauline!

Irene stellte vor: »Bella, das ist mein Mann.«

Bella?

»Oh, freut mich, Sie kennenzulernen,« sagte Pauline, – nee, war ja nun wohl die Bella!

Mariechen, ein Nähmädchen im Atelier, stülpte das erste Kleid über Irenes Kopf. Dann kniete sie auf dem Boden und zupfte nach Bellas Anweisung etwas daran.

Irene drehte sich vor den Spiegeln.

Pauline, nee, Bella, lachte leise und heiser dazu und strich heimlich mit den Fingerspitzen über Franzens rechtes Knie.

Irene ruckte herum: »Ihr beiden vergeßt wohl, daß hier überall Spiegel stehen! Macht mir doch nichts weiter vor!«

Bella blieb gelassen, nur sah sie nicht mehr freundlich aus. Das tun Frauen nie, wenn sie sich gegenseitig angiften.

Mariechen zog Irene das Kleid wieder über den Kopf, und danach stülpte sie ihr die nächste Kreation über den Körper.

Auch alles Weitere ging sehr schweigsam.

Danach zog Irene wieder ihr Straßenkostüm an.

Bella Bellmanns neue Kreationen für Irene wurden vom Mariechen eingepackt. Hochhackig verließ Irene das Atelier. Mariechen trug ihr die Pakete nach.

Bedeppert war Franz sitzengeblieben.

»Ich liebe dich«, sagte Bella, so wie früher als Pauline.

Er fragte erst einmal: »Wieso bist *Du* Bella Bellmann?«

»Das war ich immer.«

»Und warum warst du in Obermurgel eine Pauline?«

»Damit mich beim Fischen die Weiber in Ruhe lassen.«

»Schön. Aber wer war dann diese vorgetäuschte Bella, diese knochige, lange?«

»Das war mein Sekretär. Wie dafür geschneidert. Der Junge ist ja so süß schwul. Und er hat's auch gern getan. Von dem Belgier hat er sich sogar umlegen lassen.« – Und da lachte Bella wieder laut und schüttelte ihre lockige Mähne – die in Obermurgel ja gar nicht lockig gewesen war –, »das wurde dann für beide eine Überraschung!«

»Pauline, – nee, Bella, machst du so einen Zirkus immer, wenn du fischen gehst?«

Sie setzte sich im Schneidersitz vor Franz auf den Atelier-Boden: »Muß ich ja, weil es immer in den Zeitungen steht.«

Franz wanderte in Gedanken in sein Wohnzimmer zurück, wo Irene vor vier Wochen in der Zeitung geblättert hatte, bis in die Klatschspalte des ›Gesellschaftlichen‹, und dann plötzlich so um seine Gesundheit besorgt gewesen war.

Pauline ließ sich nach hinten auf den Boden fallen und kreuzte die Arme unter dem Genick. – »Franz, nimmst du's deiner Zicke so übel?«

Er schüttelte den Kopf.

Bella war vom Boden aufgesprungen und drehte sich vor einem der Spiegel. – »Soll ich das für heute Abend anlassen?«

»Klar, Bella, du bist so schön. – Das heißt, wo gehst du denn hin?«

Sie stellte sich spreizbeinig vor ihn, so spaßig wie die Mädchen vor den Modefotografen. – »Ich? Ich habe Durst.«

Ach so. – »Du bist wundervoll!«

»Ich liebe dich.«

Franz stand vom Stühlchen auf, ging auf sie zu und küßte sie. Wenn er sie küßte, schien ihm immer der Boden unter den Füßen zu wackeln. – Aber dann wurde er kleinlaut: »Unten im Wagen wartet noch immer Irene.«

»Wir gehen durch den Hinterausgang. Die Zicke kann ja den Bus nehmen. Dafür hat sie die exklusiven Fetzen bekommen.«

Das sah Franz denn auch ein.

Bis er um Mitternacht vor seinem Hause aus dem Wagen stieg. In Irenes Zimmer war noch Licht.

Obgleich er die Haustür sehr leise öffnete, kam ihm die Treppe herab Irene entgegen. – »Franz, möchtest du noch etwas essen?« fragte sie ihn, als wenn gar nichts gewesen wäre.

»Scheinheiliges Aas!« knurrte er sie an.

Und das war wieder falsch gewesen!

20

Das Telefon klingelte.

Franz fand diese Bimmelei immer störend, aber zugleich machte sie ihn neugierig. Und daß er dabei neugierig wurde, das störte ihn noch mehr!

Das Telefon klingelte.

Man muß nicht ans Telefon gehen. Aber alle Menschen meinen, etwas zu versäumen, wenn sie den Hörer nicht abnehmen.

Das Telefon klingelte.

Und Franz hatte doch grade über etwas nachgedacht! Zwar hätte er nicht präzise sagen können, über was er eigentlich nachgedacht hatte. Aber für einen Menschen, der mit Denken sein Geld verdient, ist jegliches Denken von Nutzen und Belang.

Das Telefon klingelte.

Er turnte aus dem Sessel und rief in Gabys kleines Büro: »Nur, wenn's was Wichtiges ist!«

Eine Minute später kam Gaby aus ihrem Büro: »Ein Lukas will Sie sprechen, Chef.«

Franz kannte keinen Lukas.

»Er wäre ein Klassenkamerad von Ihnen, hat er behauptet.«

»Ach so, der, der Lukas!« – In der Schule war Lukas der Beste gewesen, – aber nur, was das Abschreiben betraf. Dafür ließ er auch wieder weiter von sich abschreiben und war damit quasi Kommunikationsmittel zwischen dem jeweils Klassenbesten und den übrigen Mittelmäßigen.

Umsonst tat er das nicht, denn er sammelte Briefmarken. Anstelle der Briefmarken nahm er auch gerne Aktbildchen an. Wenn er nur Briefmarken bekam, tauschte er die auch gegen

Aktbildchen ein. – Ansonsten hatte er nur eine Schwäche gehabt: wenn der Klassenbeste fehlte, gab es auch beim Lukas nichts zu holen. Und Franz entsann sich, daß Lukas Steuerberater werden wollte.

»Stell mal durch, Gaby!«

In seiner Stimme war der Lukas nun etwas gesetzter geworden, fetter, aber noch immer hallte grenzenloser Optimismus aus jedem Wort. – »Franz? – Mensch! Was machst du noch so? Wie geht es dir?«

Franz versuchte, schnell darüber nachzudenken, wie es ihm grade ging. – »Och, wie es einem so geht, nicht wahr. Ach ja, inzwischen bin ich auch verheiratet.«

»Du auch, Franz? Großartig.«

»Wie man's nimmt.« – Der Lukas fiel ihm schon wieder auf die Nerven.

»Dann bist du grade der Richtige für mich. Du kannst mir vielleicht helfen.«

Franz erschrak. – »Also, wie's mir so geht, ja Lukas, – finanziell natürlich nicht auf Rosen gebettet.«

»Da kann *ich* dir vielleicht helfen«, posaunte Lukas. – »Können wir uns mal treffen?«

»Schwerlich. Ich habe zur Zeit viel am Hals.«

Als Franz eingehängt hatte, war er doch mit diesem Lukas verabredet. Das war eben das, was so ein Lukas immer konnte. Der war ungeniert und ließ nie locker.

Nein, sie trafen sich nicht bei Franz, auch nicht zu Hause bei Lukas, sondern in einer Kaschemme am Rande der Landeshauptstadt. Dort verkehrten Männer mit dicken Mänteln aus billigen Geschäften und mit knittrigen Seidenschals. Die meisten unterhielten sich im Flüsterton. – Hintendurch in einer Nische hockte bereits der Lukas, unverkennbar an seinem kurzen Hals und der Stubsnase. Er besaß auch noch immer die Kinderaugen, mit denen er selbst durchs Abitur gerutscht war. Trotzdem wäre Franz lieber nicht gekommen, aber der Lukas bestellte gleich zwei Wacholder.

Anfangs schwiegen sie ein bißchen, weil jeder nach einem bißchen Gespräch suchte.

Inzwischen schlürfte der Lukas den klaren Schnaps genüßlich, wobei er den Kopf nach hinten legte und die Augen schloß. Danach knallte er das massive Gläschen wieder auf die Tischplatte, bestellte einen neuen Wacholder und kam endlich zur Sache: Lukas war nämlich auch verheiratet! – Seine kindlichen Augen überzogen sich mit leidenden Lidern. Eine süße Puppe. Indessen – hätte er doch vorher gewußt, was hinter dieser Puppe steckte!

»Was denn?« wollte Franz wissen.

Lukas seufzte so innig, daß Franz unwillkürlich mitseufzen mußte.

Also, von Kochen – mein Gott! – dabei hatte sie doch immer so getan!

»Vielleicht lernt sie es noch«, tröstete Franz den Lukas.

Die? Viel zu dumm, um noch etwas zu lernen.

»Hast du das nicht vorher gemerkt?«

Vorher? Da haben wir doch kaum miteinander gequatscht. Waren ja so verschossen, daß man da eben nicht quatscht. Und Oh und Ah, das hat die prima gekonnt. Aber merkt man daran, wie dumm eine ist?

»Und jetzt hast du endlich versucht, mit ihr einmal zu reden?«

Muß ja auch mal sein. Wie sagt man doch? Mach mal Pause! Und faul bis in die Knochen! Liegt bis mittags im Bett.

»Hast du das denn nicht schon vorher bemerkt, Lukas?«

Natürlich, das hatte er. Aber da war's noch was anderes gewesen. Da hatte er nämlich mitgelegen.

Franz zuckte ratlos die Schultern. – »Lieber Lukas, das sind eben die Risiken bei einer Heirat, wenn man die Liebste sich nicht lange genug vorher ansieht.«

Konnte Lukas wissen, daß diese Hure später mit anderen Kerlen durch alle Betten zieht?

»Wenn die so was tut, dann laß dich doch scheiden!«

Lukas hieb mit der Faust auf die Tischplatte. – Beweisen muß man das, beweisen! Aber diesem Luder war ja nie etwas nachzuweisen. So gerissen wie die ist! Schon bei der Heirat hatte die ihn schon gleich hereingelegt: vier uneheliche Kinder. Jawoll, mein Lieber, *vier*!

»Und von den vier Kindern hat sie dir vorher nichts gesagt?«

Ja eben! Also, von dreien habe sie ihm schon etwas gesagt, aber das vierte, das habe sie ihm verheimlicht.

Der Lukas tat ihm leid. Und darum dachte Franz nach. – »Dann war es vielleicht eine Eheschließung unter falschen Voraussetzungen?«

Lukas schüttelte betrübt sein Haupt: bei nur einem von vier Stücken wäre das nicht mehr relevant, oder was der Anwalt da gesagt hatte, das wären sozusagen nur noch fünfundzwanzig Prozent von falscher Voraussetzung. Das zöge vor Gericht nicht genügend.

»Lukas, wenn du so unglücklich bist, was willst du jetzt machen?«

Der Lukas sah dem Franz tief in die Augen: »Franz, da hilft nur eins, die muß mich jetzt betrügen. Dann habe ich vor Gericht einen Grund.«

»Aber das tut sie doch dauernd?«

Wieder schüttelte Lukas sein Haupt. – »Dauernd! Aber die muß mich endlich mit einem betrügen, den ich dann als Zeugen vor Gericht habe.«

»Versuch's mal mit einer Annonce.«

Doch Lukas war nicht zum Scherzen aufgelegt. Er senkte seine Stirn, hob dann die Lider und sah Franz in tiefster Enttäuschung an. – »Ich dachte, du könntest mir da etwas unter die Arme greifen.«

Das verstand Franz nicht. – »Welche Wirkung sollte das auf deine Frau ausüben?«

Schurrend rückte Lukas seinen Stuhl näher. – »Franz, hör doch mit deinen Witzchen auf. Es muß ja nur *einmal* sein, und die Verhandlung findet ja unter Ausschluß der Öffentlichkeit statt. Davon erfährt keiner was. Und bestimmt nicht deine Frau, dafür sorgen die bei Gericht, hat mir mein Anwalt gesagt.«

Wenn sie in der Schule nicht solange zusammengesessen hätten, wäre Franz jetzt brüsk aufgestanden. Nur aus Höflichkeit blieb er noch etwas sitzen.

Und da drang der Lukas weiter auf ihn ein: »Und jetzt ist grade die Gelegenheit, Franz. Kennst du das Waldhotel Höhenruh. Na, siehst du. Die spielt da mal wieder krank und wird eine Mords-Langeweile haben. Da muß es für dich doch eine Kleinigkeit sein, meine Alte mal umzulegen. Franz! Früher warst du aber ganz anders! Soll ja auch nicht umsonst sein. Nee, ich weiß, Geld willst du ja nicht. Wenn du's wolltest, hättest du ja auch keine Geldsorgen. Aber ich mach's gern anderweitig gut. Dann, wenn *dir* mal deine Alte stinkt. Auf Ehre!«

Wo hatte Franz schon einmal so etwas gehört? Nein, nicht gehört, er hatte das schon einmal gelesen, vielleicht in einem Roman. In einem Roman frißt man das, aber Franz hätte es nie für möglich gehalten, daß so etwas auch in der Natur vorkommt. Ihm geradezu angetragen wurde. Pfui Teufel!

Zehn Tage später herrschte zu Hause heitere Stimmung. Denn Irene trällerte, selbst dann noch, als sie nach dem Abendessen die Teller und Tassen in die neue Spülmaschine manipulierte.

Franz kramte in seinen Schallplatten, damit es ein gelungener Abend würde. Auch mit sich war er sehr zufrieden: obgleich er fast drei Arbeitstage verloren hatte, war er mit seinem neuen Auftrag gut vorangekommen.

Der Tonarm ließ sich über einer Platte nieder mit Konzerten für Trompete und Orgel aus dem Barock.

Da kam aber Irene herein und sagte noch ganz freundlich zu ihm: »Franz, hast du eine Minute Zeit für mich?«

Er schaltete den Plattenspieler ab, worauf es wieder so still wurde, und dann folgte er Irene. Es ging wieder in ihr Schlafzimmer hinein.

»Setz dich mal hin, Franz!« – Und noch immer war sie so lustig.

»Darf ich rauchen?« fragte er und fischte in seiner rechten Jackentasche nach der Pfeife.

»In der Nacht vom letzten Mittwoch zum Donnerstag hast du mich ja auch nicht gefragt, ob du rauchen darfst.«

»Habe ich da geraucht?« stellte er sich dumm. – Dabei durchzuckte ihn der Schreck.

»Ob du dabei *auch* geraucht hast, das weiß ich nicht, Franz.«

Sie wußte alles von der Nacht des letzten Mittwoch auf den Donnerstag. Mit Namen, Zimmernummer und Uhrzeiten. Es hatte keinen Zweck mehr, alles wegzuleugnen. Das wäre für ihn beinahe würdelos, wenn er es täte. Und so steckte Franz sich seine Pfeife zwischen die Zähne und entgegnete gelassen: »Stimmt. Ich habe da auch geraucht. Aber – nur geraucht, damit du mich richtig verstehst.«

»Alterserscheinungen?« fragte Irene spitz.

»Dann wäre ich nicht zu der auf's Zimmer gegangen.«

»Was hat denn da nicht geklappt?«

»Alles hat großartig geklappt. Nämlich, ein armes verheiratetes Mädchen darüber aufzuklären, auf welche dreckige Art ihr Mann sie loswerden will!«

»Oh, ich verstehe«, hauchte Irene, »und dafür brauchtest du drei Stunden?«

»Waren das drei Stunden?«

»Ja.«

»Und du bist eine halbe Stunde nach Verlassen des Zimmmers wieder in das Zimmer zurückgekehrt.«

Irene wußte noch viel mehr, als Franz dachte.

»Also, Irene, dann muß ich dir doch die ganze Geschichte erzählen.«

Sie war aufgestanden, hatte sich eine Zigarette angezündet und schritt maliziös vor ihm auf und ab, wieder hochhackig, wobei sie den Zigarettenrauch durch die Nüstern ausblies. Einmal trat sie ihm sogar mit dem Absatz auf die Zehen. Er ließ es geschehen.

»Irene, du weißt ja nun alles. Und du hast ganz recht, in Wirklichkeit ging das viel schneller. Vielleicht so zwanzig Minuten. Und dann hat sie furchtbar geweint.«

»Oh«, unterbrach Irene, »oh, wie rührend!«

»Also, sagen wir geflennt, wenn's dir lieber ist. Und dann kann man nicht einfach weggehen.«

»Du Guter! Und um wieviel Uhr hörte sie mit dem Flennen auf?«

»So genau habe ich das mit der Uhr nicht gestoppt. Ich schätze, etwa fünfunddreißig Minuten oder sechsunddreißig. Ich weiß es heut nicht mehr, Herrgott!«

»Und was dann?«

»Ja, dann bin ich aufgestanden.«

»So?«

»Jawohl, und natürlich auch gegangen, wenn du alles hören willst.«

Irene schnappte einen Zettel vom Nachttisch. – »Morgens gegen zwei Uhr zweiunddreißig genau.«

»Was ist das für ein Zettel?«

Irene stopfte den Zettel in ihre Bluse und glitzerte ihn an: »Berühr mich nicht, du!«

Und sie legte eine Hand auf ihre Bluse, als wenn er ihr den Busen wegreißen wollte.

Franz klopfte seine Pfeife an der Heizung aus, weil er gut wußte, wie wütend dann Irene wurde; sie kam da so schlecht an die Asche. Aber heute nacht sagte sie nichts, sie wippte nur auf ihren Zehenspitzen und erwartete Weiteres von Franz.

Irene, vielleicht glaubst du das wieder nicht, wie ich dann raus wollte aus dem Zimmer, stürzten sich drei große schwarze Hunde auf mich. Da habe ich natürlich die Tür schnell wieder zugeknallt.«

»Drei?« fragte sie.

»Ungefähr, ist ja egal. Ich kann dir ja erzählen, was ich will, du glaubst ja nichts.«

Und dann erhob er sich, aber Irene stellte sich ihm in den Weg: »Nein, ich glaube dir nichts. Es waren nämlich nicht drei große Hunde, sondern nur zwei Hunde. Und es waren auch keine zwei großen Hunde, sondern nur zwei kleine Hunde.«

»Wenn du schon alles weißt, dann frag mir keine Löcher in den Bauch!«

»Weil ich auch weiß, Franz, daß die beiden Hündchen dann vom Wirt weggeholt und eingesperrt wurden.«

»Erstens konnte ich das nicht riechen, liebe Irene, und zweitens bin ich ja dann auch wieder gegangen, als die Luft von den Hunden rein war.«

»Wirklich?«

»Da kannst du die Betreffende fragen. – Allerdings, weit bin ich nicht gekommen.«

Irene stand noch immer vor ihm und blies ihm den Zigarettenrauch unter die Nase.

»Irene, wie ich nämlich durch den Flur ging – die hatten nur noch ganz schwaches Licht gehabt, weil es inzwischen so spät war –, und wie ich da um eine Ecke bog, stand da, in eine Nische gedrückt, ein Kerl. Ich bin bestimmt nicht ängstlich. Aber eines sah ich dem an, der führte Böses im Schilde!«

Irene lächelte nicht mehr so katzig, sondern schien nachzudenken. – »Davon weiß ich nun nichts.«

»Du weißt eben überhaupt nicht alles!«

»Wie sah dieser Kerl denn aus?«

Franz wich nur ein wenig von der Wahrheit ab: »Jedenfalls so ein Bulle von Kerl, brutales Kinn und so weiter, du kannst dir so einen schon vorstellen.«

»Hat er dir etwas getan?« – Irene schien plötzlich besorgt zu sein.

»Ich bin doch nicht blöd, Irene. Ich habe mich so gestellt, als hätte ich mich verlaufen, so ganz harmlos, damit der Kerl nicht denkt, ich hätte Angst vor ihm. Und dann bin ich wieder zurück.«

»Wohin zurück?«

Franz brannte die Sicherung durch: »Wohin denn schon?«

»Und wie lange warst du dann wieder bei ihr?«

»Ich hatte keinen Grund, so genau auf die Uhr zu sehen. Eben, bis daß ich dachte, jetzt wird der Kerl nicht mehr da stehen. Weil er vielleicht schon ein anderes Opfer gefunden hat. Oder es ihm inzwischen zu langweilig geworden ist. Auch so ein Kerl kann doch nicht immer dastehen.«

»Und danach bist du wirklich gegangen?«

»Auf mein Wort!«

»Um zwei Uhr zweiunddreißig?«

»Nee, früher. Nur – –«, Franz wurde etwas verlegen, »nur hatten die unten abgeschlossen.«

»Da hast du nicht geklingelt?«

»Der Klingelknopf ist draußen.«

»Und dann willst du so lange im Vestibül gesessen haben?«

»Ein bißchen schon. Am Ende wurde es mir zu ungemütlich. Mir tat sogar das Kreuz weh.«

»Warum hast du dir kein Zimmer genommen? Es waren noch welche frei.«

Franz sah sie erstaunt an. – »Irene, wie sollte ich wissen, daß noch Zimmer frei waren? Und wie sollte ich wissen, *welche* frei waren? Ich konnte doch nicht durch das ganze Hotel wandern, überall anklopfen, die Klinke probieren und in die Betten gukken.«

Irene setzte sich ihm gegenüber auf ihre Bettkante und tupfte ihre sechste Zigarette aus. – »Ich an deiner Stelle hätte einfach am Schlüsselbrett nachgeschaut.«

Darauf war er nicht gekommen!

»Und dann, Franz, wo bist du dann hin?«

Er sank in sich zusammen. Und raffte sich doch noch einmal wieder auf: »Mir ist es schnurzpiepegal, wenn du das auch wieder nicht glaubst, ich habe mich bei der in einen Sessel gesetzt, mit ihr unterhalten und wirklich nur geraucht, jawoll.«

»In einem Sessel? Dir tat doch der Rücken so weh.«

»Und wie! Übrigens hätte mich die auch gar nicht ins Bett gelassen. Jedenfalls war es bei ihr im Sessel gemütlicher als irgendwo in der Halle.«

»Und worüber habt ihr euch unterhalten?«

»Über die Ehe und so etwas.«

Als er wieder in seinem Studio war, kippte er zwei Kognaks direkt hintereinander. Jetzt hörte er sie noch in ihrem Zimmer lachen. Er knallte das Glas auf den Boden und drang in ihr Zimmer ein: »Was hast du da noch zu lachen?«

Sie schüttelte sich, weil sie so lachen mußte. – »Weil du unentwegt geschwindelt hast. Der Kerl in der Nische war kein Bullenkerl, sondern ein windiges Männchen.«

»Wie kannst du das behaupten?« schrie Franz.

»Weil ich weiß, daß es der Herr Küttgen von der Detektei war. Dein komischer Schulfreund hat mir nämlich einen Wink gegeben. Und als Ehefrau habe ich ja ein Recht darauf, zu wissen, wie du es treibst.«

Obgleich es schon Mitternacht war, rief er den üblen Lukas an.

Lukas Stimme posaunte naiv strahlend durch den Draht: »Mensch, Franz, allein hättest du mir vor Gericht als Zeuge vielleicht gekniffen. Meine Mieze macht ja jeden weich. Darum habe ich zur Verstärkung noch einen Zeugen geschickt.«

Franz schluckte und faßte sich dann wieder: »Über deine Moral, Lukas, will ich jetzt nicht reden. Aber warum hast *du* nicht einen Kerl geschickt, warum hast du das meine Irene machen lassen, die dadurch nun alles weiß?«

»Die Musikanten bezahlt, wer sie bestellt, Franz. Mich kam es billiger, wenn so ein Kerl von deiner Frau engagiert wird.«

Gut, daß Franz den Hörer nicht auf die Gabel knallte, sondern dem Lukas mal die reine Wahrheit einschenkte: »Lukas, alles Gute zu deiner Ehescheidung! Die wird aber jetzt nicht von dir eingereicht, sondern von deiner süßen, kleinen, lieben Mieze. Der habe ich nämlich deine ganze Gemeinheit erzählt. Und damit kommt die gegen dich durch. Und da werde *ich* der Zeuge sein, – aber nicht für dich!« Und dann legte er auf.

Lautlos in der Tür wieder Irene. Und ganz leise: »Da wunderst du dich, wenn du bald keine Freunde mehr hast.«

21

Nicht nur die Liebe geht durch den Magen, sondern auch der Ärger. – Essen kann schön sein, aber nur dann, wenn es etwas Besonderes ist, oder wenn man den richtigen Hunger hat.

»Franz, essen kommen!« – Immer um dieselbe Zeit, immer von unten die Treppe herauf.

So war Franz das Essen nur noch lästig erschienen. – In der eigenen Küche mag es zwanzig oder mehr Rezepte geben, aber sie mögen noch so gut sein, im Laufe der Zeit wiederholen sie sich und schmecken immer gleich, weil sie aus derselben Küche kommen, und schließlich schmecken sie gar nicht mehr.

»Franz, warum kommst du nicht?« – Wieder die Treppe herauf.

Die Länge einer Ehe erkennt man zuweilen daran, wie schweigsam es beim Essen zugeht.

»Kannst du beim Essen nicht einmal etwas Freundliches zu mir sagen, Franz?«

Er kaute auf dem Steak. – »Das Fleisch«, brummte er.

»Du willst aber immer Fleisch!«

Das stimmte. – »Aber nicht so zähes.«

Wenn Irene langsam ihr Besteck sinken ließ, hatte sie darin eine besondere Art, und die verkündete Gefecht. – »Das höre ich nun schon seit fast zwei Jahren.«

»Ist ja auch seit zwei Jahren immer so zäh.«

»Und wie lange soll das so weitergehen?«

»So lange ich zähes Fleisch von dir kriege.«

Irenes Augen wurden feucht. Ihre Augen konnten das auf Anhieb. – »Wo soll ich es denn hernehmen?«

»Gibt ja genügend Viecher hier rundum.«

»Aber anständiges Fleisch kriegt man nur da, wo die Viecher eben nicht sind, in der Stadt.«

Es war wieder die einfallsreiche Gaby, die auf die Idee mit dem Versandhaus kam. Auf Seite 529 war das wundervollste Fleisch abgebildet. Und weil der Eisschrank ein Tiefkühlfach hatte, füllte Franz einen Bestellzettel aus; der schmeckte von vornherein köstlich.

Am nächsten Tag gab es natürlich noch kein Fleisch, sondern Nudeln.

Tags darauf Klöße mit Pflaumen.

Und dann einen Semmelauflauf!

Nach zehn Tagen fragte Franz: »Warum gibt es kein Fleisch?«

»Weil hier alles Fleisch so zäh ist.«

Nach drei Wochen kam ein kleiner Lastwagen vom Versandhaus. – Offenbar stak jedes Stück Fleisch in einer eigenen Tiefkühltruhe, oder sonstwas muß passiert sein: Drei Kerle wuchteten Kisten von der Ladefläche und stellten sie Franz in den Garten.

Auf dem Lieferschein stand: ›Bestell-Nummer ..., 300 Meter Drahtzaun, 108 Pfosten, Profilstahl, eine Gartenpforte holzbeschichtet‹.

Das kommt von den Computern. Mit jeder neuen Generation werden die unzuverlässiger.

Aber es war keine Katastrophe: Laut Lieferbedingungen konnte Franz das Ganze wieder einpacken und zurückschicken. – Nur mußte er einen finden, der die Kisten zum Bahnhof bringt.

Am Abend gab es Apfelstrudel.

Am nächsten Mittag ging Franz zum Essen ins Wirtshaus, in den ›Löwen‹.

So gemütlich es immer im ›Löwen‹ am Abend war, so trist war es tagsüber. Einsam standen da die blankgescheuerten Tische. Nur manchmal hockte dahinter ein Handelsreisender, der zwischen den Gängen seine Berichtszettel ausfüllte.

Franz bestellte sich ein Steak!

Die Sofie knallte es vor ihm hin auf den blanken Tisch, denn mittags wollte die Sofie ihre Ruhe haben. – Aber hinterher fühlte Franz sich gestärkt, und nun wußte er, daß man kein Versandhaus braucht, wenn man zartes Fleisch essen will. – »Sofie, das war das schönste Steak meines Lebens!«

Das rührte die Sofie nicht; sie fingerte am Geldbeutel unter dem runden, kurzen, weißen Schürzchen. – »Vielleicht möchten Sie noch eine Portion?«

»Nee, einen Kaffee. Und dazu noch einen Schnaps. Und dann, ja dann möchte ich ein paar Kilo von diesem Fleisch mit nach Hause nehmen.«

Dazu müsse er in den rückwärtigen Laden, beschied ihn Sofie.

Dort kaufte Franz gleich fünf Kilo. Und zu Hause würde er es ihnen jetzt zeigen, der Irene und der Wilhelma.

Zu Hause in der Küche knallte er die fünf Kilo auf den Tisch.

So gab es am nächsten Tag wieder Steak. – Aber besser hätte man damit Schuhe besohlt, dann würden die sich nicht so schnell durchlaufen. Und damit lag der Fall jetzt klar: Am Fleisch lag es nicht, nur die Weiber konnten nicht kochen!

Wilhelma kündigte.

Danach zog sich Irene schluchzend in ihr Bett zurück.

Am folgenden Mittag begab sich Franz abermals in den ›Löwen‹. Der Sofie gab er ein Kilo von den Steaks. Aber die Sofie nahm es nicht in die Hand, sondern guckte nur darauf und sagte, so ein Fleisch täten sie in der Küche nicht verarbeiten.

»He, Sofie, das hab' ich gestern bei Euch gekauft!«

»Ja mei, im Laden!«

Nach einigem Nachdenken wurde Franz der Fall wieder klar: Der ›Löwe‹ hatte zweierlei Fleisch, das eine zum Verkaufen und das andere für die Gäste.

Darum war er zu Hause etwas kleinlaut. Und darum konnte Irene wieder etwas lächeln. – »Ich sehe ja ein, Franz, daß ein schöpferischer Mensch wie du immer Fleisch essen muß. Das stand auch in ›Jasmin‹. Aber was soll ich denn machen, wenn alles Fleisch hier so zäh ist?«

Der denkende Mann braucht Eiweiß. Doch kann er nicht darum unentwegt Eier essen.

»Oder zur Abwechslung einmal Pilze?« fragte Irene. »Die bestehen aus purem Eiweiß.« (Vielleicht auch aus ›Jasmin‹.)

Das war gar nicht so dumm. Vor allen Dingen versprach es eine Abwechslung.

»Nur, Franz, woher soll ich hier Pilze kriegen?«

»Rundum sind Wälder, Geliebte.«

Irene nickte. – »Du hast recht. Aber da stehen die Pilze und kommen nicht zu uns ins Haus gelaufen.«

»Es gibt doch alte Weiber, die gab es schon in den ältesten Märchen, die Pilze pflücken.«

»Märchen!« seufzte Irene. »Die alten Weiber bleiben heute zu Hause vorm Fernsehen. Und ich verstehe mich nicht aufs Pilzesuchen.«

»Macht nichts, Liebste, du bist ja auch noch kein altes Weib.«

Pilze sammeln hatte für Franz etwas Romantisches. Der stille hohe Wald, der duftende Boden, das Suchen überhaupt. Seine Jugend stieg lebendig wieder in ihm auf. Und nichts Schöneres mehr schien es für ihn zu geben, als Pilze zu sammeln.

Am nächsten Vormittag ließ er Gaby Routinearbeit machen. – Irene rüstete ihn mit einem Plastikbeutel aus.

Auf einem Holzweg stellte er seinen Opel ab, griff die Plastiktüte und wanderte beschwingt in den Wald hinein.

Nun kann man nicht verlangen, daß schon nach den ersten fünfzig Schritten die Pilze auf einen warten, wenngleich es doch nun viele geben mußte, weil die alten Weiber sie nicht mehr suchten.

Statt dessen gab es anderes: leere Konservendosen, eine faulende Matratze, Flaschen aus Glas und aus Kunststoff, einen Fahrradrahmen und sogar einen Elektroherd. – Franz versuchte nicht hinzusehen und schritt schneller voran.

»Sie!« – Wie aus dem Boden gestampft stand da ein eifriger Forstgehilfe. – »Bleiben Sie mal stehen!« – Ein unfreundlicher Mensch. – »Was haben Sie hier hinterlassen?«

»Überhaupt nichts.«

Der Forstgehilfe zeigte mit dem Finger auf die Plastiktüte: »Und was hatten Sie vorher in der Tasche?«

»Das sehen Sie doch, gar nichts.«

»Sie meinen, nichts *mehr*.«

»Ich suche Pilze.«

»So, so? Sie suchen Pilze? Wo haben Sie denn Ihre Pilze?«

»Ich habe noch keine gefunden.«

»Wenn es hier keine Pilze gibt, Herr, warum suchen Sie dann? Also, nun heben Sie mal das schön wieder vom Boden auf, was Sie hier hingeschüttet haben. Unser Wald ist für Sie kein Mülleimer!«

»Aber gewiß nicht«, sagte Franz schnell, denn es hatte keinen Zweck, sich mit einem solchen Kerl anzulegen. Franz fand neben sich einen Schuh auf dem Boden, packte den und steckte ihn in die Plastiktüte. Der Gehilfe blieb ihm auf den Fersen. Franz sammelte noch zwei Konservendosen, einen feuchten Schlüpfer, eine schmutzige Glühbirne, eine Fahrradlampe und eine Matratzenfeder. Dann war die Tasche voll.

Der Gehilfe blieb hinter ihm, bis Franz an sein Auto gelangte und einstieg. Dann erst verzog sich der Kerl in ein anderes Waldstück.

Leise stieg Franz wieder aus, schlich zurück in den Wald und entleerte erst einmal seinen Plastikbeutel.

»So etwas dürfen Sie aber nicht machen!« – Diesmal war es der Förster persönlich.

Franz hatte verdammt keine Lust, dem freundlichen Förster die wahre Geschichte zu erzählen. Der Förster würde doch nichts glauben. Also hob Franz alles wieder auf und steckte alles wieder in die Plastiktüte zurück.

Allerdings war der Förster etwas umgänglicher: »Sie müssen entschuldigen, das ist wegen dem Umweltschutz.«

»Ich weiß, ich weiß.«

»Das machen wir mit jedem so, Herr Pempelfort, auch wenn er gar nichts hingeschmissen hat. Nur, wenn er eine Tasche hat.«

– Und der Förster zeigte stolz im Kreise. – »Da schauen Sie, bald haben wir hier alles weg!« – Aber auch er geleitete Franz bis zum Auto.

Hinter seinem Lenkrad hörte Franz eine halbe Stunde Bordradio. Dann glitt er vorsichtig wie ein Wilddieb wieder durch die Wagentür ins Freie, verhoffte, ließ aber die Plastiktüte zurück und nahm stattdessen seinen alten Regenhut mit.

Kein Kerl begegnete ihm mehr. Allerdings auch immer noch kein Pilz. Franz war schon etwa zwanzig Minuten unterwegs und versuchte, sich die Richtung zu merken.

»Herr Pempelfort?« – Das war die Lilo Drumberger. – »Aber Sie müssen doch nicht gleich rot bei mir werden!«

Dadurch wurde Franz noch roter. Möglicherweise war der Ruf dieser Lilo gar nicht so berechtigt. Sie war allenfalls ein Weibsbild, bei der man schlagartig ein schlechtes Gewissen bekam, kaum daß man mit ihr allein war.

»Wer hat es Ihnen verraten?« fragte sie Franz.

Was verraten?

»Ich meine, Herr Pempelfort, daß ich allein im Wald bin.«

»Fräulein Drumberger, auf mein Wort, das hat mir überhaupt keiner gesagt.«

»Und warum sonst sind Sie hierher gekommen?«

»Eigentlich wollte ich Pilze suchen. Aber es gibt keine.«

Lilo trat dicht an ihn heran und fixierte seine Pupillen: »Und das werden Sie mir wieder nicht glauben, ich suche nämlich auch Pilze.« Drehte sich um und stiefelte vor ihm her und noch weiter in den tiefen Wald hinein.

Und da standen sie wirklich, die Pilze! Vereinzelt oder in dekorativen Hexenkreisen, ganz große, mittlere, und noch junge, knospige. – Lilo gebot ihm, sich auf einen Baumstumpf zu setzen, denn das könne er doch nicht.

Sie machte es nicht ohne Anmut. Bei manchen Sorten biß sie ein Stückchen aus dem Hut und kaute sie mit geschlossenen Augen. – Vereinzelte Sonnenstrahlen stachen durch die Baumkronen, und man sah darin winzige Mücken tanzen.

Nach einer halben Stunde lagen auf dem Tannenboden zwei ansehnliche Häufchen appetitlicher Pilze. – Franz hätte gern noch weiter zugeschaut, denn es war so gemütlich. Und der Wald roch so gut. Und der Lilo standen die Pilze so gut. Aber die Lilo meinte, nun sei es genug. Aus ihrer Bluse zog sie ein feines Tragenetz und packte da hinein das eine Häuflein. Franz reichte ihr seinen alten Regenhut, aber der war zu klein.

Lilo war nie verlegen: was nicht in den Hut ging, ließ sie durch den Ausschnitt in ihre Bluse plumpsen. Und hüpfte dabei, damit sich das Hineingeplumpste über ihren Gürtel verteilte und damit alles hineinging. – »Man darf nicht immer eitel sein«, sagte sie fröhlich und auch etwas verworfen.

Im Auto mußte er die Pilze aus Lilos Bluse fischen, und er packte sie um in die wieder entleerte Plastiktüte.

»Oder finden Sie das unappetitlich?« fragte Lilo.

Er zuckte die Schultern, weil ihm nichts einfiel.

»Männer sind so komisch.« Das sagte sie ernst. »Das einemal schlecken sie einen von oben bis unten ab, aber wenn man Pilze auf der Haut hat, die doch noch gewaschen und geputzt werden, dann ist ihnen das plötzlich eklig.«

»Ganz im Gegenteil«, beeilte sich Franz.

Just knatterte der Postbote auf seinem Moped vorbei.

Zu Hause wurde Franz von Irene mit großen Augen empfangen. – »Ich habe wirklich nicht geglaubt, daß du so etwas kannst!«

»Erstens muß man alles können, Irene, und zweitens muß man sich am Busen der Natur auskennen.«

»Oder hast du sie gekauft?«

Das ging gegen seine Ehre. – »Du hast mir doch selber gesagt, daß man hier keine Pilze kaufen kann.«

Nein, nein, es mache ihm gar nichts, wenn das Essen bis drei Uhr auf sich warten lasse, denn, tatsächlich, Pilze müssen erst geputzt werden.

Und im Haus verbreitete sich betörender Waldgeruch. Aber dann kam Irene die Treppe herauf, zu ihm ins Zimmer, noch mit einem Messerchen in der Hand und in der anderen Hand drei Blautäublinge: »Franz, riech doch mal dran!«

Er roch daran.

»Franz, riechst du nichts?«

»Nee.«

»Franz, das ist ›Calypso‹ von Piguet.«

»Auf was Pilze heute alles kommen!« sagte er.

»Jedenfalls sind diese Pilze nicht gekauft.« – Und Irene ging mit den drei Blautäublingen und dem Messerchen wieder die Treppe hinunter. – »Alte Pilzweiber jedenfalls nehmen nicht ›Calypso‹!« rief sie noch von unten herauf.

Es wurde vier Uhr, bis sie sich an den Tisch setzen konnten. Darauf stand eine prächtige Terrine. Und in der Terrine schwappte eine Brühe mit hell- und dunkelgelben Klößen, alle aufgedunsen. Und das waren die ehemaligen Pilze, und Irene war ganz stolz darauf.

Franz versuchte mit der Gabel, einen der Klöße aufzuspießen, aber alle blubberten unter den Gabelspitzen weg.

Irene sah ihm mit großen Augen zu. – »Das hast du dir doch so gewünscht!«

Von einer verheirateten Frau konnte man erwarten, daß sie Pilze zubereiten kann. Sie müßte wissen, daß man Pilze nicht in Wasser schmeißt und das Ganze dann auf den Herd stellt!

»Franz, willst du nicht endlich essen?«

Er stand verbiestert auf. – »Iß die mal allein, Irene!«

Irene sagte nichts, sondern goß ihre Pilze vom Teller in die Terrine zurück, nahm die Terrine mit beiden Händen, blieb damit aber noch lange und schweigend in der Tür stehen und sah zurück auf Franz.

Danach hörte er, wie sie das Ganze ins Klo goß.

In seiner Schreibtischschublade fand er noch zwei Kekse.

Beim Frühstück am nächsten Morgen sah Irene ihn ironisch an: »Dürfte es vielleicht heute wieder Fleisch geben?«

»Nein, Pilze! Aber diesmal werde *ich* sie zubereiten.«

Er würde sie schmoren, vielleicht mit etwas Zwiebelchen dabei und mit irgendwelchen Gewürzen – was man in der Küche so findet –, ach ja, und mit ganz feinen, kleinen Speckwürfelchen. So hatte es seine Mutter gemacht, wenigstens ungefähr.

Vormittags war er wieder im Wald. Diesmal kam kein Forstgehilfe, auch kein Förster, aber auch keine Lilo. Franz war das ganz lieb. Pilze müssen ja kein Parfum von Piguet haben.

Franz fand in den hinteren Teil des Waldes, wo immer noch Pilze standen, und er schnitt sie mit Bedacht, wie er es auf Wandertagen von seinem Botaniklehrer gelernt hatte. Wie lange war das schon her? Im Biologiesaal hatten sie dann die Lamellen aufgeschnitten und unter das Mikroskop gelegt. Da sah man dann, wie Pilze sich vermehren.

Zu Hause war das erste, was Irene mit seinen Pilzen tat: daran riechen!

Franz sah mit ruhigem Gewissen zu.

Dann wollte er die Pilze wiederhaben und damit in die Küche gehen. – »Irene, hast du schon alles zurechtgestellt?« – Denn wenn ein Mann sich zum Kochen herabläßt, dann sollte wenigstens alles vorbereitet sein.

»Franz, hast du die wieder allein gepflückt?«

»Noch alleiner.«

»Und du bist sicher, daß keiner giftig ist?«

»Totsicher.«

»Franz, und du meinst, daß du so viel davon verstehst?«

»In Biologie war ich der Beste.«

Sie gab ihm die Pilze aber nicht wieder, sondern marschierte damit hinaus.

Wohin?

Sie marschierte durch den Garten und durch das Tor.

Und über die Straße.

»He, Irene, wo willst du mit den Pilzen hin?«

»Zum Apotheker!« rief sie zurück. Und danach begann sie zu laufen, wie eine Verfolgte.

Das Mittagessen fiel aus. Um zwei Uhr kam Gaby. Und um drei Uhr noch immer keine Irene.

Gegen vier Uhr versuchte Franz, sich einzureden, daß eine abwesende Irene ein Idealzustand sei. Vielleicht hatte er das früher nicht ausreichend genug bemerkt. – Gaby mußte den Tee machen.

Gegen sieben Uhr ärgerte sich Franz. Wenn man schon eine Frau hat, egal welche, dann hat man auch ein Recht auf Mahlzeiten. – Gegen acht Uhr rief er den Apotheker an: »Hier Pempelfort. Würden Sie mir vielleicht sagen – – ?«

Die Verbindung war unterbrochen.

Franz versuchte es noch einmal. – »Hier Pempelfort – –.«

Klick.

Komisch!

Aber dieses Empfinden schob Franz erst einmal zurück. In den Vordergrund hatte sich sein leerer Magen geschoben. Früher als sonst fuhr er zum ›Löwen‹.

Selbst nach Mitternacht kam keine Irene zurück. Sie hatte doch nur zum Apotheker gewollt. Wenn ihr etwas zugestoßen wäre, hätte man Franz längst benachrichtigt.

Nach zwei Tagen war in der Ortschaft bekannt, daß Irene ihm davongelaufen war.

Franz schrieb an die neue Adresse der Wilhelma, aber die wollte nicht zu ihm zurück. Stattdessen fand er eine Aufwartefrau mit Volkswagen und getuschten Augen aus der Kreisstadt. Alleinstehende Herren besitzen darin eine glückliche Hand.

Auch Gaby gewann Terrain. – »Seit einer Woche fällt Ihnen nichts Gescheites mehr ein, Chef. Wissen Sie, was Ihnen fehlt? Ab und zu das bißchen Krach mit Ihrer Irene.«

Und so begann Franz, seine Frau zu vermissen.

Indessen wurden die Leute im Dorf ihm gegenüber auch etwas seltsam. Seine Kumpane im ›Löwen‹ verhielten sich unterschiedlich: die einen schnitten ihn, und die anderen hauten ihm manchmal mit der Faust auf die Schulter: »Du Schlawiner!« – Oder: »Bist schon ein Viech!«

Plötzlich war unter der morgendlichen Post eine Hotelrechnung. Sie lautete auf Irene und, wollte man gerecht sein, war nicht unbescheiden. Doch auch ein billiges Hotel ist auf die Dauer nicht billig!

Franz zahlte willig, denn eine Irene im Hotel schien ihm besser, als eine Irene unter dem eigenen Dach.

Aber dann kam vom Landgericht eine Klageschrift.

Die kam nicht unerwartet, nur hatte Franz vorher gedacht, er würde sich darüber freuen. Die Freude trat nicht ein. Franz war, als stünde dahinter noch Schlimmeres. – Als Grund war schlicht angegeben: ehewidriges Verhalten. Und dann das übrige über Zerrüttung.

Den Schreibtisch von Rechtsanwalt Biermann kannte Franz schon von früher. Auch die Tischlampe. Und den mächtigen Schädel des Anwalts.

Rechtsanwalt Biermann pflegte die Hände zu falten: »Ja, ja, Herr Pempelfort, mit dem Herrn Kollegen Ihrer Frau Gemahlin habe ich schon telefoniert. Es geht erst einmal darum, daß wir einen honorigen Scheidungsgrund ausmachen, der für beide Seiten nicht ehrenrührig ist. Hätten Sie einen Vorschlag?«

»Erst einmal will ich wissen, warum meine Irene sich plötzlich wieder von mir scheiden lassen will.«

Rechtsanwalt Biermann hob die Brauen: »Über den wirklichen Grund reden wir besser nicht, Herr Pempelfort.«

»Hat das etwa mit meinen Pilzen zu tun?«

Der Anwalt nickte. »Gewiß. Und wer Sie persönlich kennt, der weiß schon, daß Sie sich bei den Pilzen vielleicht nicht ganz ausgekannt haben, daß es ein Versehen war. Aber nun ist leider lich festgestellt, daß zwei Giftige darunter waren.«

»Vielleicht verstehe ich doch nicht so viel von Pilzen.«

»Sie sollen aber behauptet haben, daß Sie sich besonders gut mit Pilzen auskennen. Und des weiteren wollen Sie zugegeben haben, daß Sie in der Schule der Beste in Biologie waren.«

»Mein Gott, man vergißt so vieles von der Schule.«

»Ihre Frau Gemahlin ist davon überzeugt, daß eine andere Dame, – nämlich unsere frühere Zeugin Lilo Drumberger – Sie dazu bewogen hat. Mit der Drumberger sollen Sie am Tag vorher ja auch im Auto gesehen worden sein. Und dort sollen Sie der Drumberger wiederholt in den Ausschnitt gefaßt haben.«

»Klar, da waren ja die Pilze drin.«

Rechtsanwalt Biermann lehnte sich in seinem pompösen Sessel zurück. – »Lieber Herr Pempelfort, wollen Sie das vor Gericht wirklich zur Sprache bringen und dem Gericht glaubhaft machen? – Sehen Sie! Am Vortage – so hat mir mein Kollege am Telefon vorgetragen – wollten Sie die Pilze selber nicht anrühren und sollen sich gegenüber Ihrer Frau Gemahlin geäußert haben, sie solle die Pilze doch allein essen.«

»Die Brühe mit den aufgeblasenen Pilzen hätten Sie mal sehen sollen, Herr Rechtsanwalt!«

Biermann beugte sich auf dem Schreibtisch eindringlich vor: »Herr Pempelfort, ich bin Ihr Anwalt. Glauben Sie mir, daß es bestimmt besser für Sie ist, wenn wir die Pilze nicht zur Sprache bringen. Ihre Frau Gemahlin nimmt ja auch davon Abstand. Sie hat ja auch keine Strafanzeige erstattet. Denken Sie bitte darüber nach!«

Franz dachte nach. – Der Biermann hatte recht!

Der Anwalt öffnete eine Handakte, in der schon etwas Getipptes lag. – »Dann ist da noch eine Sache, der Unterhalt für Ihre Frau Gemahlin. Den Unterhalt möchte sie nicht vom Gericht festsetzen lassen, sondern sich mit Ihnen vorher gütlich einigen.«

Franz nickte.

Der Anwalt holte tief Luft und überflog das Getippte. – »Natürlich begehrt sie, daß Sie ihr eine bescheidene, aber standesgemäße Wohnung einrichten. Die Unterhaltshöhe beziffert sie – lassen wir jetzt mal das andere weg – auf zweitausend Mark.«

»Im Jahr?« fragte Franz.

»Monatlich«, sagte der Anwalt.

»Die spinnt! Wo soll ich das denn hernehmen?«

»Halten Sie an sich, Herr Pempelfort. Ich kann Sie zwar gut verstehen. Aber dafür überläßt Ihnen Ihre Frau ja auch die Wahl des Scheidungsgrundes und läßt die Pilze aus der Sache draus.«

Im Zimmer war es zwei Minuten still. Vom Büro hörte man die Schreibmaschinen.

Der Anwalt blätterte in der Akte und reichte Franz noch eine Rechnung über den Schreibtisch. – »Die ist von einem Autohaus. Ihre Frau hat sich ein kleines Automobil angeschafft.«

»Das ist Erpressung!«

»Bitte, setzen Sie sich wieder hin, Herr Pempelfort. Eine Erpressung ist erst das, was man nachweisen kann. Ihre Frau Gemahlin macht nur geltend, daß sie standesmäßig ein Recht auf ein Kraftfahrzeug hat, zumal sie jetzt ganz allein steht. Und da war sie ja auch nicht zu unbescheiden.«

»Und wenn ich das Auto nicht bezahle?«

»Dann müssen Sie bedenken, daß Sie jetzt noch verheiratet sind und gesamtschuldnerisch haften.«

Franz hatte das Mundstück seiner Pfeife durchgebissen. In der Manteltasche fand er noch eine zweite Pfeife. Und endlich hatte er sich gefaßt. Er gab sich mit allem einverstanden. – »Vielleicht, Herr Rechtsanwalt, muß ich's anders sehen. Ich sollte froh sein, meine Irene los zu sein. Das ist nämlich eine Zicke!«

Rechtsanwalt Biermann lehnte sich in seinem Sessel zurück. – »Lieber Herr Pempelfort, eine Frau wird erst dann eine Zicke, wenn der Mann es dauernd mit ihr falsch angestellt hat.« – Und dann faltete er wieder die Hände.

Gerichte mahlen langsam.

Der noch ungeschiedene Alltag nahm weiter seinen Lauf.

Einmal wurde Franz von Rechtsanwalt Biermann angerufen: »Ihre Frau Gemahlin wird Sie noch einmal aufsuchen, um ein paar persönliche Gegenstände abzuholen.«

»Die kommt mir nicht ins Haus!«

Der Anwalt blieb bedächtig: »Ich muß Sie darauf hinweisen, daß Sie immer noch mir Ihrer Frau verheiratet sind und Ihre Frau jederzeit einlassen müssen.«

»Eine Person, die mich eines Verbrechens bezichtigt?«

»Herr Pempelfort, Ihre Frau hat Sie nicht bezichtigt. Aber Sie müssen Ihre Frau verstehen, daß sie keine intimen Bindungen mehr empfindet, weil sie fest davon überzeugt ist, daß Sie ihr nach dem Leben trachteten.«

»Wann will sie denn kommen?« fragte Franz kleinlaut.

»Heute, nach Tisch«, sagte der Anwalt.

Und das ging so zu:

Franz fuhr die B 1514, um Rechtsanwalt Biermann auf den Pelz zu rücken und ihm zu sagen, daß er – bei aller Rechtsverdreherei – die Irene nicht in sein Haus einlassen würde. Es herrschte kaum Verkehr, und Franz konnte recht flott fahren.

Um dieselbe Zeit, nur in entgegengesetzter Richtung, fuhr auf der B 1514 Irene, weil sie doch persönliche Sachen abholen wollte. Sie fuhr voll des Rechtsbewußtseins und auch nicht langsam.

Etwa vier Kilometer südlich von Arschau, wo die B 1514 recht geradeaus geht, sichtete Franz den entgegenkommenden kleinen Simca, metallissé-grau mit dem roten Dach. Und Irene erkannte den entgegenbrausenden Opel.

Es muß beiden klar gewesen sein, daß einer von ihnen etwas nach rechts ausweichen mußte, zumal beide auf der Mitte der Straße fuhren.

Aber keiner von beiden mußte bereit gewesen sein, der Ausweichende zu sein.

»Um keinen Meter, das Luder!« könnte Franz gedacht haben, und vielleicht hat er noch ein bißchen Gas dazugegeben.

»Um keinen Zentimeter, dieser Verbrecher!« hatte sie vielleicht geknirscht. Und hatte vielleicht auch das Gaspedal bis zum Boden getreten.

Hinter den beiden Särgen schlurften wieder die Angehörigen und Freunde. Vorweg die angeheirateten Adeligen aus Irenes vorletzter Ehe. Hinterher erst die wenigen Verwandten von Franz und das Häuflein seiner Kumpane.

Am Ende zwei Frauen: die lockere Lilo und die vorlaute Gaby.

Die Glocken der Kirche bimmelten dünn.

Im Halbkreis standen sie um das Doppelgrab.

Lilo und Gaby blieben an der Friedhofsmauer und hörten die Worte des Geistlichen, vom Winde verweht:

»Geliebte im Herrn!« (Was der Herrgott alles so lieben soll, raunte Gaby. – Und dann so viele Arschlöcher, raunte die Lilo.) »Schweren Herzens nehmen wir hier Abschied von zwei ehrenwerten Mitmenschen und Bürgern unserer Kirchengemeinde.« (Tot muß man sein, wenn man wieder zu Ehren kommen soll, raunte die Lilo.) »Unserem Herrn und Gott hat es gefallen – –« (launische Einfälle hat so ein Gott, raunte Gaby.) – »zwei noch junge Menschenleben zu sich zu rufen.« (Wenn die sich oben wiedersehen, wird das ja heiter, raunte Gaby. – Vielleicht sehen sie sich nicht oben, sondern unten, raunte Lilo.) »Nach den vielen Irrwegen, denen wir Menschen im Tal unserer Versuchungen ausgesetzt sind, fand dieses getraute Paar sich auch im Tode vereint.« (Vereint waren wohl mehr die Kühler, raunte Gaby.) »Wir beten – – –.«

Von der Kirche machte es noch ein paarmal Bim-Bim. Dann wurden die Särge hinuntergelassen. Irene wieder voran.

Auf dem Heimweg trabten Lilo und Gaby noch ein wenig nebeneinander.

»Und jetzt sind die wieder zusammen und müssen es ewig bleiben«, seufzte Gaby.

»Haben Sie schon eine neue Stelle?« fragte Lilo.

»Keine richtige, nur bei einem Schriftsteller«, sagte Gaby.

Dann trennten sie sich.

Wolfdietrich Schnurre

Was ich für mein Leben gern tue

Mit 25 Zeichnungen
des Autors

Ullstein Buch 3126

Literatur heute

Gesammelte autobiographische Hand- und Fußnoten, eindrucksvolle Stimmungsbilder, geistreicher Witz, fast grotesker Humor.
Zwei große Themen werden immer wieder aufgenommen: »Was ich für mein Leben gern tue« – die Erfahrung der Freude. »Wo ich traurig gewesen bin« – die Momente des Leidens. Dazwischen Natur- und Großstadtbilder voller Atmosphäre, Kindheitserinnerungen, Beobachtungen.

S. Fischer-Fabian

Berlin Evergreen

Ullstein Buch 3005

ein Ullstein Buch

In sechzehn Porträts markanter Persönlichkeiten zeichnet der Autor ein Bild der Stadt Berlin: Von dem Lokomotivbauer und Blumenzüchter Borsig über das Finanzgenie Carl Fürstenberg und den alten »Papa« Wrangel bis zu dem genialen Strafverteidiger der zwanziger Jahre Erich Frey; Max Liebermann, Heinrich Zille, Kurt Tucholsky und Paul Lincke nicht ausgenommen. Nicht weniger eindrucksvoll ist die Galerie der Berliner Damen: Von der »deutschen Sappho« Anna Louise Karsch über die Urberlinerin Madame Dutitre bis zur Königin Luise.

Mazo de la Roche

Die Jalna Saga

Alle Romane ungekürzt in 16 Ullstein Büchern

ein Ullstein Buch

Jalna wird erbaut
Ullstein Buch 2753

Frühling in Jalna
Ullstein Buch 2783

Mary Wakefield
Ullstein Buch 2797

Der junge Renny
Ullstein Buch 2810

Der Whiteoak-Erbe
Ullstein Buch 2825

Die Whiteoak-Brüder
Ullstein Buch 2848

Die Brüder und ihre Frauen
Ullstein Buch 2858

Das unerwartete Erbe
Ullstein Buch 2875

Finch im Glück
Ullstein Buch 2891

Der Herr auf Jalna
Ullstein Buch 2913

Ernte auf Jalna
Ullstein Buch 2933

Licht und Wolkenschatten
Ullstein Buch 2961

Heimkehr nach Jalna
Ullstein Buch 2988

Adeline
Ullstein Buch 3019

Wechselnde Winde über Jalna
Ullstein Buch 3052

Hundert Jahre Jalna
Ullstein Buch 3101

John Galsworthy

Die Forsyte Saga

Alle Romane ungekürzt
in neun Ullstein Büchern

ein Ullstein Buch

Die Forsyte Saga 1
Der reiche Mann
Ullstein Buch 2969

Die Forsyte Saga 2
In Fesseln
Ullstein Buch 2970

Die Forsyte Saga 3
Zu vermieten
Ullstein Buch 2971

Die Forsyte Saga 4
Der weiße Affe
Ullstein Buch 2972

Die Forsyte Saga 5
Der silberne Löffel
Ullstein Buch 2973

Die Forsyte Saga 6
Schwanengesang
Ullstein Buch 2974

Die Forsyte Saga 7
Ein Mädchen wartet
Ullstein Buch 3127

Die Forsyte Saga 8
Blühende Wildnis
Ullstein Buch 3128

Die Forsyte Saga 9
Über den Strom
Ullstein Buch 3129